满族口头遗产传统说部丛书

金世宗走国

傅英仁 讲述

王松林 记录整理

吉林人民出版社

图书在版编目（CIP）数据

金世宗走国 / 傅英仁讲述；王松林记录整理 . --
长春：吉林人民出版社，2019.5
（满族口头遗产传统说部丛书）
ISBN 978-7-206-16910-6

Ⅰ . ①金… Ⅱ . ①傅… ②王… Ⅲ . ①满族—民间故
事—中国 Ⅳ . ① I277.3

中国版本图书馆 CIP 数据核字（2019）第 293263 号

出 品 人：常　宏
产品总监：赵　岩
统　　筹：陆　雨　李相梅
责任编辑：王胜利　张　娜
助理编辑：刘　涵
装帧设计：赵　谦

金世宗走国
JINSHIZONG ZOUGUO

讲　　述：傅英仁　　　　　　记录整理：王松林
出版发行：吉林人民出版社（长春市人民大街 7548 号　邮政编码：130022）
咨询电话：0431-85378007
印　　刷：吉林省优视印务有限公司
开　　本：720mm×1000mm　　1/16
印　　张：14　　　　　　　　字　　数：230 千字
标准书号：ISBN 978-7-206-16910-6
版　　次：2019 年 5 月第 1 版　　印　　次：2019 年 5 月第 1 次印刷
定　　价：50.00 元

出 版 说 明

满族口头遗产传统说部是具有较高社会价值和文化价值的满族文化的百科全书。整理发掘满族说部的项目工作被文化部列为中国民族民间文化保护工作试点项目，并被国务院批准列入第一批国家级非物质文化遗产名录。

"满族口头遗产传统说部丛书"是千百年来满族各氏族对祖先英雄事迹和生存经验的传述，一代一代口耳相传，保留下来的珍贵的满族遗存资料。经过近三十年抢救整理，从二○○七年到二○一七年的十年间，根据整理文本的先后，我社分四次陆续出版了五十部说部和三本研究专著。此套丛书无论从社会价值和文化价值来看，都是一套极具资料性、科研性和阅读性融为一体的满族文化的百科全书。

此次出版对以下两个方面做了调整：

一、在听取各方专家建议的基础上，对原丛书进行了筛选，选取最有价值、最有代表性的四十三部说部，删去原版本中与文本关系不紧密的彩插，对文本做了大幅的编辑校订，统一采用章回体表述方式，并按照内容分为讲述萨满史诗的"窝车库乌勒本"、讲述家族内英雄人物的"包衣乌勒本"、讲述英雄和历史人物的"巴图鲁乌勒本"、讲述说唱故事的"给孙乌春乌勒本"等，突出了说部的版本特色。

二、保留研究专著《满族说部乌勒本概论》，作为本丛书的引领，新增考古发掘的图片和口述整理的手稿彩色影印件。

特此说明。

吉林人民出版社

编 委 会

冯骥才

　　任何民族的文学都包括两大部分。一是个人用文字创作的、以书面传播的文学，一是民间集体口头创作的、口口相传的文学。后一部分文学是前一部分文学的源头，是根性的文学。中国作为东方文明的古国，口头文学的历史去之遥远。就像西方文学始于古希腊罗马的神话故事，我国文学史上第一部作品是《诗经》，即民间口头文学集，这表明口头文学是一个民族文学的源头。在漫长的历史中，这两部分文学一直同根并存，相互滋育，各自发展，共同构成一个民族文化与精神的极为重要的支撑。

　　中华民族有着巨大文学想象力和原创力。数千年间，各族人民以口头文学作为自己精神理想和生活情感最喜爱和最擅长的表达方式，创作出海量和样式纷繁的民间文学。口头文学包括史诗、神话、故事、传说、歌谣、谚语、谜语、笑话、俗语等。数千年来，像缤纷灿烂的花覆盖山河大地；如同一种神奇的文化的空气在我们的生活中无所不在；且代代相传，口口相传，直到今天。

　　我们的一代代先人就用这种文学方式来传承精神，表达爱憎，教育后代，传播知识，娱悦生活，抚慰心灵；农谚指导我们生产，故事教给我们做人，神话传说是节日的精神核心，史诗记录文字诞生前民族史的源头。它最鲜明和最直接地表现中华民族的精神向往、人间追求、道德准则和价值取向。中国人的气质、智慧、审美、灵气、想象力和创造力，充分彰显在这种口头的文学创造中。

　　这种无形地流动在民众口头间的口头文学，本来就是生生灭灭的。在社会转型期间，很容易被忽略，从而流失。

特别是在这个现代化、城市化飞速推进的信息时代，前一个历史阶段的文明必定要瓦解。口头文学是最脆弱、最易消亡。一个传说不管多么美丽，只要没人再说，转瞬即逝，而且消失得不知不觉和无影无踪，所以联合国教科文组织把口头传统和表现形式，包括作为非物质文化遗产媒介的语言列为非物质文化遗产之一。

在中国，有史诗留存的民族并不很多，此前发现的有藏族史诗《格萨尔王传》、蒙古族史诗《江格尔》、柯尔克孜族史诗《玛纳斯》、苗族史诗《亚鲁王》。作为满族民族历史和文化传统的重要载体——"说部"，是满族及其先民世代相传的极其宝贵的精神财富。它最初用"乌勒本"（满语 ulabun，为传或传记之意）指称，后受汉文化影响，改称为"说部"或"满族书""英雄传"。说部最初用满语讲述，至清末满语渐废，改用汉语并夹杂一些满语讲述。在漫长的历史进程中，满族各氏族都凝结和积累了精彩的"乌勒本"传本，如数家珍，口耳相传，代代承袭，保有民族的、地域的、传统的、原生的形态，从未形成完整的文本，是民间的口碑文学。"满族说部迥异于其他文类，不仅涵盖了口头传统，也吸纳了民俗学中多种民间文艺样式，包容性极强。"

我以为，对于无形地保留在人们记忆与口口相传中的口头文学，抢救比研究更重要。它是当下"非遗"工作的重中之重，要清醒地认识到文化和文明于人类的意义。当社会过于功利的时候，文化良知就要成为强音，专家学者要在抢救非物质文化遗产中勇于承担责任，走进民间帮助艺人传承与弘扬民间艺术，这也是知识分子的时代担当。

让人感到欣喜的是，经过吉林省的专家学者近三十年的抢救、发掘和整理，在保持满族传统说部的原创性、科学性、真实性，保持讲述人的讲述风格、特点，保持口述史的原汁原味的基础上，将巨量的无形的动态的口头存在，转化为确定的文本。作为"人类表达文化之根"的满族说部，受东北地域与多族群文化的影响，内容庞杂，传承至今已逾千万字。此次出版的《满族口头遗产传统说部丛书》为四十三部说部和一本概论。"说部"分为讲述萨满史诗的"窝车库乌勒本"、讲述家族内英雄人物的"包衣乌勒本"、讲述英雄和历史人物的"巴图鲁乌勒本"、讲述说唱故事的"给孙乌春乌勒本"四大部分。概论作为全套丛书的引领，从学术研究的角度对乌勒本产生的历史渊源、民族文化融合对其的影响、发展和抢救历程等多方面深入思考。

多年来"非遗"的抢救、保护、研究和弘扬，已取得卓越的成就。但未来的路途依然艰辛漫长，要做的事情无穷无尽。像口头文学这样的文化遗产的整理和出版，无法立即带来什么经济利益，反而需要巨大的投资和默默无闻的付出，能在这个物质时代坚守下来，格外困难。

文化传统和传统文化不是一个概念，我们的终极目的不是保护传统文化，而是传承文化传统。传统文化是固定的、已有既定形态的东西。我们所以要保护它，是因为这些文化里的精神在新时代应以传承，让我们的文化身份不会在国际资本背景下慢慢失落。

现在常把文化自觉与文化自信并提，这两个概念密切相关同时又有各自的内涵。文化自觉是真正认识到文化的重要性和自觉地承担；文化自信的关键是确实懂得中华文化所具有的高度和在人类文明中的价值。否则自信由何而来？

对传统文化的抢救与整理，不仅是为了传承，更为了弘扬。我们的民族渴望复兴，复兴的重要精神支撑在我们的传统和文化里，让我们担负起历史使命，让传统与文化为民族的伟大复兴发挥它无穷的力量。

冯骥才

二〇一九年五月

目录

《金世宗走国》传承概述

王松林

　　《金世宗走国》是根据傅英仁的三爷傅永利的讲述内容为蓝本，又吸收当地民间艺术的传述内容加以整理出来的。据傅英仁老人回忆，他从十三岁起，就和三爷在一起劳动，老人家干啥像啥，不但农活是内行，而且泥瓦活、做饭、看风水、扎针治病也都样样精通，讲起故事更是没完没了。夏天傅英仁和三爷傅永利在缸窑沟种地，秋天打柴。农闲时三爷领着他到各屯讲说《将军传》《红罗女》《东海窝集传》《罕王传》《金兀术》《金世宗走国》《乌吉国传奇》等多部满族长篇说部。一方面挣点儿钱或粮食维持生活，另一方面老人家也有这嗜好，三天不讲就受不了，人送别号"三云"（意思是"三天必说"）。傅英仁二十七岁时，虽能把几部长篇讲下来，但仍然没有三爷讲得那么流畅自然。以后又于一九八一年至一九八九年期间，采录了京八旗老人，河北遗留下来的完颜氏后代，阿城完颜氏、赫哲族傅万金老人讲述的故事。傅英仁的姨父关振川老先生也住在缸窑沟，他是陈满洲镶黄旗瓜尔佳哈拉大萨满。他同三爷傅永利一样善讲满族故事，为丰富《金世忠走国》起了很大作用。

　　据傅英仁讲：在黑龙江宁安的满族中过去有不少人家都会讲述《金世忠走国》。一九九八年七月，傅英仁在宁安的家中，向我讲述了《金世忠走国》部分说部内容，并将录制好的开篇几章的录音磁带，共七盘，交给了我。傅英仁每次在讲述满族说部之前，都按祖制礼规，先洗手、漱口，然后上香叩头，方可坐在火炕上讲述满族说部故事，他感情丰富，滔滔不绝，记忆力超强，讲至激情处，手舞足蹈，还要唱上一段说词……至今回忆起来，老人家的音容笑貌犹在眼前。我先后九次到傅老家中，无论是天寒地冻的冬季，还是酷暑炙热的夏季，我都一如既往，无怨无悔地踏上那千里迢迢的北上的列车……记得那是一九九八年至二〇〇〇年期间，我每次都是利用周末的时间乘上长春开往牡丹江的列车，晚上十点上车，第二天早晨六七点钟到达牡丹江车站，再转乘牡丹江通往宁安的小客车，大约走两个钟头，到达宁安，然后再打一辆"倒骑驴"（人力三轮车），这样奔奔波波，几经周转，大约中午时分，才能赶到住在宁安城东南郊小铁道边上的傅英仁家中。我每次到他的家中都受到傅英仁及家人的热情招待，久之，我也免去了客套和礼节，吃住都在傅英仁家的大火炕上，真是其乐融融。我和他可谓无话不说，无话不讲，常常是听他讲故事到后半夜，让我不知不觉睡着了。

《金世忠走国》经过两年多时间的记录整理，此书终于定稿完成。该书的出版，总可以告慰傅英仁老人的在天之灵。

《金世忠走国》反映的是女真族的勃兴建国过程，可分三个时期：一是大约七世纪时的渤海国；二是十二世纪的金王朝；三是十六世纪中国最后的封建王朝——清朝。女真人建立的金国，是这个民族中期勃起的一个标志。女真族唐时称靺鞨，建渤海国，五代以后称女真，或称朱里真，因避辽兴宗耶律真讳，也称女直。女真族以渔猎为主，自古就生活在黑龙江、松花江和乌苏里江一带，南抵长白山麓，拥有白山黑水和三江平原的自然形胜和肥沃的土地。自十二世纪初，灭辽侵宋，逐渐南移，雄踞东北、华北及中原整整一百二十年。

在金国统治的一百二十年中，最为鼎盛辉煌的时期当属金世宗执政时期。金世宗完颜雍，是金代杰出的皇帝之一。本名乌禄，金太祖阿骨打的孙子，完颜宗辅之子。生于上京会宁府（阿城白城子），他是历史上著名的大金王朝盛世明君，史称"小尧舜"。关于金世宗的民间传说十分丰富，其中黑龙江宁安一带流传的满族长篇说部《金世宗走国》最有影响。

满族民间故事作为满族人民社会生活的一面镜子，满族民间说部《金世宗走国》主要表达了以下思想内容：

一、崇武尚英、提倡侠义。以骁勇善战著称于世的满族人民崇拜英雄业绩，赞美勇敢精神。对于造福满族人民的义侠精英，他们也不曾忘怀。在满族民间说部中塑造了诸多的感人形象，有为金世宗舍生护主的侠义之士，有为金世宗直言敢谏的忠臣，还有疾恶如仇的巾帼英雄，并引为自己民族的杰出代表。突出体现了满族人民不屈不挠的民族精神和建功立业的渴望。

二、以善为本、知恩图报。善行、孝行、德行在民间文学中是给予充分肯定的，满族更是讲究信义、注重感情的民族。"善恶有报"表达了满族人民朴素的是思想观念。他们坦荡诚实、怜老恤贫、扶弱尊长、正直勤勉，最后总是完满归宿；而虚伪狡诈、贪婪自私、谄上欺下、庸碌怠惰之人，下场总是可悲的。

三、吏治改革、唯才是举。金世宗当政后开始重新筹划国策，实行一系列改革。他一反太宗以来任官重资历、看门第的路线，唯才是举，才德并重。金世宗的吏治改革，进一步巩固和加强了女真贵族的统治，不仅结束了熙宗以来统治集团内相互仇杀的混乱动荡局面，而且缓和了统治集团的新旧权臣之间，保守派与改革派的矛盾。许多较廉正的贤能之人被重用，逐渐形成以金世宗为首的较开明的封建统治集团。可以说，金世宗的吏治改革是较为成功的，为金世宗其他方面的改革奠定了基础。

四、反抗礼教、民族融合。封建礼教的锁链，使无数相爱至深的恋人咫尺天涯，制造出一幕幕爱情的悲剧。满族爱情故事向封建礼教、伦理观念提出勇敢挑战，有的直接反抗封建的礼教习俗，有的用异族通婚的形式寄托了他们的心声。在金世宗时期汉人与女真人接触机会增多，生产上的相互合作，各民族的相互影响，各族间的男婚女嫁已成风气。世宗看到，各民族间杂居有利于缓和民族矛盾，使社会安定，更有利于他的统治，于是便越加重视。

满族民间传说展示了广袤的社会图景，包含了丰富的思想内容，在艺术表现上也有别于其他民族的独特风格，是研究满族文化、历史、民俗的重要辅助材料。

第一章

为谄媚　秉德晋献三角羊
欲篡权　完颜亮结党营私

说女真部在完颜阿骨打率领下，和辽国征战了多年，终于摆脱了辽国对他的统治，建立了自己的国家。就在太祖和太宗这两代，他们南征北战，展疆拓土，统治了全国的大部分河山，和宋王朝形成了对峙的局面。完颜阿骨打统治的国家，又经过十几年的治理，全国总算安定，百姓也能够稍稍地休养生息，安心生产，社会也有了较大的发展。

金朝的第二个皇帝太宗吴乞买六十一岁的时候，驾崩了，传位给太祖阿骨打的孙子，叫完颜亶，那时他才十七岁，还没成年。可是由于当时的一些老臣，如完颜宗翰、完颜宗干、完颜宗弼等一些老臣辅佐，国家仍朝着兴旺的方向发展。自从到了皇统年代，这些老臣先后作古，祚太后和太宗太后两个人没有能力辅佐朝政，朝内出现一些贪图名利的奸臣，欺蒙年轻的皇帝。有些老臣为了讨好皇帝，皇帝愿意干什么，他们就往哪个方向引诱。二十岁左右的皇帝熙宗成天酗酒，朝廷有些大事也不管，有时候喝醉酒还误杀一些人，朝纲逐渐乱了，引起满朝文武的不满。尤其是他把两个美女选入宫中，两个美女一个姓乌木论，一个姓夹谷，这两个人虽然长得国色天姿、妩媚动人，但是给人一种轻佻的感觉。她们到宫里来，本来就不是安分守己的人，开始时很受熙宗宠爱，可是这两个人水性杨花，朝秦暮楚。

熙宗同辈的群王中，有两个王子，和其他人不一样，一个王子叫乌禄，另一个王子叫完颜亮。完颜亮这个人七尺多高，五官长得很端正，鼻直口方，面白如玉，论才华，在当时金国来说，是能数得着的，尤其是诗词，做得极为出众，可说是学富五车，才高八斗。这个人看外表，温文尔雅，内心却阴险狠毒。他认为自己是太祖的孙子，应该当皇上。为什么叫熙宗当了皇上，心里总是不服，可是羽毛未丰，也不敢说什么。他有一套干事能力，很受熙宗的赏识。另外，这个人非常好色，一见到长得好看的女人，就千方百计想寻摸到手，对于满朝文武他根本没放在眼里，可以说盛气凌人，不可一世。还有一位也是太祖的孙子，是睿宗的儿子，名字叫乌禄，又叫作雍，叫完颜雍，这个人也是一表人才，才华盖世，他表里一致、为人忠厚、待人和善，得到满朝文武的拥护。正因为他们都是太祖的亲孙子，所以说熙宗对这两个王子也很是重用。

有一天，正在满朝文武议事的时候，火木官来启奏，说："启禀我主，外面有南京留守秉德前来见驾。"熙宗应允，秉德就被引上朝。朝拜了皇上之后，熙宗问道："爱卿，你此来有什么事情？"秉德说："启禀万岁，承万岁的洪福，南京的老百姓生活一年比一年好了。没承想前一个月，我得到了一只奇羊，头生三只角，别的羊都是白色或黑色的，唯独这只羊浑身是黄色的。我觉得这是国运兴旺，才出这种珍兽，为臣不敢随便留下，特意献给皇上。"满朝文武根本没听说过一只羊脑袋上能生出三只角，都觉得很惊奇。熙宗说："既然这样，就把这只羊牵来让朕看一看。"说完此话令人把羊牵上来。这只羊果然比一般的羊要大很多，不仅是长有三只角，头边的两只角是弯弯的，中间的角往上立着，而且一摸中间的角时，这只羊会发出特别响亮的叫声。熙宗觉得很惊奇，百官都上来祝贺，说这是国家兴盛的象征。熙宗也很高兴，立刻把秉德封了个平章政事。吩咐下人把那只奇羊送到后院好好饲养。就这样，秉德不但得到了封赏，而且立刻调入到京城里任官。他这一任官，就被完颜亮看中了，完颜亮感觉到此人不比寻常。

书中交代，秉德也是完颜氏之后，完颜宗翰的儿子，以前作为西南招讨使，后来一直在南京留守。南京就是指现在的汴梁城说的，就是宋朝的汴梁城。这次他献了三只角的羊，有功了，熙宗就把他留到京城做兵部尚书，平章政事。完颜亮看这人不一般，下朝之后，就把他请到家里，论起来也是兄弟，摆上了筵席，盛情款待。秉德也是一表人才，两片薄嘴，眼珠骨碌骨碌地乱转，一转一个心眼儿。他的三只角的羊是怎么来的呢？原来他当汴梁留守的时候，每天也是不务正业，天天想如何能博得皇上的赏识，能够升官，这是他的念头。用他的话来说，一个人一辈子要不当官，不得名利，那一个人活着有啥意思？后来他死就死在这个问题上了。他当了留守，每天除了办点儿政事以外，都是饮酒作乐，笼络和他走得很近的人。所以这些奸党溜须奉承的人对他也很好。这天他又上了衙门，到衙门后，正在和大家喝酒的时候，就看见城南有一个城守卫进来了，给秉德请安，说："秉德大人，有件事我不得不报。"秉德说："什么事你说吧。"城守卫说："城南有个地方，有个牧羊的老人，去年他的羊群生下一只羊，你说这只羊怪不怪，黄毛不说，三只犄角，一碰当中这只角羊叫的声音就非常大，看着也不像羊。"啊，秉德这么一听，心里咯噔一下，秉德是个聪明人，他想：这不是一般的羊，这是天下将兴的象征，这要是给皇上献上去，那该多好啊！就这样，他就和城守官去了城南，到那儿一看果然是这样，就把老头叫来。秉德说："老人家，这羊能不能卖给我呀？"老人挺犟，晃晃头说："不卖。"秉德说："你卖给我，我可以给你很多的银子。"老头说："你给多少钱，我也不卖。"秉德说："我感到这羊很奇怪，将来我准备把它献给皇上，你就把它卖给我吧。"说着说着，老头一关门进去了，还扔下一句话："别看你多大的官，我也不干。"秉德能受得了这个吗？说声："来人。"喊里咯喳就把老头房子的门和墙给拆了。老头也不示弱，出来后喊道："无论如何，我不能让你抢我的羊。"秉德说："来人，把这老头给我绑起来。"就把这个老人绑到衙门里去了。到衙门里，把他塞到监牢里。秉德手下有一个毕天士，这个毕天士非常阴险毒辣，就对秉德说："大人，你这样无缘无故抓一个老百姓，这若叫皇上知道，那可吃罪不浅呐。"秉德说："那怎么办？"他说："我有一个办法，你这么，这么做……"秉德一听挺高兴，马上把老人叫出来。秉德说："你看看，我也是一时来气，因为我挺喜欢你的羊，可你又不卖给我，就把你抓来了。你既然不卖，我也不强迫你，把你拆了的墙和门给你修上，这样你回去，把你的羊还给你吧。"老头一听挺高兴，又高兴又来气地赶着羊回家了。衙门里的人果然把房子给修理好了。老头回去第二天，就看见城守卫贴了一张告示，说本衙门丢了五十两银子，不知道是谁偷的，谁要偷去了，三两天内赶紧送回来，本衙门不加责罚。不光有银子，还有一把宝刀，说要三天之内送回，本衙门也不追究，要不送回来，要是翻着了，可要全家问斩。一连三天，也没人来交，秉德就派很多人到处搜查。搜来搜去搜到老人跟前，老人说："我一辈子别说偷人家的东西，就是人家的好东西我连看都不看。"老人耿直，说，"你可以翻嘛。"衙役们便翻。翻来翻去屋里没有，说看看外面墙根有没有，到墙根一挖，挖出五十两银子和一把宝刀，和衙门里说的一模一样。老人当时傻了，有口难分辩，衙门里的人如狼似虎，把老人绑到衙门里去了。秉德眼睛一立，说："好啊，你这混账东西，前天我把你放回去，没承想你是一个江洋大盗！来人，把他打入死牢。"这样老人死于非命，秉德就这么得到这只羊，赶到朝廷里当了这个官。

　　咱们书归正传，完颜亮把秉德请到家里，两人开怀畅饮。秉德一看完颜亮仪表非凡，出口不俗，心里暗暗称赞。秉德不仅举止风雅，而且颇有才识，两人越来越投缘，唠来唠去完颜亮打个唉声说："大哥，最近咱们朝廷内部真正有才华的人不多，你看看你能不能有比较好的、真正有才能的给我推荐几个，本王知道了可以奏请皇上，再把他调到京城里，封个一官半职的。"秉德说："有啊，我手下有个毕天士，叫唐括辩，这个人才智双全，要说出个点子没人能比。"完颜亮说："好，你立刻把他调到京城里，我看一看。"秉德说："那可以。"当时秉德就派人把唐括辩找来。唐括辩这个人不光会阿谀奉承，也有才华，会办事，事情交他去办，保管叫你服服帖帖，高高兴兴，所以很得人心。也是秉德手下须臾不可离的人物。唐括辩的老婆才十六岁，是秉德的妹妹，论起来和完颜亮有些关系，这样完颜亮就更喜欢了。

第二天早上，完颜亮上朝，就把唐括辩引到朝廷。熙宗一看唐括辩也不错，再加上完颜亮的推荐，熙宗挺高兴，就把他留到朝中，封他个尚书左丞。唐括辩这人会来事，下朝回来就跟完颜亮说："仁兄，我有个事想求求你，说起来我家里的论起来还是你的妹妹，她手里有太祖的金花，这是宫内的东西，她不敢私藏，想献给熙宗皇帝、皇后。"完颜亮说："有多少朵金花？"唐括辩回说："有两朵，一朵大的，是当年太祖在朝时皇后戴的，还有一朵小的是太妃戴的。"完颜亮说："这样吧，拿来我看看。"第二天，唐括辩就把他老婆领来了。完颜亮一看唐括辩的妻子长得不一般，当时完颜亮假装以哥哥的身份认唐括辩的妻子为妹妹，按说还不远，因为她是宗翰的后，他是宗干的后，都是王爷的后。但论起来说，完颜亮的身份要比他们高了。完颜亮这个人一见女的就想弄到手，荒淫无道。这也是他日后成为暴君的根由。他看唐括辩的老婆长得这么好，就起了淫心，说："这样吧，你把金花拿出来我看看。"当时唐括辩的老婆把金花拿出来，一看，果然不是一般物品，原来这两朵金花是辽国时宫内的花，完颜亮越看越爱，说："这样吧，你不要声张，天明我让你的老婆拿着第二朵金花，赶紧献到宫内去，因为这朵金花是不是辽后戴的还需鉴别一下。"唐括辩是干啥的，心想：你这是见金起意，既然这样我也假装不知道，反正我溜须谁都一样，溜须你不是更好吗？他说："既然这样，这朵大的金花是不是真的，王爷你就留下好好考察考察，明天把那朵小的金花献给皇上。"就这样完颜亮把大金花留下了。晚上唐括辩想把老婆领回去，完颜亮说："这样吧，既然我们是兄妹，好容易见面了，是不是我妹妹在这住一宿？"唐括辩一想，心里不大得劲儿，但又一想既然他们是本家，也没什么不放心的，就把他老婆留下了。完颜亮玩弄女人的手腕谁也比不了的，尤其是在家。唐括辩的老婆也有些水性杨花，完颜亮和唐括辩比，要好到天上去了，完颜亮是一表人才，唐括辩鬼鬼祟祟、溜溜秋秋，也不怎么样。就这样自家人之间就发生了关系。打那之后，唐括辩的老婆总以妹妹和哥哥的关系经常到完颜亮家里去。这是后话不提。

第二天早上，完颜亮就领着唐括辩和他的老婆上朝了。上朝后把第二朵金花献给了熙宗。熙宗不看则已，一看马上站起来，把金花供到桌上，朝金花三拜九叩。满朝文武也都跪下了，然后熙宗就掉泪了，和大臣们说："这朵金花是当年太祖第二个妃子戴的花，这正是我的亲祖母戴的花。我找了多年没找到，不承想能落到这个郡主身上，没别的，你献花有功，我就认你为姑娘吧。"这还了得，唐括辩当时赶紧起身让老婆叩头，认熙宗为父。本来熙宗应该是她的叔父，熙宗挺高兴，便把她领到后宫见老太后。老太后见到唐括辩的老婆后很高兴，一打听是宗翰的后代，便觉得亲。就这样唐括辩来到京城里，一跃成了驸马。这完颜亮高兴了，从那以后，唐括辩和秉德两人经常出入在完颜亮家里，完颜亮、秉德、唐括辩成了最好的兄弟。

这一天正赶上祚太后的生日，百官都来朝贺，完颜亮、完颜雍、秉德等都在，再加上几个老王也参加了，当时的老王健在的还有两三位。这里需插一句，熙宗宫内后宫有四个人，一个皇后，两个妃，还有一个张氏。两个妃子长得非常漂亮，一个叫乌木论氏，还有一个叫夹谷氏，每天不离熙宗左右。祚太后对熙宗并不怎么满意，唯独喜欢她的侄儿，因为熙宗的母亲已经不在了，祚太后是他的嫡母。乌木论氏和夹谷氏两个妃子陪着太后出来，当时大摆宴席。乌木论氏和夹谷氏这两个人，前面说了，是水性杨花的人，见着男人有点儿迈不动步。两个人扶着太后出来，文武百官赶紧给太后祝寿。这个时候，乌木论氏和夹谷氏一看完颜雍和完颜亮不由倒吸一口冷气，心想天下竟有这样的美男子，心里觉着一动，反过来完颜亮一看乌木论氏和夹谷氏长得这么漂亮，心里也是一动。完颜雍并没有什么表现。完颜亮心想：真是尊贵不过帝王家呀，没承想皇帝能找到这样两个天姿国色的妃子。如果成为我的妃子，那该有多好啊。他心里这么想，便琢磨无论如何也得把这两个妃子弄到手。就这样，摆下宴席后，熙宗皇帝酒过三巡，趁了兴就告诉乌木论氏和夹谷氏，说："你们两人下去替我给各位王爷敬敬酒，表示君臣之分。"

乌木论氏和夹谷氏就等这声令下呢，挺高兴，拿着酒壶，到别人跟前，俩人还不怎么的，唯独到了完颜亮和完颜雍跟前，简直故作媚态，扭扭搭搭的，想让两个王爷看中她们，暗送秋波。到给完颜亮敬酒时，三个人都有相同的想法，完颜亮便很快地摸边擦袖。乌木论氏和夹谷氏一看也挺高兴，就互相把爱慕之心传递过去了。到了完颜雍那里，完颜雍端庄雅正，按皇嫂这样的身份，先给皇嫂深深请个安，低着头，连看也不敢看，把两杯酒一饮而尽。乌木论氏和夹谷氏这两个人对完颜雍有何表示呢，完颜雍像是没看见似的，心里暗想：可惜我大哥当回皇帝，为何找这样的两个不正派的人进宫，还要受到宠爱呢。他心里很不高兴。喝完酒后，完颜雍就偷眼一看，他把完颜亮的表情也看在眼里，对完颜亮有点儿不满，心想：完颜亮居然这样轻浮，敢和宫里的妃嫔传情说爱，这样长了，朝纲不是要乱了，心里这样想，没有说出来。熙宗越饮越高兴，就说："诸位爱卿，今天是皇太后的生日，一个大喜的日子，这个日子，像这样的满朝文武汇聚一堂，也很不容易。既然是这样，大家除了喝酒之外，每个人吟诗一首，咱们来个吟诗比赛，看看谁的诗情文采高，朕自有重赏。"

书中交代，金代当时的文化，虽说太祖和太宗制定了女真文，但是要正式的书写圣旨、奏折或学习等，还得用汉文，因为受到汉族的文化影响很深，满朝大部分的文武官员，也注意学习汉文的古典诗词歌赋。在当时最出色的是完颜亮和完颜雍，也就是以后的海陵王和金世宗，这两个人虽说是女真人，但在汉文上很有造诣，所以熙宗皇帝下旨后，大家都争先恐后地吟诗作赋，大部分都是歌颂王朝等。这个时候，驸马爷唐括辩也喝了一盅酒，站起来说："今天是太后的生日，我愿意献诗一首。"大家挺高兴，这时唐括辩也有点儿醉了，也愿意显示自己的才华如何高。他说："自古尧舜制事，相继夏禹商汤，秦王无道乱天下。荒淫万民遭殃。贞观治事天下富，五代混战出柴王，黄袍加身赵匡胤，一统天下称帝王。"

大家一听，心里不由得替他捏了一把汗。这纯粹是歌颂宋王天下，"黄袍加身赵匡胤"，怎么是一统天下，已经把他撵到江南了，何来的一统天下，所以大家有点儿不服。这时候完颜雍更不高兴，站起来说："太后今天是万寿节，我愿意献歌献舞。"说完起身边歌边舞，舞起蟒式舞。完颜雍写的歌在史书上记载和民间传的不一样，他是这样说的："伟哉我祖，神勇无敌，奉天承运，功高万世。拯救万民，立业永固。赵姓无能，万民受煎，我祖兴师，光泽同沾。保国安民，金国嫣然。"

大家一听，肃然起敬，为金太祖的丰功伟业感到无上光荣。熙宗越听越觉得唐括辩的诗不在情理，有损于金国的形象，把杯"叭"地一摔，说："好个唐括辩，竟敢灭自己的威风，长敌人的志气，居心何在？来人，把他推出去，斩。"这一下把唐括辩吓得酒醒了，赶紧跪下说："我主，我这是一时的没有准备……"熙宗说："不行。"这时御林军上来，抹肩头拢二背地把唐括辩绑起来。这一绑就推出去了，挺好的宴席就弄得很紧张。这时候，完颜亮起来跪下，说："我主，看在他是驸马，如果把他杀了，天下人会认为不过因为他说了几句话，这样反倒不好。我们还是救了他吧。"完颜雍也看到这个场合杀了他不太好，也跪下求情。大家一齐跪下求情，熙宗气呼呼地，一看两个王都跪下求情，便说："既然这样，把他拉回来，重责二百杖。"那时金人当官的，不管当多大的官，要犯了罪，该打一百杖就打一百杖，该打二百杖就打二百杖。当场打了唐括辩二百杖，然后熙宗让人把他抬回去了。就这样唐括辩对熙宗皇帝开始有了愤恨。

这且不说，再说秉德，自从和完颜亮一天比一天好了之后，完颜亮把他当成心腹之人。这时唐括辩挨了杖，散朝之后，完颜亮派人偷偷地把唐括辩接到他的府中，精心照顾，请来医生给他上药。唐括辩对完颜亮感恩戴德就不用说了。另外一看完颜亮文才盖世，对他也有些佩服。这样唐括辩伤养好后，有一天秉德他们三人在密室里喝酒，三人都喝醉了。秉德说："当今我主，一些老臣在时能扶植他，把金朝治理得还行，可是老臣先后去世之后，那么……"秉德乐了，他没接着往下说。完颜亮打了咳声说："我也有这个想法，如果让熙宗再这么治理下去，金国怕有亡国之忧。"唐括辩说："既然这样，希望王爷要多加辅助啊。"完颜亮这时喝得更醉了，打个咳声说："我呀，平生有三志。"秉德一听平生三志，就要听听，完颜亮说："我第一志要消灭宋朝，统一天下，天下不统一，任何时候都不能安静，永远有你征我战的情况，只有统一了，天下归为一统，四海皆为一家。这是我的第一个志愿。"大家一听肃然起敬。"我第二个志愿跟别人不同，我愿天下美女尽归我手，天下最好看的姑娘都统统归我，我要享受。"秉德和唐括辩一听，互相瞅瞅，没吱声。完颜亮说："要想达到这两个目的，我现在的职位不行，那么只有当今皇上才能办到这两点。"两个人一听心里咯噔一下。唐括辩因受杖责已对熙宗怀恨在心，这时听出完颜亮有篡位之心，便很是高兴。秉德则心想：你想当皇帝，那可差远了。三人又喝了一会儿，便散了宴席。

却说秉德次日上朝，与左司郎中三合并立，三合便私下跟他说："皇上宠幸皇后，皇后干预朝政，这是不祥之兆啊！"秉德说："千万不要乱说。"不巧，他俩的话，被一个叫高寿星的听到了。这高寿星是皇后的亲信，就把这话告诉了皇后。皇后很生气，就跟熙宗说："万岁，臣妾帮你治国能算干预朝政吗？"熙宗说："这话从何说起？"她就把此事一五一十说了。熙宗大怒，说："来人，三合对皇后不恭，以下犯上，出言无状，推出午朝门外斩首。秉德知情不举，亦犯欺君之罪，杖责二百。"这样就把三合杀了。秉德挨了二百棍，被抬回家中。从此，对熙宗怀恨在心。

秉德杖疮未愈，完颜亮与唐括辩先后来看过几次。这天，秉德已能下地行走，完颜亮把他和唐括辩请到府上，酒席之中，完颜亮说："当今皇帝任由皇后干政，朝中人多有不怠，竟然发展到整日醉酒，滥杀无辜的地步，这样下去怎么得了？"唐括辩趁机说："这样的昏君应该废掉。"秉德说："确该如此。"秉德这时已对熙宗怀恨在心，恨不得先除之而后快。以后三人便常在一起密谋废立之事。这才引起完颜亮杀熙宗，篡位夺权，金世宗走国。

欲知后事如何，且听下回分解。

第二章 | 遭责骂　完颜亮假装悔过
尽慈心　完颜雍诚心规劝

上回书说，秉德被罚了之后，完颜亮心中不得劲儿。常常背后暗想：早晚必须把熙宗干掉，取而代之，我必须当皇上，这样才能完成我的平生志愿。怎么办？完颜亮这个人虽有才华，但他荒淫无道。上回书不是说完颜亮经常跟宫里的两个妃子勾勾搭搭嘛。他就仰仗着他是祚太后的亲侄儿，又和熙宗是叔伯兄弟，他出入宫里是很随便的。所以经常到两个宫去引逗这两个妃子。两个妃子也跟他一天比一天亲密。三个人经常混到一起，很不太干净。这件事宫里的人虽知道，但又不敢说，抓不到证据，假如那么一说，不但是个人的灭亡，而且还得祸灭九族啊！

偏偏事有凑巧，熙宗平常都是半夜才到那两个宫里去，大家都知道的，半夜之前都是批改奏章、奏折了，或者听听他的老师给他讲历朝历代的兴邦治国的策略。可偏偏这天给他讲课的老师有病了，没起来，他在屋里待着也觉着没事，就溜溜达达地上东宫去了。到了东宫之后，宫女们一看见熙宗心里就慌乱，就要回去禀报王妃。唔？熙宗冷丁想起一件事来，他说："不要动，跟我一起进去，或者你们在这儿跪着，我自己进去。"宫女们不敢动弹，熙宗悄手悄脚地进去了。进去一看，屋里灯火辉煌，他趴着窗户贴耳一听，完颜亮正跟他的两个妃子连喝酒带说笑，几个宫女在那伺候着。这时候熙宗把门一踢，门开了。两个王妃一看皇上进来了，吓得筛糠似的，跪在地上不敢吱声了。完颜亮是老经世态的人，看他哥哥进来，赶忙过来迎驾。熙宗瞅瞅他，很生气地问："你夜间到这里干什么来了？"完颜亮说："启禀我主，晚间我是来看咱们的母后祚太后来了，我想既然进来了，就来看看我的两个嫂夫人，顺便来看看你。一看你没在这，我就等着，知道你在那地方，所以两个嫂嫂给我准备些酒菜，我就吃了。"听到这样的话，熙宗骂后悔了，没抓住他们的真凭实据，就哼一声说："以后你不要随便私自进宫。"完颜亮只好唯唯诺诺地走了。走了之后，熙宗越想越憋气："来人"，当时把武士叫来，说，

"把这两个人给我杀了。"这两个妃子，连分辩都不敢就被杀了。熙宗一激动，说："把东宫所有的宫女都给我杀了。"就这样一气杀了好多人。

这件事情非同小可。完颜亮觉着不是好事，又找祚太后去了。祚太后偏向完颜亮，她认为完颜亮的能耐比熙宗高。完颜亮见到祚太后就说："母后，有件事情我哥哥做得太过分了。"祚太后说："怎么回事？"完颜亮就跪到地上，流着眼泪说："有天下晚黑……你想想，她们是我的两个嫂嫂，我能跟她们怎么呢。"他这一说，就把祚太后说心软了，就说："再以后你要加点儿小心，到宫里来了，到我这儿可以，你不要东宫西宫地乱窜。知道的是你看你嫂子去了，不知道的说了就不好听了。再以后就注意点吧。"说完这话祚太后就把完颜亮又申斥一顿，说他言行太不谨慎了，说着话的工夫，熙宗早晨来问安了。他进屋一看完颜亮在里头，心里就非常不得劲儿。祚太后说："来来，你们哥儿俩都给我坐下。"她就告诉熙宗说："你把咱们祖先的功绩讲一讲，让完颜亮听一听。"熙宗一听这个，说："谨遵母命。"就把太祖怎样带各族人、各部人把辽国打败的可歌可泣的英雄事迹说了一遍。完颜亮心里明白，心想：好，你想用这个来教育我，让我对你一心一德，那好，我也就假装这样吧。完颜亮要搁到现在当演员好了，他一寻思这，当时眼泪长流，跪在地下痛哭流涕地说："多亏哥哥你这么教导我，过去时候我光知道咱们的爷爷创业艰难，你这一讲我更深刻地感到我们要好好保住金国的江山。"说这话之后痛哭不已。熙宗赶紧把完颜亮扶起来，说："你起来吧，今后我们要和完颜雍一起，我们哥三个要同心同德，来治理好江山，不辜负我们的太祖创业之艰。另外这两个妃子我早想除掉她们，她们行为不轨，轻佻，要她们也没用，不能够因为她们，伤了咱们兄弟的和气。"完颜亮心里想：你把我的两个美人给杀了，今后我要拿你的脑袋报仇。心里这样想，却没有说出来。这个事情表面上算是缓和下来了。

又过了几天，是完颜亮的生日。按照金朝的规定，皇上要给哪个王送礼，其他人绝对不许送，其他人若送，就算是犯法。完颜亮那天办寿，当然满朝文武庆寿来了，熙宗不能亲自来，打发人带一份礼，来祝贺他兄弟的寿辰。祚太后要祝贺完颜亮的生日，就打发她的一个孙子送来一份贺礼，还有一封贺信，这封信完颜亮还当众读了一遍，大家都跪着听了。贺信的大致意思是说："你是一个很有才华有能力的人，你应该对金朝多多出力，帮着你哥哥辅佐朝政。"熙宗派出去送礼的人回来一说，熙宗非常不满意，想了半天，对宫内侍卫说："去，你到完颜亮那里去，把祚太后送的礼物给我追回来，你告诉他，金朝没有这个制度。"这就派人把祚太后的礼物全部拿回来了。拿回来之后，完颜亮知道这事不对，违背祖制，竟敢收下了，按说完颜亮当时如不收，好好封存起来，再打发人送回去，也就没这个事了。偏偏祚太后这封信这么一说，把完颜亮说得飘飘然了，把信也留下了，礼也留下了。这样一追回，完颜亮知道事不好，但表面上不露声色，当时完颜亮还打发一个人进宫，向熙宗皇帝道歉说："我忘了祖宗规定的规矩了，我今天恭送回来，应该是只收皇上的礼物。"就这么完了。

当天晚上，完颜亮越想越害怕，这样长了，他的性命都难保。他就把秉德、唐括辩，另外还有一个他手下的亲信，这个亲信的名字挺怪，叫李和尚，李和尚这个人，出好道他不会，出坏道他一个来一个来的。完颜亮就把这三个人找来了。这三个人推心置腹，有什么话都可以说了，他就把宫中的事情一五一十地跟这些人说。完颜亮说："像这样的皇帝要他没用，应该铲除他。"完颜亮问唐括辩："唐括辩，你是驸马，你说说，如果熙宗被铲除之后，谁能当皇帝？"唐括辩也不知道完颜亮是想当皇帝，就说："依着我看，如果熙宗让位之后，我看只有完颜雍。"完颜亮心里咯噔一下，说："那么除了他呢？"唐括辩说："除了完颜雍，还有一个叫完颜珠。这个人也能行。"完颜亮说："这你说哪去了，完颜珠软弱无能，他干不了大事！"这么一说，秉德眼睛贼，一听完颜亮这么说，心里说原来如此啊。这时候秉德就问了，说："贤弟，你看谁能担当起这样一个大事？"完颜亮笑着说："要想担当大事，将来熙宗皇帝真要是逊位的话，只有我，没有第二个。我能担当这个大事。"三个人一听明白了，当时都没吱声，完颜亮说："这样吧，咱们三人算是生死之交，有福同享，有难同当，咱们看看怎么能把熙宗干掉，我要当皇上了，没说的，你们当然要封大官了。"秉德想了半天，说："这个事情我们三人恐怕出不了大谋，现在有一个人，这个人文韬武略没有不行的，外号叫小诸葛。你要把这个人请来，你就如虎添翼。"完颜亮说："你说的这人在哪呢？"秉德说："此人在徐州一带，姓肖名裕，这人是女真文也通，汉文更通，从古至今没有他不知道的，不但用兵作战是很好的元帅，而且是足智多谋。你把他请来吧，他对熙宗也有些嫌隙，因为他的父亲被熙宗杀掉了。"完颜亮说："既然这样，我得找机会求他去。"秉德说："现在你无论如何不能露马脚。对熙宗要尽量多接近，表现出你是忠于皇帝的。"四个人定下计策之后，就准备去了。

再说事情偏偏凑巧，完颜亮有一个家丁，好喝酒。完颜雍也有一个爱喝酒的家丁，两人喝酒碰到一块儿去了。碰到一块儿后，家丁总是分别捧自己的主人。完颜亮的家丁在酒桌上两盅酒就喝醉了，完颜雍的家丁也喝醉了。完颜亮的家丁说完颜亮如何好，伟大，受到祚太后的赏识，完颜雍的家丁就不服气，说："你，你忘了，宫里的两个妃子因为什么被杀的。"两个人你一句我一句，越说越火，就打起来了。打了半天，两人都受了伤分别跑回家去了。回去后在各自主子面前都要说。完颜亮的家丁哭着跟完颜亮说了他被打的事情，秉德正好在跟前，完颜亮听说他的家丁被完颜雍的家丁打受伤了，说："好啊，他仰仗着完颜雍的势力，欺负到我头上来了，他打我的家丁跟打我一样，今天非报此仇不可。"完颜亮又气冲冲地说："来人，集合，我要把完颜雍的府上砸个稀巴烂。"气得就要去，秉德赶忙拦住，说："你要干什么？"完颜亮说："他欺负到我的头上，现在我若不去杀他，岂不是说明我无能。"秉德说："你听我说，你想成大事还是想报私仇？"完颜亮说："当然想成大事啦，正好就这个机会把他干掉了。"秉德说："你想到哪里去了？别说你带几个家丁去，你就去一二百人到完颜雍那里，能够抓住完颜雍吗？这样不但不成功，你反而把完颜雍得罪了，使他更加警惕你了。这样有什么好处？再说，两个家丁打架，你就把人领去了，万一被皇帝知道了，问罪起来，你拿什么答对？"一番话说得完颜亮傻了，心想：对呀，这样我要是到完颜雍府上去的话，问罪起来，我一点儿理也没有。完颜亮坐在那里非常憋气，秉德说："我有一招儿，你要按我的招儿去做，不但能做好，而且能成大事。"完颜亮问："怎么办？"秉德说："这么，这么做……"完颜亮一听，开始觉得不得劲儿，一琢磨，秉德说得对，只有这么做才是缓兵之计，说："好。"

第二天，完颜亮就把挨打的家丁找来，问："你昨天说什么了？"那人又从头一说，完颜亮说："好你个混账东西，你竟敢挑拨我们兄弟之间的关系，你知道吗？我们兄弟是情同骨肉，我必须领着你到我兄弟家谢罪去。"他说："来人。"便把他的家丁绑上了，绑上后，完颜亮连马都未骑，亲自领着家丁，一直步行到完颜雍家的门口，到门口完颜亮告诉家丁："你给我跪下。"完颜亮到屋就给完颜雍跪下，眼泪长流，说："贤弟，千万不要因为家丁影响咱俩的感情。我把家丁都带来了。"完颜雍扶他起来，问："是怎么回事？"

完颜雍的家丁回来后，也像完颜亮的家丁一样，说完颜亮的家丁从头到尾怎么欺负他，完颜雍心想：这是两个家丁打架，不能因为这点儿事情，影响他和完颜亮的关系。完颜雍申斥了家丁一顿，说："怎么没事惹事？到外面应该谨慎才行，而不该仰仗我的势力到处吹嘘。今天我饶了你，因为你受伤了，给你几两银子，你好好养伤，再有这样的事情，莫怪本王不客气。"这样，完颜雍早已把家丁安排好了，认为这事也就拉倒了，不算什么大事，没想到完颜亮领着家丁道歉来了。完颜雍心里就纳闷，说："完颜亮，是否小题大做了，这么点儿小事，两个家丁打架，何必动这么大的操扯呢。"完颜雍吩咐人把完颜亮的家丁也叫到屋里。

完颜亮再三赔罪，说："我们家仆人怎么怎么不对，请你原谅。"然后没容分说，命令来人，完颜亮身边还跟着几个人，"把这个家丁的左耳朵给我割下去。"当着完颜雍的面，就把家丁的耳朵割下去了。完颜雍想拦都拦不住了。完颜雍说："你何必这样，因为一点儿小事，何必施此重刑。"完颜亮说："不，兄弟，我不如此就不能对你表示诚意。"完颜雍也很感动，完颜雍这人非常仁厚，一般不罚人、打人。他常说，杀人的事是非常残忍的，除非必要时不杀不行，才杀，但能够不杀的，还是不杀为好。完颜雍一看完颜亮的家丁的耳朵都掉了，就说："大哥呀，我有心把我的家丁叫出来当你的面罚他一顿，这样不好，显得我们哥们互不信任，没别的，今后我一定要严加管教我的家丁不出去惹祸。"完颜亮非常感动，深深地给完颜雍请安。完颜雍赶紧双膝跪倒，说："你这样多次给我行礼，我受不了，今天我给你还礼吧。"两人站起来，分宾主坐下，完颜雍吩咐家人摆好酒席，完颜雍见完颜亮如此诚心，就说："哥呀，论才华，你才高八斗，学富五车，论你的胸怀，也不算小，可是你有一些不足之处，我想你要把这些不足之处真正改正，咱们两个共同扶保熙宗大哥，金朝的江山能够永固。你知道吗？辽国所以灭亡的原因，不就是内部不和睦，他们兄弟互相猜疑，才使得江山丧失。天祚帝这人并不混，为什么亡于咱们手中？因为天祚帝他们兄弟不和，内部不团结，上下不一心，我们如果那样，岂不是辜负了太祖创业的艰辛了。听说你在熙宗大哥面前提到太祖创业时，你哭得泪流满面，我看这个挺好，我们哥三个应团结起来，现在老臣已都先后故去了，我们不能够让金国的江山在我们手里葬送。我想你应该在女人的问题上慎重，当然因为年轻，你说几个女人可以理解，我听说后宫的女人，大概不下十几个跟你这么胡来，这样时间长了，第一影响你的身体，第二影响你的正事，有什么好处呢？你要听兄弟劝，应把这些事情处理好。"完颜亮听到这些，赶紧站起来，痛哭流涕地说："兄弟，听你这一席话，胜读十年书。你对我推心置腹地说这些话，我一定照办。今后我有什么事情都要和你商量，也希望你跟我同心同德。"完颜雍一听这话不太好，便说："不对呀，不但咱俩要同心同德，而且我们要和满朝文武同心同德，要和当今皇上同心同德。""对对，"完颜亮说，"我这是一时失言，咱们要和满朝文武团结起来，没别的，你再上朝时在熙宗面前帮我说说情。"完颜雍说："都是自家兄弟，他虽说当了皇帝，但对咱俩还是很尊敬的。我可以给你说说，过去的事情就算过去吧。"就这样，完颜亮在完颜雍家说完后，回家就把后院的十几个美人都打发回去了，只留下两个，一个是原配，一个是偏房。这一来完颜雍感到完颜亮真是听话，在熙宗面前也说了一些好话，熙宗对完颜雍冷笑一声说："王弟呀，你只知其一不知其二，只知其表不知其里呀。完颜亮这人在朝里不能重用，重用他，将来他的羽毛丰满之后，也是你我二人的隐患。"之后，熙宗就把他所掌握的一些情况又和完颜雍说了一下。完颜雍说："不管怎么样，还是应以和为贵。"熙宗说："好吧，既然这样的话，咱们今后就要注意他的行动。"

如果熙宗能按他现在的想法去做的话，完颜亮也篡夺不了王位，也杀不了他。以后的熙宗在思想上有很大的变化，在行动上也有很大的变化，才引出一段祸事。

欲知后事如何，且听下回分解。

第三章 网罗亲信　耶律巴金甘效力
多次拜访　肖裕献计施阴谋

完颜雍回到府里去了。回想着几天来完颜亮表现得特别好，心里也纳闷，既然是自家的兄弟，为什么偏偏老是这么表现自己呢？心里直嘀咕。但是他也抓不着把柄，这倒不提。

咱再说完颜亮。完颜亮这天在府上，把秉德找来，就把这几天的事情一说。秉德很高兴，说："你只有这样，才能成大业，立大名，才能真正达到你的目的。"完颜亮说："熙宗手下有几个妃子，长得很漂亮，比如张氏、那氏、瓜尔佳氏啊，将来我杀了他，怎么才能把她们弄到手呢？"秉德说："你先不要提这个。你想这个，对咱们成大业不利。明天上朝时你奏本，就说徐州那地方有些灾涝，你让我出去巡视一下。我到了徐州之后再找肖裕，利用这个机会把肖裕的事办利索了。我把你的事情和肖裕说一说，看他怎么说。"完颜亮说："那可去不得，你可不能直说。"秉德说："你放心，我跟肖裕是八拜之交，我说的事情，他肯定不能泄露。这你放心吧。"完颜亮说："你可要多加小心，事情未成，可别走漏消息。"

秉德走了大概两个来月，高高兴兴地回来了。回来后，就来完颜亮了。秉德说："肖裕这个人太有远见了，说你久住京城熙宗肯定要怀疑你，会把你贬出去。你如果被贬之后，应欣然领受，不要有丝毫不满的表情。因为你到外边去，才能够展翅高飞。再有，肖裕又给你介绍一个心腹之人，此人在宫内武库当署令，叫耶律巴金，这人会办事，有什么事情他都能够办好。"这个耶律巴金是辽国的降将，表面对金国很忠诚，暗中恨得了不得，恨不能马上让契丹部反起来。耶律巴金一听说肖裕让他接近完颜亮，心里暗暗地说：正好，我借这个机会，把金朝的朝廷挑拨个一塌糊涂，让他们喘不过气来，然后我再给契丹发信，来个里外发兵，让金朝灭亡，辽国中兴。耶律巴金有这个想法，便见了完颜亮。耶律巴金见了完颜亮，连拜都不拜。完颜亮心说：这人好大的架子。耶律巴金问："王爷，你找我来有什么事吗？"这么一问，完颜亮反而不敢说了。耶律巴金把眼睛一瞪，说："噢，你想要利用我，来铲除熙宗，这是大逆不道的事情，我一定要上告熙宗。"完颜亮一听，吓得满脸流汗，马上就给这个耶律巴金跪下。耶律巴金说："你知道吗？你这犯的是滔天大罪，祸灭九族，你知道我跟熙宗是什么关系吗？"完颜亮吓得哆哆嗦嗦。耶律巴金说："你真想让我跟你一心，那好办，因为我投降金国之后，一心一意保着你们金国，可是直到现在我仍是一个武库署的署令，我连左丞右丞都没当上。就凭我这个能力、胆量，我现在当个督元帅都可以，你想用我，没别的，你在皇上面前把我提拔为左丞相，我就和你同心协力地铲除内奸外患。"完颜亮明白"内奸外患"这几个字的意思，完颜亮说："好，既然这样，我一定在圣上面前想办法保你。"耶律巴金乐了，说："你在现在的皇帝面前保我有什么用？将来他被弑之后……""噢"，他这么一说，完颜亮明白了，说，"你放心，一旦我得了天下，我不仅封你为督元帅，大元帅，而且让你领三省市。"耶律巴金说："空口无凭，不行，得有字据。这就是我将来当大官的证据，我愿意辅佐你，至于将来怎么办，你去见见肖裕。"这事就算搁下了，这样，完颜亮的党羽又添了一个耶律巴金。

正像肖裕那样预料的，熙宗总是对完颜亮不太放心。这天熙宗把他召到宫里说："完颜亮，现在南京（书中话说就是现在的南京）没有我的心腹留守，我派你到南京留守。"他这一说，完颜亮心里暗暗佩服肖裕，这个肖裕可真不是一般的人，他假装非常高兴地谢了恩，准备南下。按正理到汴梁不用到徐州，完颜亮故意绕道到了徐州。肖裕本名叫肖遥折，当时是徐州长牧，就是现在的州长。他一打听，肖裕这两天有病在家没来。完颜亮打听好肖裕家在哪，便到肖裕府上去，一叩门，报上姓名，仆人说："真不凑巧，主公这两天到乡下去体察民情了，大概得明天回来。请到屋里吧。"完颜亮也没到屋，就告辞了。就这样一连去了三四天，一次也没见到肖裕。第五天头上，完颜亮想：我来了三四天，他仅仅是个徐州牧，要跟我这个王爷比，他真是差得太远了。他理应接我才对，为什么他架子大呢？或者是他没有能耐，躲着我，不敢见我。便有点儿二意不定。这天晚上完颜亮又去了，想最后再试试。去了之后，不错，大门开了，仆人说："我家主人请王爷进去。"完颜亮一听，连接都不接，进去就进去吧。进去一看，肖裕正和仆人争箭头呢。完颜亮一看，咳，还是个大人物呢，因为几支箭，就和仆人这样争，未免也太过分了，心里有点儿不悦，虽然这样可他没表现出来，就坐下了。肖裕一看，完颜亮进来了，就赶紧请安："参见王爷，这两天我有事情，使王爷空跑多次，还请王爷恕罪。"下边人献茶。肖裕说："王爷找我是公事还是私事？"完颜亮说："我想求教先生，你能否帮我指点迷津？"肖裕说："这个事情，容后再说。有几个事情我想拜托王爷。"完颜亮问："什么事情？"肖裕说："我这个地方年年好受水患，黎民百姓生活很不安定。另外，江南一带的宋国常常来扰乱边界，你能不能派来一些人帮助我安边。这是一；第二个，能不能够放些钱，好救济老百姓。"完颜亮一听，心想：我本是求他，现在他反而来求我了，只好答应了，说："好吧，既然这样，我回去之后面奏圣上。"完颜亮也没说他的事，就回来了。

秉德手下有个他的心腹之人，跟完颜亮一起到的南京，这个人也是足智多谋，论起来，他是被杀女子夹谷氏的长兄，叫夹谷熊。完颜亮回来后将这个事情的经过一说，夹谷熊拍拍腿说："王爷，这个事情办得不好啊。"完颜亮说："怎么了？"夹谷熊说："你别小看人，肖裕这个人足智多谋，他一般不表现在外面，你这样去拜见他，怎能得到他对你的真诚呢？"这么一说，完颜亮明白了。

第二天，完颜亮就带着重礼，换上一身新装，恭恭敬敬地去了。到了那里，二话没说，就给肖裕跪下了。完颜亮说："没别人，昨天我是太失礼了。我来时有些大事要和先生相商，昨天仓促之间没有准备。"肖裕笑了，说："这大概是夹谷熊出的主意，也好，王爷请起。"这个时候，完颜亮又想说又不想说，肖裕对旁边的人吩咐一声："你们下去吧。"完颜亮二番跪倒，说："无论如何，你得为我出谋划策，看看我将来怎么能够夺下熙宗的江山。到时候，我们有福同享。"肖裕说："好吧，既然这样，你请起来。当今熙宗皇帝耳软心活，他本人能力不大，多亏老王们在世辅佐他，他才能够维持朝政。老王们一死，他恐怕掌握不了朝政。既然王爷有这个大志，在下也愿和你谈谈当前的局面。"然后肖裕就把朝里朝外的形势说了一遍，说来说去归到一个人，肖裕说："你将来掌握天下，别人都好办，唯独完颜雍弄不了。完颜雍的智谋胜过你一筹，你赶不上他，看着你的力量比他大似的，但你赶不上他。"完颜亮也知道自己赶不上完颜雍，问："那怎么办？"肖裕说："依我之见，我给你提出四个策略。"完颜亮说："我愿洗耳恭听。"肖裕说："第一，你到南京之后，这是你发达的迹象，你到之后要招兵买马，扩建你的心腹之军，但名义上是给熙宗招军，巩固边境，防止宋军前来侵扰。短时间内你招收的不用多，招收三千到五千就可以。另外，汴梁城那儿不仅是人才济济的地方，而且粮食也还够用。第二，你对当前的熙宗皇帝不能有一丝一毫的怠慢，或露出马脚的地方。你应对他毕恭毕敬，暗中行事，你应多去问安。另外可在南京一带挑选一些美女，给他送去。第三，你要节衣缩食，省吃俭用，处处为国家节省，替皇上担忧。你吃饭不要太过了，和老百姓一样吃、住，要讨好民心。另外要少近女色，暂时最好不近女色，将来你当了皇帝之后，不是要啥有啥吗？"这一点跟完颜雍说的是一样的。"最后一点是狠。"肖裕说到第三点时，完颜亮都能点头，说到第四点时，肖裕说："这是最难的，你想用什么方法把熙宗手下的安武军消灭？只有把安武军消灭，熙宗手中没有兵权了，这个时候你得天下才能容易。"完颜亮说："别的事情都好办，唯独这个安武军是老王完颜袁率领的军队。另外他手下有节度使查拉、左王将军特恩，这都是天下无敌的能手，那我手下恐怕没那么大力量。"肖裕乐了，说："单凭你手下一点儿兵马，别说是你，任何人也不行，要想消灭安武军，我给你略施个小计，保证让他军队也完，人也完。我要想破安武军，如探囊取物。"

这么一说完颜亮心想：怨不得大家都说肖裕能耐，真是有神机妙算之能。赶紧离席，恭恭敬敬地请安说："请先生施教。"肖裕说："这个事情我给你写封信，我现在还不能出头，你拿这封信，找耶律巴金，耶律巴金能想办法把我调到京城里去，我和你共同消灭安武军。那时我们可以真正行动了。现在你不要着急，先要把你的兵马招好了，然后你把熙宗安排好了，让他不起疑心，这时我们再消灭安武军。"完颜亮一听这些，心里像开了一扇窗，说："那好吧，既然这样，我愿谨遵先生的教诲。"他就拿着肖裕的一封信，上路回到南京。因为他没有圣谕不敢随便回去，这才引出完颜亮南京招兵买马，肖裕徐州出谋划策，与京城里耶律巴金和秉德勾结，再加上唐括辩等构成势力，成为熙宗的对敌，引起完颜亮篡位，金世宗走国。

欲知后事如何，且听下回分解。

第四章　完颜亮培植尚武军
醉熙宗误斩完颜袁

　　话说完颜亮回到南京之后，作为一个留守，别看在京里官不大，一到了南京，就是当地的土皇上。当时官员们都出城迎接，完颜亮看到官员来后立刻下马，很远的就奔向文武官员。这样一来不要紧，让官员有点儿受宠若惊，说："每次每个留守官来都是吆五喝六的，官架十足，唯独新来的这位留守官可真不一般。怎么这么和蔼呢？"就这一招就引起大家对完颜亮的很大信任。到了南京城里，给他安排到豪华的府邸，结果完颜亮摇头不住，说："我在京里虽说是个王，出来后应与民同苦，我看西边那趟房子足够用。我一个人，家眷暂时不带。"自己就硬搬到小院里去，大院到底没住。干什么？供上圣旨龙牌，当今万岁的龙牌，供太祖的龙牌。每天朝拜时就朝拜太祖及当今圣上。到吃饭时，摆上酒席筵菜他一律不吃，说："今后我吃饭时要和你们一样，要同甘共苦，不要摆这样的筵席。"就这几招，就在南京传开了，完颜亮品德怎么高，治理南京怎么好。这个时候他心里琢磨了，我得把谁能拉拢过来呢？南京有一个左将军，有一个右将军。这两个人，有一个叫洪虎礼，洪虎礼这个人，说起来是太祖刚起兵的时候，他手下一员战将的孙子。这个人有三十多岁，长得满脸横肉，虬髯、黑脸膛，虽有能力，有武功，但是很不懂事。完颜亮没事时就找洪虎礼。完颜亮问洪虎礼说："你在这儿怎么样啊？"洪虎礼说："还行。"完颜亮问："你今年多大岁数？"洪虎礼答了多大岁数。完颜亮问："你成家了没有？"洪虎礼说："还没有。"其实这也不怪，因为在边界上，天天忙于作战没工夫想别的。这样完颜亮每天吃饭时总是把洪虎礼找来，让他同桌吃饭。洪虎礼对完颜亮非常感激，心想：来了这个留守大人，真是懂我的心。以后完颜亮又帮他成了亲。右将军是从宋国投降过来的，姓张，叫张允。张允这个人，有些能耐，在文章的造诣上也挺高。完颜亮看中了这两个人，一个能带兵打仗，一个能出谋划策。这两个人是很好的助手，他从这开始对此二人特别重视。这二人跟完颜亮走得特别近，一天比一天近，近得像亲兄弟一样。

有一天，完颜亮把洪虎礼和张允找过来，说："你们知道三国桃园结义的事吗？"二人答："知道。"完颜亮说："刘备、关羽、张飞，咱们今天也算是这哥三个，如果你们二人同意，咱们结拜为兄弟如何？"洪虎礼与张允自然是求之不得，也不知完颜亮心里的底细，说："好吧。"完颜亮置办酒席，买上些香烛纸马，在后园里三个人结为兄弟，对天盟誓，不能同年同月同日生，但愿同年同月同日死，有福同享，有祸同当，山盟海誓。三个人吃一阵喝一阵，然后完颜亮就和这二人说："咱们现在的兵马，要想对付宋军恐怕不行，没别的，我上奏一本，如果皇上允许的话，咱们可以招兵买马，建立南京军。不是有安武军吗？咱们这个叫尚武军，不知二位觉得怎么样？"两人当然高兴了，把军队建起来，他们就是两个副元帅。他们说："好。"完颜亮当时就修了一本，奏本上是这个意思：边防比较吃紧，宋国也不断来扰边，有心提调安武军到这里镇守，安武军还要保护京城，责任比较重大，依臣之见，想在此招兵买马，不用京城里出多少钱，我这里军队就能建立起来，建起军队之后，边境就能安静，有利于治国。实际上是冠冕堂皇的话，说得条条有理，加上完颜亮的文才又高，撰写的奏章娓娓动听。熙宗皇帝看了奏章有点儿高兴，因为熙宗皇帝也有这个想法，南京地方军队不是太多，军队长期驻扎，不换防的话，士兵也想家。如在当地建立一个军队，一个尚武军的话，该多好啊。就这样，准了他的奏章。完颜亮一看准了奏章，心里高兴，从那开始，没出三个月的光景，尚武军建成了。三千多人，他是尚武军的元帅。洪虎礼和张允是副帅。大旗竖起来了，洪虎礼和张允天天训练士卒，两人不知什么原因，以为真是保卫朝廷呢。军队建立起来，对完颜亮更是心服口服了。

完颜亮做到了这些，又想：怎么能让洪虎礼和张允知道我的用意呢，能够进一步对熙宗产生仇恨呢？这天，他又把洪虎礼和张允找来，对他们说："明天我在校兵场上看看军队，你们能否把军队训练一下，让我看看。"洪虎礼说："行。"第二天一早，洪虎礼与张允把左右翼的大军调过来，一个个盔明甲亮，精神焕发。完颜亮身披帅服，登上帅坛，三军先拜当今万岁，然后拜见元帅。完颜亮一看，挺好，训练一气，大家又练武、练马、练箭、练弓，虽然不太熟练，但也是基本上合格了。收兵后，完颜亮又把他俩找来，完颜亮打个咳声，说："有个事情，是和你们说还是不说呢？"洪虎礼心直口快，说："元帅，有什么话你只管讲。"完颜亮说："实不相瞒，从打看你们练兵，你们确实用了很大的工夫，你们俩的能力水平也远远出乎我的意料。我心里对你俩真是敬佩。咱们弟兄真是无话不说，可有一样，现在朝里对你们二人不认识，不知道，我屡次奏本，讲到你们的能力，可总得不到圣上的任命。我心里非常难受，最近我又上一本，结果回来了，答复说你们二人出身微贱，不能够重用。他打算派两个副帅来接替你们的职位。这事就把我难住了。"洪虎礼和张允好不容易当上这个大官，心里特别高兴，听这话，心里像被泼了一盆凉水似的，半天没吱声。心里暗暗地恨熙宗，说熙宗这不是无道昏君吗？我们俩这么费力地建起军队来，你却派两个副帅来干什么？洪虎礼说话了："这简直不讲理，要是这样的话，咱就反了吧。"这一句话张允就点头。完颜亮一听把脸一沉，恐慌地说："不能说这话，这不是造反的话吗？"他越慌，洪虎礼越来气，说："反他怎么的？他也不怎么样，他跟元帅比起来还不如你当皇上呢？"完颜亮说："还是少说为佳吧，我们是要安心养兵，只要我当元帅一天，我肯定不能抛弃你们俩。"这么一担保，洪虎礼和张允把完颜亮捧得像神仙、祖宗一样尊重。

又过了几天，完颜亮又把他们找来了，对他们说："为了你们俩呀，我又上了一本，熙宗皇帝还是不准奏。既然这样，你们俩不干了，我说啥也不干了。"他这一表态，这两个人便说："那好，既然这样我们也不用回去了，咱们就反了吧。"然后完颜亮说："熙宗手下现在有一群奸臣，他们老想派自己的人，成其大事，另外当今皇帝耳软心活，这样的话咱们金国恐怕要巩固不住。"洪虎礼很着急地问完颜亮："你的意思怎么样？"完颜亮说："这样吧，如果我们能够第二次盟誓，我可以说说我心里的话。"这两个人又跪下对天盟誓，说："我们要对完颜亮有二心的话，上天绝对不能饶我们。"完颜亮说："那我告诉你们，你们两人已经犯了杀头之罪了。为什么呢？因为你们先提出来要反朝廷，我呢，被迫为了你们两个人的利益和安全考虑，我也只好随你们一起，不能够同年同月同日生，也要同年同月同日死。有难同当，有福同享。你们两人的不幸就是我的不幸。我宁可自己掉脑袋，也要保护你们俩。这样，咱三个人，今天把话说明白，先养精蓄锐，一旦我夺了天下之后，天下的总元帅、督元帅、兵部尚书，没别人的，当然就是你们俩的了。"两人一听这个，心里很高兴，说："那好吧。"完颜亮说："可有一样，这话万万不能说，一旦时机成熟，我们再说。另外我还有个军师，我得问问他，他会拿出一些策略的。"就这样，完颜亮就同洪虎礼和张允两个人结为死党。

完颜亮把军队建立好了，熙宗来圣旨了，要召他进京述职，看看他的兵马怎么样。他把事情安排安排，就从南京奔向上京。话要简单，这天完颜亮到了上京之后，先回到家里休息了一宿，第二天就上朝了。上朝后，熙宗一看，完颜亮风尘仆仆的，穿得也很朴素，心里对他有点儿满意，对他说："你在南京很辛苦，听说你把这支尚武军训练得挺好，不知近况如何，我想听听。"完颜亮添油加醋地把尚武军说得如何如何，对待金国的忠诚怎么样，又怎样能保卫边疆，请万岁放心，等等。一席话把熙宗说得心花怒放，对他过去的事情也不加以过问了。当时加封他为南京路总元帅，封洪虎礼、张允为副帅。问他："是否需要派人？"完颜亮说："现在朝中缺人，就不必了。"就这样回家后就是晚上了。完颜亮把耶律巴金、唐括辩、秉德这帮人找来，跟他们这么一说，又把肖裕的信交给耶律巴金。耶律巴金打开一看，肖裕在信中说：你应当协助完颜亮把安武军消灭，应采取离间计，把祚王完颜袞杀死，这就能使咱们的第一步任务完成。耶律巴金琢磨之后说："我有办法，你们可以安心等待，一旦我事情成功，我一定到南京去，我会送信去。"

耶律巴金这么一说，完颜亮便问："你想用什么办法来消灭安武军？"耶律巴金说："你让我想三天，我想三天后，把整个计划告诉你。"耶律巴金辞别完颜亮，回到家中琢磨出一条妙计。第二天，他又来到了完颜亮的府上，把他的计划从头到尾地一说。完颜亮一看耶律巴金不愧为谋士，这个办法不愧为暗下无常死不知，让他死都不知是谁干的。完颜亮说："好，这个事情你知我知，再有是肖裕可以知道，连秉德等人都不能知道。"这个时候两人定好计策，耶律巴金便回去了。

再说完颜雍，完颜雍这阵子去北方巡边，去了有七八个月的时间，回来听说完颜亮不仅在南京建立了尚武军，而且听说他又收服了洪虎礼和张允，做了副帅。完颜雍对洪虎礼和张允的品行、情况也都知道，洪虎礼是一个没心眼的直性人，他真要是和谁一心，就是两头牛也拉不开，张允这个人诡计多端。完颜雍一想此事不好，为什么非要建一个尚武军呢？我们的军队够用。北部的兵马几十万在那儿等着呢，必要时可以调过去，真要是需要换防的话，也用不着建立什么尚武军了。他觉着不妙，于是去见熙宗。熙宗一看完颜雍回来了，挺高兴，赐座、赐宴，宴席上完颜雍说："万岁啊，有件事情我想提醒你。"熙宗说："什么事情你说。"完颜雍说："完颜亮为什么建立一个尚武军呢？"熙宗说："兄弟，你不知道。他大概感觉有些事情做得不好，想在南京立功。"完颜雍说："不是这样，这里边是不是有别的诡计，请万岁要特别注意，我看既然建立了，也就建立了。不妨派个心腹之人到那里，一方面可以监视完颜亮，省得他有什么越轨行动，另一方面可以把尚武军真正纳入我们手里，实在不行可以解散它，完颜亮可以将其调回。"熙宗就不太高兴，心想：你回来才两天，你就泼这些冷水，完颜亮虽然不大可靠，但是他也不能有反我的心呐，也不能想自己独立，可是也拿不出完颜亮没有反心的证据来。熙宗想了想说："这样吧，明天我派两个人去。"

第二天，当完颜亮辞行要回南京的时候，事有凑巧，熙宗就说了："兄弟，你一个人到那儿挺孤单的，我想给找两个助手。"完颜亮心里咯噔一下，有心不要，那还了得，如不要整个马脚就露出来了。有心要吧，又怕去个不三不四的人，想了半天，说："既然这样，可以吧。"熙宗说："我手下有两个侍卫，一个叫阿里出，一个叫勿吉。勿吉和阿里出比较勇敢，可以跟随你左右，帮着你治理兵务，算是一个参办吧。"完颜亮不听则已，一听这两个人，心里真是心花怒放。书中交代，勿吉和阿里出是唐括辩手下的两个人。唐括辩自从当了驸马之后，就派这两个人多次和完颜亮联系，这两个人之所以能当上侍卫，也是唐括辩引荐进宫的。唐括辩也有自己的想法，因为他自从跟着完颜亮盟誓之后，也要插一些心腹之人，所以把勿吉和阿里出这两个人推荐到宫里。这两个人武艺高强，两个都是名利之徒，只要给钱，什么事都可以办，有奶便是娘。完颜亮心想：好，这两个人正是我自己的人，假装说："好，万岁能把自己手下心腹的人给我派来了，我感恩不尽。"就这样，完颜亮带着勿吉和阿里出要回到南京。

第二天，勿吉和阿里出见了完颜亮。勿吉咬牙切齿地说："这回我们的势力更强了，力量更集中了。我到南京后看看，待上一个月两个月的，就参本你如何忠心。"第二天，完颜亮又把耶律巴金找来，耶律巴金对完颜亮说："你能不能举荐一下，让肖裕进京呢？"完颜亮说："好，明天我上朝再问一问。"第二天完颜亮又辞朝来了，临走时完颜亮说："现在吏部尚书这个缺还没人，如果万岁愿意，我给你推荐一个人。"熙宗问："谁？"完颜亮说："此人镇守徐州，姓肖名裕，外号小诸葛。"熙宗也知道这个人，他心想：我早有心把这人调来，就说："这样，就把他调进来吧。"就这样肖裕就调到上京来了。这下子南京是一个集团，上京以肖裕为首的又是一个集团，两大集团给熙宗铺了条死亡之路。肖裕来了之后，耶律巴金又暗暗地把他的计划跟肖裕说了一遍，肖裕说："好，你应该再加上这么一条……"耶律巴金一看还是肖裕更有远见。

第二天，耶律巴金上朝启奏："启禀我主，有件事情需要禀奏。"熙宗问："什么事情？"耶律巴金说："契丹部有三个有能力的铁匠，想当年在辽国的兵器库里做工，现在咱们的武库我检点一下，刀枪的钢口都不好了，还赶不上辽国的时候。我想到北方去查访一下，找找这三个人，找到之后呢，请他们到宫里给咱们打刀打枪做弓箭，这样对咱们的军队有好处。"熙宗说："你知道这三人在哪吗？"耶律巴金说："在契丹各部中我能够找到。"熙宗说："既然这样你去吧。"便批准他到契丹各部寻访铁匠能人。耶律巴金把东西收拾收拾就登程上路了。实际上他并没有奔契丹部，他直接到了安武军的驻地，安武军当时驻扎在现在的河北一带，他就到了祚王府。完颜袁是太祖兄弟的孙子，这人为人正直、忠心耿耿，兢兢业业地训练安武军。把安武军训练得如铜墙铁壁似的，而他手下节度使、左右将军查位和特恩，也有万夫不当之勇。

祚王一见他来了，心里就想：他是一个武军的署令，来这干什么？耶律巴金见了完颜袁，说："我奉旨到契丹部走一走。"祚王脸沉一下，说："你既然到契丹，那你到我这里干什么来了？"耶律巴金说："实不相瞒，我听说祚王你在此建立安武军，这支军队英勇无敌，保卫大金国的江山。我想到这里看一看，你还缺不缺兵刃，如果缺，我可以请来工匠之后，先给你打一批武器。"祚王一听这个挺高兴，说："我现在正好缺少一批精锐的武器，如果制造出这样的武器，对安武军来说是有百利而无一害。"于是他跟耶律巴金说："你找的工匠是什么样的？"耶律巴金实际也没什么谱，他是假借到契丹那边去，恰当的时候好挑动祚王找碴儿，回去之后再向熙宗一报，不就把祚王消灭了吗。耶律巴金说："我找这人，真是在辽代时（书中交代，辽为什么叫辽？辽象征着铁），他们在锻铁方面天下闻名，尤其他们有三个工匠，现都在撒拉巴手里。撒拉巴是谁？是契丹的一个总头目、总牧主，还叫作总牧达。"说此三人，锻出的兵刃天下无敌。祚王心里就有点儿想留下三人的意思，说："这样吧，你能不能把这三个人请来后先到我这里锻造一阵子，然后再回到京里，这样岂不是省事，还省得再上京锻造，最后我还得往回运，来回费事啊。"耶律巴金一听心里一阵高兴，说："好吧，既然是你要，我先给你留下，不过，熙宗皇帝要产生疑心可怎么办？"祚王眼睛一沉说："怎么，产生什么疑心，我在此锻造兵器，是保卫京城，还有什么可疑的？另外我们都是兄弟，你就不必多虑了。"耶律巴金又说了："启禀祚王，你可要知道，熙宗皇上一旦喝了酒之后，什么事都干得出来。不过祚王你是威名远扬，不会有别的想法。"祚王说："行，就这样吧。你把三个工匠领来后再看一看。"耶律巴金又说："我听说你跟撒拉巴很熟悉？尤其是撒拉巴投降，是你把他劝降的，这样你能不能再给他写封信，加你的力量，再加我的力量，两个力量集中到一块儿，不是很快能请到名人了。"祚王也没往别处想，说行，抄起笔来就给撒拉巴写了封信，意思就是：我现在急需兵器，见信之后，赶紧给我找三四个铁匠，来锻造兵器。耶律巴金拿着此信就走了。

到了北国，撒拉巴一看耶律巴金来了，高兴得了不得。原来撒拉巴和耶律巴金一样，明面上是投降了金朝，暗地却怀恨在心，恨不能有机会推翻金朝，扶保辽主。另外还有一人，此人叫窝里罕，他比别人更会来事，得到金朝的重视，封了一个大官，以后完颜亮当政之后，他们三人借故差一点儿没推翻金国。多亏完颜雍执政之后，才把大祸避免了。这是后话，咱先不说。耶律巴金拿着此信，心里说：好啊祚王，这就是你掉头的证据。撒拉巴向耶律巴金问京城里的事情，耶律巴金就把京城里的事情一说，他们内部的矛盾和完颜亮的野心等。撒拉巴高兴了，说："好啊，这正是咱们扬名立世的机会，你呀，千万要把这个事情办成了。"然后撒拉巴就给找了三个技术真正过硬的铁匠，耶律巴金把三个人领回来，还是送到祚王府。到祚王府，祚王挺高兴，一看三个铁匠确实手艺高强，就留下了。当时就开了一个兵工厂，耶律巴金说："这个事情你能不能随我到朝中去一趟，跟熙宗说说，不然我回去不好交代。"祚王说："好。"祚王想他一个武器署令也没多大的力量，也不能说服熙宗，自己便和耶律巴金一同回到上京。

到了上京，第二天早朝时，他就上朝。哪承想，熙宗这时刚喝完酒，喝醉了，也没上朝，祚王就直接到后宫见熙宗去了。一看熙宗喝得满脸通红，醉醺醺的。祚王心里很不好受，心里不由得咯噔一下，心想：万岁，你怎么又喝酒了，你老这么喝酒，国家大事可怎么办？金国将来可怎么办？祚王双膝跪倒，山呼万岁，说："臣此来想和你商量点儿事情，望我主陛下不要再喝酒了，再这么喝酒的话，江山恐怕不稳"，也没敢说保不住，"我主要以江山要紧。"熙宗一看，当着耶律巴金的面就谏议他，熙宗有点儿挂不住面子，脸一沉说："祚王，你也太大胆了，你为什么没听我宣调，自己就进了京？你屡次说朕喝酒，那么我问问你，咱们太祖皇帝东挡西杀、南征北战灭了辽国，哪一天他不喝酒？我喝点儿酒你又看到了，你这纯粹是对朕不恭，你是别有用心。"随后，熙宗问耶律巴金："我派你去要的铁匠你怎么没给我带回来呢？"祚王一看只好说了："铁匠正在我那儿锻造兵器，把兵器都换一批新的，然后再回到京城。"耶律巴金趁势从怀里掏出那封信来，说："这次找铁匠多亏祚王，他给我写信，我才找到撒拉巴。"熙宗一看信不由大怒："怎么，你竟敢跟北部的契丹牧主保持联系，你自己又想开兵工厂，你居心何在？岂不是要反叛？"祚王的脾气很暴躁，祚王当时就说："我王息怒，我是一心要把金国建设好，把老百姓保卫住，这是我的本分。我怎能有反意呢？如果咱们金国哪代做事不公的话，我会直谏他，我会不遵守他的旨意。"这一句话不要紧，祚王在皇帝面前说话没注意些分寸，熙宗一听这个，气不打一处来，便说："你有什么了不起，来人。"下面的武士上来，把祚王捆上。熙宗说："拉出去，斩！"满朝文武都不知道这个事呢，可惜一个忠心耿耿的大元帅就在熙宗喝酒的情况下斩了。

熙宗酒醒过来的时候也后悔了，但他这个人总是不愿意承认错误，心想：将错就错，我干脆把他手下的两员战将一同调进京城，我就说安武军要反，省着他们在这里造谣，将来如果替祚王报仇的话，我就受不了了。于是他又把耶律巴金找来了，耶律巴金一到宫里就双膝跪倒，给熙宗祝贺。熙宗说："你给我贺什么呢？"耶律巴金说："祝贺你斩祚王斩得完全对了，祚王府这个地方我去了几天，因为我去的地方路过他的边疆，他听说我去契丹地方借铁匠，他就把我找去了。我一看，他的家中跟皇宫一样，他的兵只知有祚王，不知有熙宗皇帝，尤其他手下的两员战将更是那样。"这时耶律巴金奉令赶紧又返回祚王的营地，这才调回了两员大将，熙宗一怒之下怒斩两员大将，解散了祚王的军队。安武军的军心大乱，险些断送了熙宗的江山。

欲知后事如何，且听下回分解。

第五章 | 完颜雍被贬守辽阳
完颜亮弑君登金殿

话说熙宗皇帝误杀了祚王完颜袁后，再加上耶律巴金添油加醋这么一说，熙宗更觉得杀得好，杀得对，不然安武军会造反。这时耶律巴金又进一步说："启禀万岁，万岁，万万岁，祚王手下有两员战将，一个叫查拉，一个叫特恩，如果不把这两人调来斩草除根的话，恐怕他们两个也要成为后患，因为他们与祚王是生死之交，他们要听说祚王被斩，他们很早就有反心，肯定要为祚王报仇。"熙宗一寻思也对，说："这样吧，赶紧派人到安武军，把这两个人调回来，我一并斩首。"话说熙宗这一鼓作气，就把自己的命断送了。

这些事情过去之后，耶律巴金跑到肖裕那去。肖裕说："你赶紧到南京留守，拿着我的信找完颜亮去。"耶律巴金就连夜假扮成商人模样潜出徐州，直接奔向南京。这时完颜亮知道安武军已经走了，祚王完颜袁已经被斩了，查拉和特恩也被斩了，因为他的禁卫经常给他送信。这天耶律巴金见到完颜亮，说了事情经过。完颜亮打开信一看，肖裕这样写着：根据当前局势，我分析你可能要被调回上京，熙宗对你的尚武军不信任。调回去之后千万不要无动于衷。这时我也要潜入上京，你先把熙宗的两个侍卫打发回到京里，然后你就等着，如果真正把你调回宫，你不要害怕，你不会有什么大的危险。你还要一如既往。就这样，完颜亮收到信后，就把耶律巴金藏起来了，把勿吉和阿里出两个人请来，说："肖裕最近来了密信，你们俩赶紧回去安抚一下熙宗，把我如何忠于朝廷，尚武军如何好说一下，使熙宗皇帝对我有信任，然后可能将我调回去，调回去咱们大事就能成功。"

阿里出和勿吉两个人领了完颜亮的密令之后，回到上京。他们在路上走的情况咱不说。再说熙宗皇帝，自从杀了祚王，耶律巴金又杳无音信，究竟是死了，还是走了也不知道。安武军又逃到东海，想追又追不回来，他心里正在犹豫的时候，完颜雍从北边巡边回来了，完颜雍一听朝廷里发生这样的变故，吓得魂飞天外，赶紧到宫里见了熙宗，跪下之后，痛哭流涕地说："万岁，你做错了一件事情，你怎么能轻信耶律巴金的谗言呢？怎么就把祚王完颜袁杀死，逼走了安武军，还误杀了查拉和特恩？这岂不是把金朝保国的军队瓦解了，今后上京用谁来保卫呀？"这时的熙宗皇帝已经不愿听完颜雍的进言了，完颜雍几次进谏，熙宗都感到讨厌，他总觉得完颜雍小题大做，他以为完颜雍是想把自己的威信建立起来，熙宗就乐了，说："王弟呀，你不要一口一个完颜亮怎么样，完颜亮才高八斗、学富五车、待人和善，他不会有反心的。至于安武军叛变，将来我是要征讨的。我现在还有支军队在南京，叫尚武军。尚武军在完颜亮的手下训练的大概也差不多了。"

就在两人正说话时，勿吉和阿里出回来了。熙宗见两人回来，把两人宣入宫内。两人见了万岁，又见了王爷之后，熙宗说："这屋也没外人，你们把完颜亮最近的情形详细奏给朕知。"勿吉和阿里出跪下道："启禀我主，完颜亮在南京，是节衣缩食，老百姓没有不称赞他的。另外尚武军军中的两员大将每天五更就起来训练，把兵马训练得兵强马壮，大家一心要保国保朝廷。如果皇上有用他们之时，他们会马上听令前来帮助皇上除忧。"然后这两人又说："我们从各方面了解完颜亮，他确实是忠心耿耿。"熙宗听完后回头瞅瞅完颜雍，说："王弟，你看怎么样？此二人是我心腹之人，我派去就是监视完颜亮的，这两人不信还能信谁呢？"完颜雍沉吟半晌说："来人不可信，完颜亮别有用心，请圣上多加小心。"熙宗说："你太过分了，如果这样的话，你不应在京里，正好东京缺留守，你到那里去吧。"这样，一句话把完颜雍贬到辽阳（东京）当留守官去了。一个王到辽阳当留守，降了多少级呀。完颜雍长叹一声，临走时说："希望我主要多加珍重，希望我主要多加小心，遇事和群臣多加商量，千万不要自作主张。臣我这次到辽阳去，一定好好治理辽阳，把辽阳治理好，给我主万岁排忧解难。愿我主在宫内千万要多加小心，防止完颜亮叛变。"熙宗这时对完颜亮信任得了不得，讨厌完颜雍，反而感到他太啰唆，太小心。

这时熙宗下旨，召完颜亮赶紧带尚武军到京城，保卫京城。代替安武军的职务，封完颜亮为都元帅。这样，完颜亮带领三千大军浩浩荡荡直接就奔向上京。这熙宗简直是引狼入室。当完颜亮进京之后，熙宗见完颜亮穿得那么朴素，粗衣简食，熙宗更觉高兴，心想：好啊，真是一个忠诚爱国之士，马上封他为太保。这样一来，完颜亮在朝中的地位是除了皇上，就是他了。到了京城之后，他和阿里出、勿吉、唐括辩这些人一拉拢，又结识了一些人，这些人我们以后再说。

这天上朝了，完颜亮奏本，说："现在左丞相职位还空缺，我想要在万岁面前推荐一人，不知万岁意下如何？"熙宗皇帝问："谁？"完颜亮说："此人就是肖裕，如果把他引荐到宫里来，对皇上来说，参谋大事，出谋划策，可是没比的。"这时熙宗皇帝对完颜亮百奏百依，说："好，就依王弟的意见，封肖裕为左丞相。"各位到这个地方大概就明白了，这时候朝内的主要大权完全操纵在完颜亮的手里了，再加上肖裕一进宫，真是请进一个定时炸弹。这时完颜亮这支队伍已经成熟，熙宗皇帝的命运就危在旦夕了。如果这个时候，熙宗能够明白，听完颜雍的意见，不至于以后遭杀身之祸。

话要简单，肖裕被封为左丞相之后，这些人简直狼狈为奸，天天混在一起密谋大计。这天完颜亮以商议国家大事为名，把肖裕、秉德、唐括辩找到他的府上，夜深人静时四人开始密谋。完颜亮说："肖裕，事已至此，现在看起来，咱们二人已经到了京师了，都担任着重要职衔，下一步该如何？"肖裕说："现在不用武力，就可以夺得天下，杀死熙宗。不过要想进到熙宗跟前，咱们这几人不行，你虽然说能够自由出入宫中，可是你不能太靠近熙宗，因为熙宗手下仍有一群武士。虽然勿吉、阿里出是你的人，可他手下的乌达、图可坦等人不糊涂，这些人都有万夫不当之勇。想近他身能行吗？"完颜亮说："那怎么办好呢？"正说时唐括辩站起来说："我认识一个人，这个人姓李，因为自幼不愿结婚，大伙儿给他起外号叫李老僧。李老僧现在是秘书吏，他和熙宗皇上的手下近侍卫大兴国有密切的关系，还是亲戚。李老僧这人是身怀夙愿却不得志，对熙宗皇帝也有不满，他曾对我说过这话。"完颜亮说："那样你赶紧把李老僧拉拢到咱跟前，然后和大兴国研究，如果大兴国能帮咱一个忙，他掌管宫廷的钥匙，这样咱就好办了。"肖裕说："可是乌达、图可坦等人怎么办？"完颜亮说："这不要紧，我认识有个人叫高怀真，高怀真这个人和乌达、图可坦等人有八拜之交，高怀真是我手下的人，我可以让他和他们接近，只要他和他们接近了，到时候他们不管咱们就行了，不用他们加入咱们。至于乌达和阿里出这两个人就好办了。"

几个人商量一阵子，完颜亮很高兴，觉得心里豁然开朗，不由得写诗一首："蛟龙潜密引苍波，且与虾来做混合，等我一朝头脚获，还要霹雳震山河。"这种气魄，把自己比作潜入深渊的蛟龙，将来腾云冲霄的时候，能够将皇位取而代之。这是他的言志之作，大家一听更觉得非常振奋。这个会就这样结束了。

别人不说，再说唐括辩，他知道李老僧这个人虽然少言寡语，但是贪财如命，一见到钱，就什么都忘了。这天唐括辩带着几个家丁，拿着一些完颜亮给他的珍宝和贵重器皿，甚至还有李老僧没见过的东西。李老僧一看唐括辩弟弟来了，是自己的亲戚，又是莫逆之交，再加上送了这些礼，很高兴地就把他们让到屋里，赶紧置办酒席。两个人在酒桌上越喝越来劲儿，谈论金国太祖如何灭辽之事，又是唠起金国人才辈出。唠来唠去，唐括辩就问李老僧说："有件事我想问问你，不知你怎么想？"李老僧说："你可以问嘛。"唐括辩说："当今熙宗皇帝做天下之时，你认为谁文才最高、学问最深？"李老僧乐了，说："这个你还用问我？当然是首推完颜亮了，完颜亮可以说是七步成章，诗词歌赋样样皆通，谁不知道他是当代的才子啊。"唐括辩打了个咳声，说："可惜他很不得志，如果熙宗偃驾之后，完颜亮当了皇上，你想想天下该是怎样？另外这个人最爱才华，他听说你很有才华，对你很赏识，愿意和你接触接触。实不相瞒，完颜亮绝非池中之物，早早晚晚能成大器。"李老僧听说完颜亮很赏识他，心里有些飘飘然了，说："既然这样，请唐老弟有机会在完颜亮跟前荐举我，我能见见完颜亮，听听他的一首诗，即使这样，我也会感到很荣幸。"唐括辩说："这不难，咱们明天就可以到完颜亮那里去。我带来的那些礼物，都是完颜亮告诉我，让我给你送来的。"李老僧一听这个，赶忙站起来对着这礼物恭恭敬敬地磕了三个头。李老僧说："没承想我一个小官吏，能承受王爷给我送来的东西，真是感恩不尽，真是知我者完颜亮也。"一句话，唐括辩明白了。两人喝酒，越喝越高兴。唐括辩就进一步说："老李大哥，你学识不在完颜亮之下，可惜没人重用你，现在熙宗皇帝昏庸无道，将来取而代之的是完颜亮，现在他们手下有精兵三千，他马上就要称帝，你千万不要和别人说。如果你要是有胆量的话，没别的，你和我们一起干，我保证完颜亮登基之后，咱们就会官上加官，禄上加禄，那你就不至于住这个房子了，你就有三妻六妾。"唐括辩是有名的能说会道的人，他这一说，李老僧摩拳擦掌，说："这样吧，唐老弟，你把我引荐给完颜亮，我万死不辞。"唐括辩说："好，有机会我一定去，不过我有件大事求你。"李老僧说："什么事？说吧。"唐括辩说："你和大兴国这个人关系不错，能不能把这个人请去，完颜亮也很欣赏他。因为他是汉人，自从降了大金国之后，此人对金朝很忠心，完颜亮很想见见他。"李老僧说："那容易，把他找去很容易，你放心吧。他只要来找我，我就把他带去，见见完颜亮。何况完颜亮是现在的太保，督元帅，谁人不知，哪个不晓。"就这样，唐括辩几个时辰的工夫，就把李老僧拉拢过来了。

　　唐括辩回去之后的第二天，李老僧直接去找大兴国。大兴国胆小怕事，谁也不敢得罪，他知道完颜亮不仅是熙宗的亲叔伯兄弟，而且现在是皇上身边最红的一个人，他怎敢得罪，攀还攀不上呢。一听完颜亮要请他，当然挺高兴。就这样，有一天晚上（有人说是八月十五），肖裕、秉德、唐括辩、大兴国、李老僧这些人到了完颜亮的家里。完颜亮杀猪宰羊，好好招待了一番。他在宴会上对李老僧、大兴国大加恭维一番。这时他又把高怀真请来，高怀真这个人能说善辩，专门会阿谀奉承，对完颜亮简直是奉若神明。要说完颜亮有反心的话，跟高怀真是分不开的。他经常教唆完颜亮，让他起义。席上完颜亮并没有说什么，酒过三巡，菜过五味，高怀真站起来说："今天能够请来各位，真是不容易的事情。我们都是金代的忠臣，应报效金国。"大家说："对，我们应为国尽忠。"高怀真说："可有一样，要想我们金国万世永存，一天天兴旺起来，没有一个治世的明君是不行的。你看看，当今的皇帝错斩了祚王完颜衮，逼走了安武军，枉杀了许多忠臣良将，这样的昏君再要坚持下去，那么金朝不就完了吗？"他这一语道破，有的像大兴国这样的人，听到这话，冷丁有点吃不消，就要辞退。肖裕站起来，说："各位坐下，不要着慌，今天来，实不相瞒，就是要共谋大事。你们如果走了，也好，将来这个事情败露了，你们在座的每个人谁也逃脱不了。现在只有一条路，就是死捧完颜亮为当世之君，要把熙宗皇帝干掉，今天，请大家表示表示心迹吧。"

　　说话的工夫，高怀真马上命人摆上香案，大碗酒摆上了，说："大家对天明誓，如果不愿明誓，"高怀真唰地把刀亮出来，"我今天就杀了谁。"李老僧是已经同意了，这话都是说给大兴国听的。大兴国一听这个，仍不敢吱声。秉德这个人是个二二乎乎的人，虽然他反对熙宗，但也不太同意完颜亮当皇帝，他一心想让完颜雍当皇帝，可是既然已参加这个集团，便也不得已而为之。高怀真一亮刀，谁也不敢吱声了。完颜亮先带头，把自己的左臂割出血，滴到酒碗里，高怀真紧接着，然后是肖裕，唐括辩也把自己的血滴到酒里了。秉德寻思寻思，说："为了杀掉熙宗，我可以滴这个酒。"也把血滴到酒碗里去。这时高怀真的眼睛丁丁地瞅着李老僧。李老僧见事已至此，另外他对完颜亮也非常忠心，李老僧也撸开胳膊把血滴进去了。最后剩一个大兴国，大兴国说："这样吧，我再想想。"高怀真说："怎么的？你再想想，你不要再想，你再想就是人头落地。"说完，拽住大兴国的脖领子，大兴国只得唯唯从事，没办法，撸开胳膊滴血了。这七个人对天发誓，然后完颜亮给每个人发一个铁牌。这样，歃血为盟之后，下一步就是如何行动的问题了。这时肖裕说："这里立首功的恐怕就是大兴国了。大兴国你就有一个任务，熙宗皇上手里有把刀，这把刀是金刀，锋利无比，削铁如泥。每天他睡觉时这把宝刀都不离他的左右。咱们规定好三天之后起事，第三天晚上的时候，你偷着把皇上这把宝刀从床上挪到床下去，把刀鞘放在那儿。因为他天天喝酒，所以不知道刀鞘里是否有刀，你就给我做好这一点就可以了。"然后他跟勿吉和阿里出说："你们俩无论如何在第三天晚上，要想法请乌达、图可坦、布胡图吃酒，吃酒要尽量稍晚些。也可向他们透露一下，当你把他们三人笼络住的时候再透露，说今天半夜可能有件大事发生，让他们千万不要干预。如果多管闲事，小心他们的脑袋。"秉德这时看大事已成，心里有点儿无所适从，虽愿意杀熙宗但是不太拥护完颜亮，但事已至此，也只好这样。这些人都商量好了，依计行事。

第三天晚上，勿吉和阿里出就把图可坦、布胡图、乌达找到他的房间，置办一些酒肉。勿吉说："我们俩从南京回来后，咱哥几个也没到一块儿喝喝酒，今天没别的，我们俩请客，咱们在一起畅谈畅谈。"三个人不知怎么回事，就喝酒。酒喝到一半，阿里出说："咱们都是皇帝身边的用人，也就是大金国的臣民，我们应该少管闲事。"勿吉说："对，我告诉你们，今晚可能有大事发生，无论发生多大的事情你们千万不要多管闲事。"布胡图就乐了，说："阿里出，什么事情我知道，我也早有此心，不用你说，我明白。"阿里出说："什么事情？"布胡图说："什么事情，我知道，完颜亮今天晚间要进宫。"阿里出一听布胡图知道，唰地把刀抽出来了，说："没别的，咱们都是誓死弟兄，熙宗皇帝对待我们并不怎么样，他昏庸无道，我们今天要是投明主，真正投奔完颜亮，拥立完颜亮为皇帝，咱兄弟几个可都有好处啊。"布胡图说："你放心吧，我早有此意。"三个人同意，都拿出刀威胁图可坦和乌达这两个人，他俩也就只好这样了。勿吉对图可坦和乌达说："今天下黑儿，你们俩在我的屋里喝酒，我和阿里出替你们值班。"布胡图说："对，咱们就这么办。我是管金銮殿的人，到时我把金銮殿的门一开，咱们拥护完颜亮坐殿，谁也不敢怎么样。"布胡图那时是侍卫长，他又说："这些侍卫兵都是我管辖的，你就放心吧。"他们在这里都研究好了。

半夜二更天的时候，完颜亮、唐括辩、秉德这三个人，再加上李老僧，都拿着一把宝刀。大兴国已把熙宗皇帝的刀放到床底下了，光有刀鞘在那儿搁着。一到宫门，大兴国出来把钥匙一交，说："皇帝有旨，宣完颜亮、唐括辩进殿。"他这样说，完颜亮说："遵旨。"这就领进来了。进来时，熙宗皇帝正在大睡，勿吉和阿里从殿外也进来了，进去把龙帐掀开，一把将熙宗皇帝揪起来。熙宗皇帝还不知怎么回事呢，硬翻身就坐起来。这时布胡图冲上去，把他按住，说："万岁，你不要动，今天是你该归天的时候了。天下有道者居之，无道者蚀之，动手。"唐括辩拿出刀，一刀把熙宗削了。这一削没杀死，熙宗皇帝赶紧摸刀，说："我的刀呢？"一摸刀是空鞘的，长叹一声："我中了奸人的计，完颜雍，你要为我报仇。我不该不听你的主张，结果我引狼入室。"

说着话时，完颜亮一个箭步蹿上去，一刀将熙宗结果了。这时布胡图几步跑到金銮殿，把大门一开，又掌灯，又敲锣鸣鼓。文武百官不知怎么回事，赶紧进到大殿里去，只见完颜亮坐在宝座之上，布胡图大声喊着："诸位文武百官，熙宗无道，已被我们杀了。现在拥立完颜亮为皇帝。"大家一看，傻眼了，四外的武士一个个虎视眈眈的，都是布胡图手下的人。这时肖裕、秉德、唐括辩、大兴国、李老僧、乌达、再加上布胡图、高怀真等人，都跪在地上山呼万岁。文武百官不得不随之。就这样，熙宗皇帝断送了性命，他当年才三十一岁。他一死，完颜亮立刻登基，改年号为天德元年。马上封肖裕为大丞相，秉德为左丞相，唐括辩为右丞相。大兴国和李老僧都有所封赠。当时完颜亮下令，把熙宗所有的家眷统统带到殿前，完颜亮说："我要一一审讯。"于是连这些武士，因为他手里有十八个勇士，再加上尚武军的五百多人，就围上宫廷了。他把熙宗所有的侄男侄女、妻儿寡母，统统集合到殿里。有一百三十多人。完颜亮一看这一百三十多人中，有二十多个女的，长得是如花如玉，说："把这二十多个女的给我放开，充入后宫。"这样，不管熙宗的婶子也好，妹子也好，侄女也好，嫂子也好，统统纳入后宫。然后剩下的一百多人，设立临时法场，把一百多人刀刀斩尽，剑剑见血，埋了一个大肉丘坟。大家一看，哭也不敢哭，喊也不敢喊，只好忍气吞声。

书中交代，就在完颜亮杀熙宗皇帝的时候，把熙宗手下的太监、侍卫也都杀尽了。唯独有一个人，看势头不好，躲在床底下，没有死。这个人叫扎鲁熊。扎鲁熊一见人都走了，他连夜逃出，直接奔辽阳去了，去给完颜雍报丧送信去了。

再说第二天，完颜亮这时叫海陵王了，肖裕出班奏道："我主，现在还有一个大的隐患不能不注意。"完颜亮说："我知道，你说的是不是完颜雍？"肖裕说："正是，此人不除掉，将来是我主的后患。"海陵王说："好，马上把督元帅找来。"督元帅是谁？此人叫大昊，海陵王对他说："你带领五百兵马，到辽阳捉拿完颜雍，明面上封他为王，一字并肩王，暗中等他到我这以后，我将他斩尽杀绝。"大昊领命走了。这一来，才引起金世宗走国。

欲知后事如何，且听下回分解。

第六章　拜满章京替主死节
完颜雍奔逃遭追捕

　　熙宗名叫完颜亶。他是太祖完颜阿骨打的孙子，是封王宗峻的儿子。太宗六十一岁死了之后，他就继位改名为熙宗。熙宗皇帝死后庙号封为"覃"。在他十几年的执政当中，有一些德政，比如说在他登基当年的十二月，他把一个打鹿的围场，都是一些平原，恢复为耕地，分给了没有土地的贫民。因此有些人念熙宗的好。在他的朝代里，学习汉朝的科举考试制度，并对一些官制做了些改革。他还制定了百官的朝服，贵贱以布的粗细为别，贵人穿细布。老百姓不许穿细布，也制定了一些理法，另外也镇压了一些反叛。对河南、陕西，由于金兀术的不断征讨，河南、陕西都得以平定。就在他的朝代里，跟宋朝讲和了，以河为界。他又发明了女真小字，女真文字也是在他的朝代推广开来的，等等。老王们死后，他由于酒瘾，好与近臣一起喝，有些人进谏，他说："好，我知道你们大家的意见，我今天喝了，明天一定戒酒。"虽然这样说了，第二天还是照常喝。弄得有时候没法临朝问政。他也做了许多糊涂事，曾误杀了一些人，误杀了他的儿子道济，以及前边书中交代的祚王完颜袁，这就是他的弊政。在他的朝代，有德政，也有弊政。

　　话说熙宗被杀之后，完颜亮登基做了皇上，国号海陵，改元天德，叫天德元年。他杀了熙宗皇帝的家属一百多口，这事不提。再说跑出去的扎鲁熊，这个扎鲁熊跑出去之后，不顾白天晚上，一气到了辽阳。到了辽阳后，直奔完颜雍的府上。这时天方亮，他已经三天三夜没吃饭了。完颜雍的门卫还要拦住扎鲁熊，他也不顾拦不拦，一头闯进去，长叹一声昏死过去。家丁不知怎么回事，他不认识这人，赶紧将其抬到书房里，又给水又给面的，半天缓过来一口气。扎鲁熊对家丁说："赶紧把我抬到雍王爷身边，我有要事面禀王爷。"大家一看，大概有什么急事，走不了了，便把他抬到正厅。这时完颜雍刚起来，起来一看，这是宫里的人，心里就咯噔一下。因为什么？他在最近几天总是坐卧不安，耳鸣眼跳。

昨天晚上还做了个梦，这个梦是一早晨太阳走得特别快，不大一会儿，就落到了西山底下去了。他就觉得是个事儿，第二天早晨饭也没吃，就打算打发人到京城里去看一看。因为他知道完颜亮入京不会有好事的。就在他犹豫不决的时候，四个人把扎鲁熊抬进来了。

完颜雍一看是宫内的人，知道坏了，赶紧打发人给他灌人参汤，又熬点儿粥，扎鲁熊喝了几口，能坐起来了，但还站不起来。扎鲁熊一看到完颜雍，眼泪唰地流下来了："启禀王爷，宫内已有变故了。"扎鲁熊就把完颜亮怎么怎么回事一说。完颜雍一听这话，当时就朝着上京的方向跪下了，痛哭三声，便昏厥过去。家人一看这还了得，手下的人完颜万隆、拜满章京等都来了，捶胸抹背地好一阵忙活，完颜雍才醒过来。完颜雍痛哭流涕，说："可惜呀皇兄，你不听我之言，身首异处，惨遭杀害，我一定要替你报仇。"这时候扎鲁熊说："熙宗皇帝临危时还说了两句话。"完颜雍问："什么话？"扎鲁熊说："皇上说，'我呀对不起完颜雍，希望完颜雍为我报仇。'"完颜雍一听这话，号啕痛哭，对天跪下，咬破指头，甩了三甩说："我一定替你报仇，铲除这个荒淫无道的昏君。"这时他脱下官服，换上孝服，家人也都换上孝服，完颜万隆、拜满章京，也都换上孝服。换完孝服，完颜雍对完颜万隆说："万隆，没别的，我把辽阳地留守的职务暂时交给你，我要进京，面见完颜亮，诉说他的罪状，发动群臣把他赶下台来。"

现在书归正传。话说完颜雍，一听说海陵王（完颜亮）把熙宗给杀了，又听说海陵王不仅把熙宗的家属斩了一百多人，而且把凡是漂亮的家属都变成了他的妃子，完颜雍气得咬牙切齿，骂完颜亮没有人性、乱伦，发誓不杀死完颜亮，誓不为人。哪知这仅仅是开始，以后完颜亮乱人伦的事情不胜枚举。完颜雍想把留守的职务交给完颜万隆，完颜万隆当时挡住说："叔父，你这样做不妥，你不应因小失大。你想，你如果到京里去，你能否接近海陵王，这是个问题。你一旦去了，他不容分说把你绑到法场，把你斩首，你就是有天大的能耐能施展出来吗？你应当忍辱负重，为国家着想。"完颜雍听完颜万隆这样一说，不吱声了，瞅瞅他的侄儿："依你怎么办？"完颜万隆说："依我这样，我们手中不还有一千多兵吗？我们坚守辽阳阵地，招兵买马，积草囤粮，有朝一日带着兵马杀回上京，问罪于海陵王，岂不更好。"这时拜满章京进来了，拜满章京是完颜雍手下的一员大将，这个人岁数和完颜雍相同，更奇怪的是他跟完颜雍长得差不多，有时他在外面走，大家以为他是完颜雍，完颜雍对他也很器重。这拜满章京也对完颜雍很尊重，两人虽说不是亲人，但是情同一家。拜满章京也劝完颜雍说："我看万隆说的对，我们应忍辱负重，你忘了卧薪尝胆的故事吗？我们应当卧薪尝胆，把兵马练得熟熟的，然后兴师问罪。"完颜雍一听点点头，觉得对，长叹一声："只能这样吧。"正在说的时候，就听外边有人来报："大事不好。"完颜雍问："何事？"报说："外边已有人将府邸包围。""啊，谁来围的？"完颜雍这样一问，回答说："是纯府和产龙。这两人把府上围得水泄不通。"

书中交代，纯府和产龙这两人是完颜亮早就安下的钉子，在他没有杀熙宗之前，他就告诉纯府和产龙："你们俩一定要监视完颜雍的行动，一旦听到京城有事，千万不要放走了完颜雍。放走完颜雍，无异于放虎归山。只要把完颜雍抓住，给我送来，我给你们官上加官，禄上加禄。"此二人皆为完颜亮的死党，他们俩听到京里的风声，完颜亮得了皇位，两人乐得手舞足蹈，立刻发来五百兵马，把完颜雍的府邸围得水泄不通。完颜雍听说是纯府和产龙两人围的，不由得勃然大怒，说："好啊，他们俩是我手下的左右将军，竟敢如此无理，我去见见他们。"完颜万隆说："你可以见，但不要开门，一旦开门，咱们将死无葬身之地。咱们留得青山在，不怕没柴烧。现在关键是保存我们的力量。"大门一关，完颜雍上了墙头，低头一看，果然是纯府和产龙，完颜雍把眼睛一立，说："纯府、产龙，你们为什么要围上我们？"纯府赶紧上前，说："启禀王爷，京城里无道昏君已经被群臣给杀了，大家推完颜亮为当今万岁。"完颜雍点点头，说："既这样，为什么要围上我的府呢？纯府说："现在熙宗的党羽四处逃亡，为了保护你的安全，我们把你的府围住了。"完颜雍说："你们撤兵吧，不用你们保护。安全上我自有考虑，你们现在听我的命令。"说完拔出一支令箭，扔给纯府，他又说："你给我撤兵。"别说令箭，什么箭也不好使了。纯府说，"不行，我们奉了皇上的旨意，为了保护你，不能离开这个府邸。"

正在说时，就看从东边跑来报马，纯府知道是有紧急命令，紧接着看到一大队人马，为首的是一员大将，此大将身披铠甲。这大将在远处看不准，到了近处滚鞍下马，一看不是别人，正是海陵王兄弟完颜充。完颜充见面施礼说："现在圣上有旨，我要见完颜雍。"纯府说："这不是我们把他围住了。围了半天不出来，也不开门。我们也没法大动干戈。"完颜充说："这个暂时先不用动手，这样恐怕露了马脚，造成不利。咱们现在要把他引诱到上京，到了上京，不由分说马上推出斩首。"完颜充问："他们家呢?"纯府回说:"他们家已经被看管起来了。一旦抓住完颜雍之后,全家一起斩首。咱们现在要稳住神,不能露出一丝的马脚。"三个人研究好了,二次叫门,把门的人把事情又回禀了完颜雍。完颜雍说:"我去看一看。"到了城墙上时,拜满章京和完颜万隆也都上了城墙,看看纯府他们葫芦里到底卖的什么药。一登城,完颜充深深地请个安,说:"启禀王爷,现在有新主圣旨下,请王爷接旨。"完颜雍不听则已,一听气不打一处来。完颜雍说:"我不知道新主是谁,只知当今的皇帝是熙宗皇帝。"这一说,完颜充脸一沉,说:"这就不对了,既然是新主登位了,那就是当朝的万岁,你作为臣子,就应该接受圣旨。不然,后果不堪设想。你接受不接受,我也宣读圣旨。"说完唰地把圣旨打开,圣旨大意说:自从被大家拥戴登基以来,我很想念你,你是我的左膀右臂,你不来一天,我心里不安一天。希望接旨赶紧进京,我封你为一字并肩王。完颜雍一听晃晃头,想要反驳,完颜万隆接上去了:"这样吧,既然圣上有旨,我们应该进京,封了王爷为一字并肩王,真是一件大喜事。既然这样,我们准备三天,咱们一起启程,希望你们撤兵。"完颜充比谁都明白,说:"既然这样,我等你三天。不能撤兵,我得保护你们。"就这样外面围着兵,里面想办法。这办法怎么想?想不出来。就这样一直对峙了三天。

到了第三天头了,完颜充出来了,说:"请一字并肩王出来答话。"完颜万隆对完颜雍说:"依着我的意见,就这么办,咱们冲杀出去吧。杀一个不赔本,杀两个赚下了。"完颜雍摇摇头。拜满章京瞅一瞅完颜雍,寻思半天就跪下了,拜满章京说:"我有一个能逃出虎口的办法,不知王爷是否能采纳。"完颜雍赶紧将其扶起来,说:"事到如今,有办法岂不更好。请说了来听听。"拜满章京说:"我没说之前有一个条件,无论如何得答应我,不答应我,我就不说。"完颜雍说:"这哪能行,我也不知你说的是什么。"拜满章京说:"你必须答应,不然我就触墙而死。"完颜雍说:"好,既是这样,你提什么条件,我都答应。"拜满章京说:"好。"拜满章京给完颜雍磕了个头,说:"我有个问题想问一问,我是否和雍王爷长得一样?"他这么一说,完颜万隆马上明白了,眼泪唰地就掉下来,说:"这个事情万万使不得,不能因为我的叔叔就把你的命搭上。"拜满章京说:"不不,事到如今,我必须用我的生命来换取海陵王的信任。你赶紧保护雍王爷逃出虎口。"之后拜满章京又说:"只有这一招能逃出去,否则,想逃脱万万不能。请把雍王爷的衣服、印件都交给我,我跟他们去,什么时候暴露了，什么时候骂他们一阵子，我死了也值了。这时请你们赶紧收拾东西从后面走出去。"完颜雍一听，抱住拜满章京，说："你的心意我领了，但我岂能自己逃生，坑害了一员大将。"拜满章京一听把眼一瞪："你说什么？因为你？我这是为了你？我这是为了大金国。如果不如此，大金国没有希望，没有救星。你要知道，我死了，能救下多少人？没有别的，你赶紧行动就得了。"完颜雍和完颜万隆都给拜满章京跪下了，家人也都哗啦一下跪下了，拜满章京掉了几滴泪，说："我没有别的嘱托，家里有一个七十多岁的老母，另外有夫人和两个孩子，一女一儿，请你们今后多加照顾。"完颜雍说："兄弟，只好这样了，请你放心，你的母亲就是我的母亲，你的夫人就是我的嫂嫂，你的孩子就等于我的孩子。我说话算话，九泉之下请你安心。"就这样，完颜雍把衣服脱下来，拜满章京将衣服都穿上，之后把印件等安排好了。完颜雍则装作在后院里的一个杂役，在那扫院子干粗活，完颜万隆也装傻。书中交代，完颜万隆虽说是完颜雍的侄子，岁数却比完颜雍大二十多岁，有五十多岁。爷俩在后院装作粗杂工，抹了一脸黑。

再说拜满章京，一出门口，大家一看，竟真出来了。完颜夼赶紧迎上前去，双膝跪倒，纯府和产龙两个人也跪下，真像迎接一字并肩王似的。拜满章京点点头，说："这样吧，既然我哥哥完颜亮非要坐天下，谁坐都是完颜氏的天下，这样我就去见见我的兄长。我要去朝贺朝贺，至于一字并肩王，我担当不起。"大家说："哪里，这是皇上的圣旨。"拜满章京也对圣旨磕了个头，便骑着马走了。后边的五百人马再加纯府的五百人马，共一千人马浩浩荡荡，表面是保护完颜雍，实际是害怕他逃跑，就一直到京。到京之后，本想一直到家，拜满章京说不用了，现在是朝贺新君要紧，得先到朝中去。这样一队人马便直接奔了朝廷。到了朝廷，把他安排到午门之外，完颜夼赶紧进宫汇报，说："启禀万岁，现在辽阳留守完颜雍已前来，要朝见圣上。"海陵王说："不用朝见我，直接给我杀了。"肖裕说："别的，不能这样。咱们得验明正身，看看是否是真的完颜雍，不是假完颜雍。"海陵王说："不必了，我兄弟认识完颜雍，哪能抓错呢。尤其走了一道了，完颜雍长得什么样，完颜夼是知道的。"肖裕就乐了，说："我主，你只知其一不知其二，你要知道在他的府上有个拜满章京，这个拜满章京到我府上去过，我看那个拜满章京和完颜雍长得一模一样。你想，第一天宣读诏书时为什么完颜雍那个态度，说啥也不接旨，没到三天就服服帖帖地来了。这能是真的吗？""啊？"一句话把海陵王说明白了，说，"来人，把完颜雍带上来。"说话间，"完颜雍"上来了，低着头，跪在那没吱声。海陵王一看是完颜雍，就哈哈一阵冷笑说："完颜雍，你知罪吗？你背后辱骂我，今天我登了九五了，今天我要报你侮辱我之仇。"肖裕说："慢来，完颜雍你抬起头来。"拜满章京不慌不忙地把头一抬，肖裕哈哈一阵大笑说："好啊，你个拜满章京，竟敢冒充完颜雍来欺骗圣上，该当何罪？"海陵王纳闷地问："你是怎么认出他不是完颜雍的？"肖裕说："咳，完颜雍是面白如玉，脸上一个痣也没有，你看此人，左太阳穴上有一黑痣。"海陵王一看果然是，明白了。这时拜满章京忽地站起来，破口大骂："好你个篡位弑君的野心狼……"便骂不绝口。把海陵王气得大叫："来人，赶紧把他碎尸万段。"就这样，一位忠心耿耿的大将，为了完颜雍，牺牲了自己的生命，死于乱刀之下。

话说海陵王没抓到完颜雍，气得把完颜兖与纯府找来，狠狠地训斥了半天，限他们一个月之内抓完颜雍回来，抓不回来，拿三个人的人头是问。然后海陵王命令道："来人，把完颜雍全家囚禁起来，等完颜雍抓回来后一齐开刀问斩。"可惜，完颜雍家四十多口人，都打入天牢，以后还是终究被海陵王给屠杀了。这是后话，暂且不提。完颜兖、纯府傻了，怎么办，一个月抓不住完颜雍是不行的。完颜兖说："我主，我有一要求，想要抓住完颜雍，能否画影图形，在全国张贴，并且重赏。重赏之下，必有勇夫。"海陵王一听，说："行啊"。

完颜雍到哪去了呢？自从完颜兖回去禀报朝廷，二番出来抓他，完颜万隆就和完颜雍说："叔叔，我们现在只有一条路，就是赶紧逃跑。"两个人真是急急如漏网之鱼，带点儿碎银昏天黑地的跑出去。跑出去后完颜万隆说："我们现在没有别的地方跑了，只有投奔东海。"完颜雍问："到东海各部干什么，找谁呢？"完颜万隆说："咱到东海找安武军啊。"完颜雍说："啊，安武军不是已经反了吗，咱投奔他不等于飞蛾投火吗？"完颜万隆说："安武军为什么反的？是完颜亮和肖裕两人设下的圈套。挑拨离间，熙宗皇帝误杀了祚王完颜袞。安武军被特恩领出去之后，说得明白，是绝对不反大金，要力保大金国的安全。不保完颜亮，将来有机会抓住完颜亮，要刀劈斧砍，吸之骨髓。特恩平常也知道你的为人，他常说，一旦完颜雍流落天下，他愿意用一切力量保你。"完颜雍一看只好如此。

书中交代，辽阳离窝集即现在的宁古塔一带和海参崴以至沿海各州，两个人不敢骑马，骑马目标太大，只好沿着山路一步一步地走，假装狩猎的人。两人商量好，只往前走，五六天的工夫来到一个塔头甸子。这个甸子四面荒凉，走一步都得加小心，一不小心陷在沼泽地里面很难出来。没有吃的，两人又饥又渴，走不动的时候，就听着后面人声马叫地追来了，再回头一看，完颜万隆说："了不得了，后面是完颜兖，他追上来了，怎么办？"两人往外就跑，追兵却越来越近。两人实在不行了，完颜雍拉住完颜万隆说："完颜万隆，他们来的目的是为我而来，但他们不认识你，你赶紧绕道走，我可以把敌军引过来。引过来也就完了，你赶紧到东海找安武军，让他们出兵替熙宗皇帝报仇，替我报仇。"完颜万隆说："不，现在我们能跑一步是一步。"两人仓仓皇皇地往前跑，那地方草甸子上净长些苦房草，叫小叶张的，他们俩一不小心，扑通一声掉进空崖里去了，上面埋着草，底下是将没脚脖的水。这草硬，又给蓬上了，这样反倒将二人遮挡住了。后面的完颜兖追了半天，一看没人。四外一瞅，看见山坡上影影绰绰还有两个人。完颜兖以为是他们俩，说："在那儿呢。"一伙人马便往前追。

完颜兖顺着山根追上去一看，却是一个黑大汉和一只黑瞎子打起来了。黑大汉一边打一边说："你不让我扒你衣裳，我非把你衣裳扒下来不可。我没有衣裳穿，抓住你，再抓住一个，我娘也有衣裳穿了。"完颜兖一看此人身高九尺开外，脸乌黑锃亮，身上也乌黑锃亮，不穿衣服，光围着一个狍皮裙子，穿着鹿皮乌拉，手里拿着一柄钢叉，腰里掖着一对尖刀，那时打猎的人腰里都要有这么一把刀。就看见黑大汉跟黑瞎子两个交战一程，黑大汉浑身一辗，就把黑瞎子坐底下了。他这么三坐两坐，黑瞎子就噢的一声死了。黑大汉嗨地笑一声："你早就应这样，老老实实地让我把你衣服扒下来多好。"说完就掏出牛耳尖刀剥皮。

完颜兖上前断喝一声："我问问你，你看没看见有两个人从这里走过？"黑大汉回头瞅瞅，问道："你们是干什么的？"完颜兖答道："我是抓逃犯的。"黑大汉问道："什么叫逃犯？"完颜兖答道："逃犯就是叛变朝廷。""叛变哪个朝廷？"完颜兖心想：你问得还挺细，便说："就是当今皇上海陵王。"黑大汉问："你说的是不是完颜亮？"完颜兖一听瞪圆眼睛："你敢随便说皇帝的名字，该当何罪？"说着上前照黑大汉肩膀就是一刀。你说怪不怪，这一刀，砍下去不但没怎么的，反而砍出一个白印。黑大汉稀里糊涂地说："好啊，你们没说几句话就砍我，这回我让你们试试。"完颜兖骑在马上，这大汉把马缰绳一拽，马扑地就倒在地上了。完颜兖也摔倒在地上。黑大汉像拎小鸡似的将完颜兖拎起来说："你还想砍我，你砍我也行，我让你砍一百刀二百刀我都不怕的。"完颜兖一看不好，招呼下边人赶紧放箭，要射死他。四外的手下便放起箭来。黑大汉用脊梁挡，用胳膊挡，箭也射不进去。完颜兖被拎得难受，黑大汉说："你想找死啊，你再放箭，我就拿你当挡箭牌。"说着把完颜兖举起来，叭地来了一箭，正好射在完颜兖的屁股上。完颜兖叫着："别射了，别射了。"完颜兖想：这人也斗不过他，就撒谎吧，于是说："你放下我，咱有话好好说。咱俩没仇没怨，你把我举到半空干什么呢？"黑大汉说："好吧，我也不怕你。"便把完颜兖放下来了。放下来后，完颜兖问："黑大汉，你姓什么，干什么的？"黑大汉说："你也不用管我姓什么，干什么。"完颜兖说："你认识当今皇帝完颜亮？"黑大汉说："不认识，但我听说过他，不是个好玩意儿。我要见到他，非把他宰了不可。你是不是跟他一个线上的，你是不是坏人？"完颜兖一听也不敢说了，眼珠一转说："你不知道，我是好人，我是反完颜亮的，这不，完颜亮手下有两个奸细跑出来了，我要抓他们。"黑大汉说："啊，完颜亮手下的奸细跑这儿来了？那，那我放了你吧，你就抓他去吧。你要抓不到，这里的山路我都明白，我再抓他。"就这样，完颜兖算躲开了这一关，继续往前跑了。

再说完颜雍和完颜万隆在草甸里看得真真切切，干着急也不敢说话呀，这些人都跑了，他俩出来了。黑大汉一看这两人出来了，说："好啊，你们这两个奸细，藏到这里了，我非宰你们不可。"完颜雍说："别的，你不要宰，方才那些人是坏人，我是好人。"因为没法跟他说，只好说好人坏人。黑大汉说："不对，人家说得对，你说得不对，你净硬装。"说着黑大汉把二人拎起来说："我也不杀你们，我就往下一摔，就把你俩摔死。之后给他们送去。"完颜雍一看此人糊涂，说啥也不行，便说："这么办吧，你先别杀我俩，你知道我们是谁吗？"黑大汉说："反正你们是坏人。"完颜雍说："你为什么不问问我是谁呀？"黑大汉说："那我就问问，你是谁？"完颜雍说："我叫完颜雍，他叫完颜万隆。"这黑大汉一听，瞅瞅他俩："啊，你叫完颜雍，你是不是在辽阳那地方当官？"完颜雍说："对呀。"黑大汉说："那你怎么不早说呢。你要这么说，你是好人，他们都是坏人。好吧，那你们跟着我见我额莫吧，我额莫说要见见你们。"完颜雍一看天也黑了，也只好这样了，说："好吧，我就见见老夫人去。"

这样，这个黑大汉，领着完颜雍和完颜万隆，拐弯抹角地来到一个山头，到一个人家。四外都是用柞木条子围的院子，里边有三间小草房，还有一个小哈什。小哈什就是小仓库。别看此人粗鲁，院里收拾得倒很干净，东边放一个楼子，上头不是皮张就是肉干，堆那么一楼子。黑大汉一进院就喊道："额莫，你老天天叨叨完颜雍，这回我给你抓来了。"就听见屋里老太太说："什么，什么抓来？得说请来。"黑大汉说："不是请来的，是我把他抓来的。"说着话老太太出来了，完颜雍一看老太太鬓发皆白，虽然是走路迟缓些，倒还精神。完颜雍赶紧上前请安，问："老人家好。我就是完颜雍。"老太太上下打量一番，说："对，你是完颜雍。"说完眼泪唰地掉下来，说："到屋吧。"到屋里老太太告诉黑大汉烧一锅水，舀点儿水让两人洗洗脸，就坐下了。完颜雍二番站起来说："老人家，不知你怎么认识我？可问你老人家尊姓大名？"老太太打了一个咳声说："这事我给你说说，你就知道了。"

书中交代，这老太太是谁？这老太太的男人曾跟随金太祖打过天下，当时是金太祖手下一个副元帅，这人叫蒲察锦。这个蒲察锦力大无穷，手使开山大砍刀，曾在老王驾下立了汗马功劳。他由于保边关一直没在京城里待过。到熙宗的时候，曾经回来过几天，就在一次完颜亮镇守南京的时候，书里没有说，因为完颜雍在辽阳，所以蒲察锦投奔完颜雍。他知道熙宗天天喝酒，也错杀一些人，他想找完颜雍共同到京城去解劝熙宗。不想走到半路，被完颜亮抓住，开始完颜亮想把他收到麾下，为自己办点儿事。蒲察锦非常倔，说啥也不干，说："我是老王驾下的臣，你有何资格留下我？我要进京，同熙宗皇帝有要事相商。"这样他被完颜亮软禁起来。软禁起来后几次说服不行，蒲察锦急眼了，逃了三次狱也不成。完颜亮知道他要投奔完颜雍去，那岂不是如虎添翼吗。便把老人杀害了。老人当时带两个家人，老人遇害后家人赶紧回来报告老夫人，老夫人一看自己的命恐怕保不住，身下只有这一个儿子，已经四十来岁，比完颜亮长一辈，属于金兀术一辈的人。这个老将军死时八十多岁，夫人六十多岁了。老夫人一看不能够在边疆继续待下去了，便领着儿子到闭塞的地方搭一间小屋。依老夫人意见，等京城出现明主时，她就投奔去。老夫人的儿子叫蒲察虎，还叫蒲察塔斯哈。老太太告诉他，朝中谁是好人，谁是坏人。完颜亮怎么不好，完颜雍怎么好，并镇守在东京，就是辽阳。蒲察虎就记住完颜雍和完颜亮了。光记住完颜雍是好人，完颜亮是坏人，因为是他妈妈说的话，他能记住他妈妈的话。至于为什么，他不知道。完颜雍把完颜亮如何弑君、灭门，如何把熙宗皇帝的侄女以至于他的妹妹，凡是长得好看的女人，都纳入后宫当他的妃子的事讲了一遍。老太太气得咬牙切齿，说："可惜我年迈了，不然豁出我这条老命，也要闯金殿，就是杀不了他，也要骂骂他，死在金殿上，也不愧我是女真人。"

完颜雍一看才想起来，当年自己跟老将军是刎颈之交。完颜雍赶忙再站起来给老太太磕了几个头。老太太说："快起来，你们想往哪里跑？"完颜雍就一五一十地说想投奔东海，到东海去见安武军，打算到那里招兵买马，杀回来替熙宗报仇。老太太点点头说："好吧，你们去吧，可要是去，我告诉你们几件事情。"完颜雍赶紧站起来，规规矩矩地听老太太说。老太太说："我给你一样东西，见到特恩的时候把这个东西交给他，就说我给他的。"完颜雍心里一愣，说："你老人家怎么认识特恩的？"老太太乐了，说："实不相瞒，特恩就是我的侄子。"完颜雍一看高兴了，老太太把手上的一个玉镯交给他，说："你就说我说的，让他好好练兵，将来为大金国复国，杀掉完颜亮，为熙宗报仇。"然后回头跟儿子说："小虎子，你把他安安全全送到东海，在路上不许让他受一点儿折磨。"蒲察虎说："那我不干，有你老人家在家，我哪也不去，我得伺候你。"老太太打个咳声说："你不懂，你就去吧。"完颜雍一看不行，老人家已七十来岁的人了，如果蒲察虎一走，谁伺候她呢。这时完颜雍站起身请安说："老人家，你的心思我领了，现在跟完颜万隆我们俩想走僻静的路，没有多大的妨碍，如果到东海之后军队来了，我一定接你们娘俩。"老太太点点头："既然这样也好，人多走道不太安全，你们俩要多多保重。"她对蒲察虎说："明天一早你把他们送到山口，到山口你再回来吧。"蒲察虎挺高兴，第二天就领着他们走了。

第二天出发时，是傍鸡叫时。蒲察虎将二人一直送到山口，蒲察虎说："我额莫让我送到这儿，我就不送你们了。将来你们如果用到我的时候，能不能找我呀。"完颜雍说："能找你，我一定要请你出山。"蒲察虎说："你请我出山，你说让我杀谁我就杀谁，你说让我怎么干我就怎么干。"完颜雍知道他挺浑的，但因为女真族的礼节很重，就给蒲察虎深深地请个安，说："是，你回去吧，请告诉老人家放心，有朝一日，一定请你出山，帮我大忙。"蒲察虎说："好吧，我额莫如果好了，我就伺候她，如果死了我就找你们去。"完颜雍心里话说，虽然他有孝心，但他这么说也只好这么答应，也没说什么。两个人走了。蒲察虎站在那边一直看不着时才回去。咱们撇下蒲察虎暂且不提。

再说完颜雍与完颜万隆两人往前走，哪承想一过山口之后，完颜充正领着兵在那里埋伏着呢。一看完颜雍过来了，这些人高兴了，呼啦地从山头围上来。完颜兖哈哈大笑说："怎么样？不出我所料吧。你要是识时务的，跟我回去，如果当今万岁对你有点儿感情，能留你一条性命，不然的话你可要死在我们乱箭之下。"完颜雍瞪了瞪眼说："好啊，论起来你是我的弟弟，咱们是本族，可惜现在完颜亮已没有宗族的感情了，他杀了熙宗，欺兄霸嫂，这简直是灭绝人伦。今天我完颜雍就是死在你的刀下，也不能保他。"完颜雍正说着这话，完颜兖说："来人，把他围起来，抓活的。"他这一说抓活的就好办了，完颜雍誓死不降，士兵们围着他大喊，完颜雍被包围得水泄不通，真是叫天天不应，叫地地不灵。

欲知后事如何，且听下回分解。

第七章 女英雄勇救完颜雍 心相印二人订姻亲

　　说完颜雍与完颜万隆被围在老山口下，怎么办？死，死不了，活，活不了。两人一天多没吃饭，饿得无精打采。完颜兖不断地劝他俩投降，完颜雍是宁死不降。完颜兖说一回，完颜雍破口大骂一回。完颜兖还不能将他弄死，因为弄死再回去交差功劳不大，所以他也知道完颜雍已成了笼中之鸟，不过是苟延残喘罢了，待他没劲时呼啦一上，他会束手就擒的。完颜兖心想：你不投降我就围着你，一直到把你抓住为止。大家都在那埋锅造饭，烤肉烤牲，吃吃喝喝，特意给完颜雍看。完颜雍和完颜万隆闭目不瞅，时间一长，完颜雍和完颜万隆说："唉，咱俩看上去恐怕活不成了，不用他们杀我们，就是饿也得把我们饿死。"完颜万隆说："叔父，你想怎么办？"完颜雍说："我就豁出去，往前闯，如果咱俩都死了，杀他一个两个是赚的，也雪雪心中的仇恨。万一能跑出去一个不更好吗？"完颜雍说："当然是了，如果上天有眼，咱俩都能跑出去的话，就更好了。"两人说完之后，面朝南边，对天祷告说："天呐，如果大金国不该灭亡，就保佑我俩出去。"俩人磕了头之后，紧紧腰带，把刀抽出来，就趁他们没注意的时候猛地冲出去了。真是如两只饿虎一样地冲出去了。士兵们没注意，就被喊里喀喳地削倒了十来个人。完颜兖一看赶紧鸣锣聚众，完颜雍和完颜万隆走到哪他就围到哪，实在不行了，完颜兖说放箭，射下边不要射上边。为啥，下边受了伤，还能有活口，射上边不一下子射死了吗？就听一阵嗖嗖箭响，尽管他们奋力抵挡，但是还是被射中了好几箭，倒在血泊之中。完颜兖哈哈大笑，说："好啊，赶紧把二人抓住，五花大绑起来。"绑起来后，赶紧装到事先准备好的囚车里。装上车，两人还是骂声不绝，完颜兖更狠，掏出两条破布把两人嘴死死地堵上。完颜雍和完颜万隆两人气得眼发蓝，怒气冲冲也没有招儿。在木笼里把脑袋露出一点儿，身子在笼里边，还绑着绳索。完颜兖是得意扬扬，打着得胜鼓就奔上京去了。

　　谁知一日，走到一个三岔路口，完颜兖忘了是从哪个路来的，这时他看看大家，问是从东路来的，还是从西路来的，还是从南路来的，一旦走错了，到深山老林里可了不得。完颜兖说："这样吧，干脆在这里埋锅造饭，准备明天早点儿启程，往前走一步探一步吧。"大伙儿挺高兴，帐篷也支上了，马也绊上了，放一放夜草，埋锅造饭。吃喝完了，到了二更天左右，大家都纷纷入睡了，站岗放哨的也上岗了。

就在大家睡熟时，就听见西山坡和北山坡，马蹄声嗒嗒地过来了，人喊马嘶，火把一个挨一个，看起来有一百来人，直接奔完颜兖的大帐杀来。完颜兖一看不好，赶紧把大家叫起来，大家起来也来不及了。完颜兖简单穿衣上马，奔到前面问："你们是干什么的？我们是奉圣旨抓叛逆的。你们敢胡作非为，还要命不要命了。"这一百匹马上面坐的人都蒙着面纱，就听为首的说话了，一听说话是姑娘的声音。那姑娘说："好小子，我们就是要捉你，你叫完颜兖，木笼里装的是完颜雍，我们就是要救完颜雍，就要杀你们，反朝廷。"完颜兖一看这人怎么知道得这样详细，没容分说，两人交起手来。完颜兖心想：就凭你一个女流之辈能打过我？哪承想这姑娘比谁都厉害，一交手，两人就分出高低来了。那完颜兖哪是这姑娘的对手，一看这姑娘手使一把绣绒大刀，上下翻飞，左右开弓，像一架刀山似的奔完颜兖而来。完颜兖只有招架之功，没有还手之力。就在此时，那姑娘回手一刀，把他的盔缨给砍掉了，因为黑天也看不准哪，又回手一刀，完颜兖背受了伤。这小子一看不好，拍马就跑，连跑带喊："赶快套车，不要让她们把完颜雍劫去。"哪承想已经晚了，他跟那姑娘交锋时，这一百来匹马直接踏入军营里，把两辆车保护住了。就这样一阵乱杀，把完颜兖他们杀得落花流水，哭爹喊娘。有摸不着鞋光着脚跑的，有摸不着衣服光着膀子跑的，有摸不着裤子光着腚跑的。杀死有将近一百来人，就剩下这两辆车了。这时为首的到车跟前说："王爷，没有受惊吧。"完颜雍也不知道说什么，想道谢，可是在囚车里，嘴被堵上了。她们光顾问安了，也忘记砸囚车了。旁边有人说："赶紧砸车救人啊。"这时打头的人才三下五除二地把木笼囚车砸开了，砸开之后把两人扶上两匹空马，就往东边那沟里跑去了。

此时大约四更时辰，到了日头带冒红还不冒红时，他们到了一个地方，一看是一个山口，山口用土干打垒砌的城墙，把这山口砌得死死的。中间有个城门，他们就进去了。一进去，城门就关上了。完颜雍一看四面都是山，唯独当间有个盆地，盆地中间左一栋房子右一栋房子，看这样子也不少，也不顾上看多少了。为首的告诉其他人："你们各回各的寨子，听候命令，我领王爷去见我家额莫去。"这就把完颜雍和完颜万隆领进来，完颜雍一见这是三间大草房，把他们领到的是西间，一看是个南北炕，还有一个西条炕。老太太在炕里坐着呢。这时候姑娘进屋把黑纱揭开了，完颜雍一看，这姑娘也就十八九岁，虽然杀敌那么狠，但是姑娘可太漂亮了，眉清目秀，亭亭玉立，大家闺秀。完颜雍心里纳闷，这是谁家？为什么把我救出来呢？那姑娘上前给老太太请安，说："额莫，我把王爷救出来了，请老太太定夺。"老夫人在北炕上马上站起来，这时完颜雍在外屋站着，老太太赶紧出来问："哪位是雍王爷？"完颜雍赶紧上前请安，说："老夫人，我就是完颜雍，感谢这位女英雄搭救我。"之后深深地给姑娘请个安。姑娘抿嘴一笑，往那边一指说："你还是王爷呢，叫人家把你们抓住，差点儿要了命。"这么一说完颜雍更觉得不大得劲儿，心里转念一想可也是这么回事，倒让姑娘把我救出来了，暗暗地佩服这个姑娘。见完礼，老太太把完颜雍和完颜万隆让到上屋，下边的一些用人赶紧端上水，让完颜雍好好洗漱。然后老太太在炕上拿出来一个盒子，盒子里都是药面，老太太说："你俩趴到南炕上吧。"两人趴下，老太太给伤口上药，包扎起来。这药也灵，不但止血，而且也止疼。这一安排好，完颜雍心里老琢磨，这到底是谁家？有心要起来，老太太说："不行，你要养伤。我多会儿让你走，你再起来。"完颜雍也只好这样了。

书中交代，这是谁呢？为什么出现这么多女英雄呢？原来是这么回事。完颜亮自从登基当皇帝之后，虽说把熙宗皇帝的家眷都充到后宫当妃，但这个人贪多不厌，今天玩了这几个，明天就要扔掉找新的。这样还是不满足，然后就问肖裕："你看后宫的女人我都玩腻了，怎么办？"肖裕说："我有办法。"完颜亮问："你有什么办法？"肖裕说："你不就想要美女吗？有一个地方，专出美女。"完颜亮问："什么地方？"肖裕说："我知道，你赶紧派人到辉发部和鸭绿江部这一带，鸭绿江这一带最出美女。那姑娘长得一个比一个漂亮，管保让你心满意足。"肖裕这么一说，完颜亮简直高兴得了不得，就派人去那儿抢夺民女。

说话简单，他们还没到鸭绿江部，刚到长白山根儿，就出来一拨人马，一看为首一员女将，这员女将十七八岁，拦住他们说："干什么去？"一看这姑娘长得也挺好，为首的头目就嘿嘿一阵冷笑，说："恭喜你了，我看你这姑娘又漂亮又这样聪明。没别的，我们家皇帝就喜欢你这样的人，你赶紧下马跟我去见皇上，最低限度能封你个妃子。好了能封你为王后呢。"姑娘听这话还了得，没容分说，一刀就把头目给杀了。杀了头目下边的人不就害怕了吗？就跑回去跟完颜亮一说，完颜亮勃然大怒，又听回来的人说为首的女子长得多么漂亮，下边有十几匹马，姑娘一个比一个好看，便又派人去了。

这姑娘是谁？原来是长白山脚下有一个大都统，太宗的时候这大都统曾经和太宗南征北战，也立下很大的功劳。当太宗一死，老英雄心里窝囊，再受场风寒，一病不起就死去了。死后留下母女俩，就是老太太和这个姑娘。姑娘名叫夹谷尚青，这夹谷尚青从小跟她父亲练武，马上的弓法百发百中，尤其刀法更厉害，就这样老太太说："咱一不当官，二不求财，咱娘俩就在这个地方安分守己地过日子，好在你阿玛生前还留下点儿东西。"这娘俩就在这儿盖了几间房，就在长白山脚下落了户。落了户，老太太听说完颜亮篡位，熙宗被杀这个事情，心里总觉得不大得劲儿，她也知道完颜雍这个人忠厚，将来能成大业，就对姑娘说："你今年也十八岁了，你要知道，我也活不多长时间，你要记住，你千万不要保完颜亮，要保完颜雍。完颜雍为人端庄厚重，很有气派的。将来他能够成大业。"姑娘就记住这个事了。有天出外打围，就听说完颜亮出来抢夺美女，到了她们这一带，她也没跟妈妈商量，把十几个姑娘集合起来，就把头目杀了。完颜亮第二次派兵来，她们一看不好，就召集一百来个姑娘，其中也有年轻的少妇，个个都刀马娴熟，就成立这么一支队伍，把来的兵马杀退了。她害怕出事，便连老太太一起迁到远处去了，就是现在这个地方，叫葫芦口。迁到这个地方，隐蔽起来，完颜亮想抓她们也抓不着。每天晚上她们都带着头纱出来打猎，或者捕点儿什么东西来维持生活。因为这一天看到这一拨队伍赶着囚车边走边唠，她们才知道完颜雍和完颜万隆被完颜兖给抓住了，所以才劫了囚车，把他们爷俩安然地救到葫芦口里去了。

书归正传。老太太和姑娘照顾着完颜雍爷俩，没几天工夫，爷俩就痊愈了。有一天完颜雍要辞别她们，这里就出现个问题，什么问题？老太太一看完颜雍三十来岁的人，越看心里越高兴，心想：这完颜雍的确是一表人才，要是找到这样一个女婿，该多称心如意呢。一寻思人家是王爷，也不能太过于强求了，完颜雍提出要走，姑娘出来说："额莫，他不能走。"老太太说："怎么了？"姑娘说："前楼外面的兵马已围得里三层外三层。"实际这是假话，姑娘有意想留下完颜雍。说完了姑娘就给老太太递个眼色，老太太明白了，闹了半天这丫头也有这个心思啊。老太太说："这样吧，你再待个三天两天的，我打听打听外面的消息，打听好了，再走。"完颜雍也只好这样了。老太太便派人四处打听，偷着告诉外出的人说："你们晚点儿回来，晚个七天八天的都可以。完颜雍要问就说外面兵马挺乱，他们就不走了。我把他们留下，自有重用。"这老太太没事就跟完颜雍说："你们待在我这儿吧，待我这儿咱们再招兵买马。"完颜雍说："老人家，你的心思挺好，可你不知道我已成了被抓的囚犯，我在哪儿，哪儿就要受我的连累。你没看，到处都张贴了我的告示，画影图形要捉拿我。我还是赶紧走，省得给你们招些麻烦。"老太太晃晃头说："不，你来了，我们就是为你死，也觉得光荣。"这回老太太实在憋不住了，说："这样吧，有件事情我跟你商量一下，你能不能答应我？"完颜雍赶紧站起来说："老夫人，你家姑娘救了我的命，是我的恩人，别说你说一件事情，你就说一百件事情，我完颜雍也要答应。"老太太说："你这话可当真？"完颜雍说："当真。"老太太说："果然当真？"完颜雍说："果然当真。"老太太说："好，我就说一件事，你答应我就行。"完颜雍说："那没问题。只要我能够办得到，我就答应。"老太太说："你准能办得到。"完颜雍规规矩矩站在那儿听老太太吩咐，老太太说："咳，实不相瞒，我这姑娘今年十八岁了，曾经为了救你和你摸肩擦袖，你们爷俩有病，也是我姑娘亲手为你们端汤端药，你下不来炕时，都是我姑娘收拾你们的衣服。没别的，我姑娘长得不算好看，也没什么能耐，我想要让她许配给你。"完颜雍说："不能。"老太太问："因为什么？"完颜雍说："我已经有了福晋了，我还有两个妃子。"老太太长叹一口气说："唉，你还不知道吧，你的全家已被完颜亮打入死牢了，抓不住你，如果时间一长你回不去，你的家眷能够活着出来吗？"她一说完颜雍冷丁想起来了，原来是这样，眼泪不由地流下来了。完颜雍对老太太说："老夫人这样吧，你姑娘我没啥意见，如果我的家眷真是被完颜亮杀了，我一定收你姑娘做我的夫人。"老太太说："这还不行，将来你会有大的造就，你真要登了九五，当了皇帝怎么办呢？"完颜雍说："你放心，我假如有那天的话，我一定封你的姑娘为皇后。"老太太一听这个乐了，把姑娘叫进来说："你给王爷叩头谢恩。"姑娘也磨不开，刚要跪，就被完颜雍扶起来了，说："你是我的救命恩人，虽然这么定下，但目前还不能实现，只是我的一点儿心意而已。"两人没有结婚，就这样定下来了。定下来后，完颜雍说："这样吧，为了今后能够纪念，我把宝剑留下，作为信物。"姑娘随手把自己绣的剑囊交给完颜雍，两个人从此定下了终身之好。书中交代，以后这姑娘被完颜亮给杀死了。完颜雍从那之后不封正宫，都是给她留着。房屋也给她单留一间。

订婚后，依姑娘的意思要保着完颜雍出去。完颜雍说："不行，我们仍要到东海。但这还有几千里，路程太遥远，不一定遇到什么难处。一旦我要被敌人杀死，那这柄宝剑就当作你的哥哥给你留的纪念。你要另择门户。"姑娘说："不，你放心，你就是死了，我也终身不嫁。"这两人真是如胶似漆，难舍难分。到第三天头上，老太太放心了，给完颜雍拿些银两，备两匹好马，他们这才直接奔东海而去了。

他们走了咱不说，回头再说完颜宪上京之后。完颜宪被打得落花流水，残兵败将地回了上京。海陵王一看气不打一处来，一拍桌子说："来人，把完颜宪绑下去砍了。"完颜宪也只好掉着泪说："皇兄，你杀了我不要紧，你要知道你的主要敌人是完颜雍，兄弟我费了九牛二虎之力，把他赶得四处逃命，这次遇到的大将太厉害了，要不就把完颜雍抓住了。"海陵王说："免你一死，你回去再把完颜雍抓到，否则要你的命。"完颜宪赶忙离去。

却说海陵王杀人太多，常常睡不安稳，又担心完颜雍夺他的江山，常做噩梦，便请一个萨满除鬼。因为这萨满是完颜氏家的萨满，这人生性也很禀直，他就天天用托里、用锹神、用祭祀驱鬼，又震妖又捉怪地带领这些徒弟在宫内闹哄，这一来，海陵王睡觉也比较安稳了，可能是精神作用。就在这天晚上，海陵王正在睡觉时，就看见窗口噌地钻进一个人，拿着刀就奔床上去了。

究竟海陵王的性命如何，且听下回分解。

第八章 | 黑塔山完颜雍遇险 老萨满舍子救世宗

海陵王，论文才，是金代有名的词人，论武功，也有两下子。一看有人来，他要看个究竟，一下躲到床帏角处。来的人因为天色黑，心里大概也慌，一到房里也没容分说，拿起刀来照着床上就是一刀，就听咔嚓一声，他转身就跑。刚要跑，海陵王就跳出来了。可是这个人一会儿能够蹿上，一会儿能够蹿下，能够蹿房越脊，卫士们在后面紧紧跟着，那个人身轻如燕，一直跑到围墙外面去了。内勤卫士就直接撵他去了，卫士们连跑带说："咱们在海陵王手下没个好，今天不死明天也是个死。咱们追他干什么，算了，咱不如放过他。"卫士越追越没劲，只是虚张声势地在后面追。虽然海陵王下了非常严的圣旨，但是卫士们没一个积极追赶的。这些卫士们每天受海陵王的虐待就不用提了。追赶了半天，有个卫士说："坏了，要把这个人放了，咱们回去也不能得好。"卫士们一听这个，说："算了吧，咱们就散了吧。"三四十个卫士也没追赶这个人，就呼啦地散了。有的是上山为寇，有的是借机回到家去。海陵王一听这还了得，一怒之下，把所有的卫士全部杀掉。立刻派五百人追赶凶手归案。

那么说了半天，这个夜间行凶的人是谁呢？书中交代，这个人是当年跟阿骨打起义的随身萨满。那时军队行军一般都带着萨满，迷信程度比较深，无论做什么事都要让萨满去问问卜，求求天，然后才可以行动。这个老萨满在军队里时刻没有离开阿骨打，他的名字叫乃买。老人自幼生来就禀性耿直，这个萨满所供奉的神是很虔诚的，每天替金国祷念国运昌盛。完颜阿骨打死后，老萨满年龄大了，也不能亲自主持祭祀了，他有个儿子叫乌带，这小伙子自小就聪明伶俐的，可以说见啥会啥，学啥是啥。老萨满乃买对他的儿子也挺上心的，老萨满还有一个绝技，什么呢？他能够装什么像什么，他一会儿能变成媳妇，一会儿能变成老太太，一会儿能变成一个年轻小伙子，一会儿能变成一个老头儿。这在原来的故事上讲，说他能够"变"，善变。现在分析来看，乃买大概会一些化装术，所以说满朝文武都知道他的绝技，有时候，老人家一主祭的时候，完颜阿骨打在娱乐场时还让他表演一番。不大会儿他出来时是个老头儿，不大会儿出来时是个老太太，又出来时是个年轻的小伙子。大家对他这种绝技也很感兴趣。乃买领着儿子乌带过日子，老乃买负责教一些新萨满，领着大家供奉女真人的祖神。虽说完颜阿骨打已去世多年了，但仍很尊敬他。完颜雍和完颜亮小时候都没少在老萨满跟前生活，那时有个规矩，不管你官阶多大，凡是十四五岁之前，要尽量多在老萨满家待一待，干什么？求他天天祷告"阿布卡恩都力"。"阿布卡恩都力"就是天神，祷告天神保佑孩子茁壮成长。这是一个。第二个，那时说孩子在萨满跟前能消灾掩祸，什么妖怪也不敢来伤害他。因为老萨满年轻时又很慈祥，所以完颜雍、完颜亶（金熙宗）、完颜亮都没少在老萨满家待，和乌带也都是从小在一块儿玩，很熟悉。等到他们哥三个，就是完颜亶、完颜亮和完颜雍长大成人后，完颜亶就是金熙宗继了位，当然对老萨满很好，准许他出入宫中，不受限制，可以骑着马进宫，可以坐着轿子进宫。完颜亮把熙宗杀了后，老头儿就不高兴了，说："完颜亮你可真是不对，不管怎么，你们是亲叔伯弟兄，你哥哥是挺糊涂，乱杀一些好人，这你可以跟大伙儿商量把他废掉，不应把他杀了。"等到海陵王登基后，荒淫无道，把他气坏了，他觉得有海陵王一天，金国将来就要完，大金的江山就要保不住。这天他和乌带说："孩子啊，我今年已经六十多岁了，我死了也不算少亡，没别的，我打算有朝一日有机会时除掉这个海陵王，保住金国的江山。"乌带劝他："阿玛，你不应该这样，你现在年老体衰，一旦要出了差错，那可怎么办？不管怎么说，他是咱们的皇上，你要是把他杀了，不是有弑君之罪吗？"老萨满乃买打个咳声说："不，这样的皇上我要把他杀了，是为老百姓除害。我是为了大金的江山，杀他有什么不对呢？他杀死了多少好人呐。"乌带也赞成这个打算，说以后再见机行事。

　　就在这个时候，窝耶部有一个姑娘叫定哥，这个定哥在窝耶部的左近一二百里的地方没有不知道的。原来是姐俩：一个叫定哥，一个叫石哥，这姐妹俩长得非常漂亮，真是有闭月羞花之貌，沉鱼落雁之容。偏偏有人把定哥给乌带介绍来了。这乌带自从和定哥结婚以后恩恩爱爱过日子，偏赶这天，海陵王设宴，要宴请各个老臣的全家。乌带就带着他的老婆进宫，定哥就对乌带说："我不是抗旨，你要知道，海陵王人面兽心，最近把他的老臣杀了一些，然后把老臣家凡是长得好看的女的都弄到宫里去了。如果我要去，一旦有个三长两短的怎么办？"乌带一寻思也对，乌带就不打算让定哥去宫里了。海陵王为什么偏偏找乃买全家赴宴呢？因为海陵王听说乌带新娶的夫人长得非常漂亮，所以就非让乌带带着他老婆去。乌带没办法，只好领着他老婆就进了宫。进宫后，海陵王一见定哥，真是感到所有的嫔妃都黯然失色，把他看得简直垂涎三尺，瞪着眼睛看着定哥。乌带一看不好，定哥一看也不好，但已经进来了，就跪下吧。这海陵王看了半天，哈哈大笑说："真是天下少有的美女呀。乌带呀，怪不得人家说你的妻子是天下绝色，没别的，朕看中了你的妻子，你把她留到我的宫里。你的官呢？你可以官上加官，禄上加禄。来人。"

下边武士来了，没容分说，就把定哥连抢带夺弄进宫里去了。乌带当时就站起来说："我主，这事可不行，定哥是我的妻子，再说我又是几代忠臣之后，你应从各方面考虑，你不该这样。"海陵王冷笑一声说："怎么？别说是你，就是哪家王爷的，只要朕看中了，姑娘媳妇也一样纳入我的后宫。"这时乌带站起来后，气得两眼圆睁，破口大骂，指着海陵王说："完颜亮，你还称得起女真的子孙吗？你身为当今皇帝，荒淫无道，杀了多少忠良？你把一些良家女子，抢到宫中给你当嫔妃，你还有没有人性？你这纯粹是禽兽之心。可惜，先祖打下天下，没承想要失落到你的手里。"他虽然这么骂，海陵王也不生气，就说了："你也就是能够在这几袋烟的工夫骂骂我，毕竟我是皇上，我对你有生杀大权。"乌带说："我知道，我早就把生死置之度外了，我要怕死还不至于这样。你就把我杀了吧。"完颜亮说："我现在还真不杀你，我把你打入大牢，你什么时候服软了，告饶了，那时我再杀你，或者再赦你。来人。"就把乌带打入狱中牢房。这种牢房底下是水，上面是笮子，铁笮子。在那里要蹲还蹲不下，要站还站不起来，简直是生不如死，叫"站笼"。

再说定哥，一听说乌带被捕到站笼里，心里的难受不用说了。海陵王到后宫后，强行要和她完婚。定哥这个人，不但长得好，而且心里也有数，她想：我现在即便是死了，也救不出乌带，结果我们俩不是白白地送死吗？我先苟且偷生吧，如果把乌带救出去就更好了。说话工夫外面太监来告禀海陵王，说："乌带家里有一位老奴要见一见他。"海陵王摇头不让见。定哥走上前说："我主，你既然是把我收到后宫，我将来就成为你的妃子。我有一个事情想要请示请示，不知当不当。"海陵王一看定哥挺顺从的，便说："有什么事情可以当面奏来，朕哪有不准之理。"

定哥说："我跟乌带夫妻一场，没别的，他这个老奴来，是否让他见一见。有什么嘱托之事让他嘱托，也算我和乌带夫妻一场。"海陵王一听，说："好吧。"老奴就被带进来了。这个老奴当年和老萨满是曾经在战场上相依为命，应名叫老奴，实际上乌带把他看成是长辈似的，那么尊敬。老奴就来了，带着干粮。一看他的小主人这样，眼睛哭得像两个桃子似的睁不开了。乌带说："老管家，你不要过于悲伤，我死了不要紧，可惜金国眼看要完了。"老奴说："不，无论如何我要想法把你救出来。"乌带就乐了，心想：别说是你，就是任何一个人也救不了我。老奴看完之后，刚一出门，就看见定哥在外面站着。一看见定哥，穿得花枝招展，油头粉面，心里气不打一处来，心想：你这可是好，贪图荣华富贵，你忘了我家的主人，你这无耻的东西。连看也不看，扭头就走。定哥说："管家，你站住。"老奴毕竟是奴才，便站住了。定哥说："你跟我到我的屋去。"定哥到屋就跟老奴哭了，说："我不是贪生怕死，你想救你家主人，我也想救他，我才苟且偷生地活着，不然我能这样活着吗？没别人，只有你是我心腹的人，你留在这宫里，有什么事情，咱俩商量商量。"老奴半信半疑地答应了。这时定哥对海陵王说："我在乌带家，这老奴伺候我惯了，他知道我的习惯，能否把他留到宫里伺候我？"海陵王一看，说："好吧。"便把他留下了。

简短说，这个定哥是千方百计要救下乌带，可乌带从进了站笼每天都在骂，给他饭，他也不吃，给他水，他也不喝。尤其是听说定哥已经跟海陵王又成婚了，更气得了不得，海陵王最后一咬牙，说："这样吧，你既然不愿意活着，我就成全你了。明天正当午时开斩。"定哥着急，老奴也着急了，想了半天也没办法。夜深人静时，海陵王没在，老奴扑通一声给定哥跪下了，定哥赶紧搀起老奴，说："老人家，你别给我跪下，你有什么事情？"老奴说："我想救我家主人不是一天两天了。"定哥说："你想怎么救呢？"老奴说："我也不连累别人，我跟老主人一辈子了，今年都六十多岁了，再活也就五六年到头了。没别的，我想如果要用我的命来换下乌带小主人的命，我太合适了。"说的定哥心里也莫名其妙，老奴说："我跟你说实话，要想救下乌带，只有我替他死。"定哥说："不对，即使你有替他死的决心，可是你的模样，海陵王认不出来吗？"老奴说："你看我的身量体格跟乌带一模一样，你不会如此这般如此这般，把乌带救出去吗？"定哥晃脑袋。老奴说："事不宜迟，已经到了这步田地了，只有这样。"定哥一听这个，眼泪马上掉下来了，她给老奴跪下了，说："我替乌带家感谢你舍命救主之恩。"

　　说完定哥跪下来给乌带家奴深深磕几个头，之后爷俩站起身来，悄悄地走到站笼前面。看站笼的两个人，也看着乌带着急了，心里万分来气，难受也不敢说什么，哥儿俩连看站笼连埋怨着："像乌带这样的忠厚人家，对金朝忠心耿耿，几代老臣，他们家怎能遭到这样的不幸呢？可惜我不能替他，我要替他，死我都干。"那个说："可不是，怎么办呢？明天午时就要开刀问斩了。"正这样说着，定哥到了。定哥把他们支走了。他俩一看定哥把他们支走了，就觉着有事，就给定哥跪下，说："我们俩敢向天起誓，我俩是同情乌带的。"就把他俩刚才说的话一说，定哥心里暗暗高兴，心想：正求之不得，本来想把你俩骗到我的宫里，想用迷魂汤把你们迷魂过去。四个人一合计，都掉了眼泪，这两个人说："既然这样，我们把门打开。"说着他俩就把站笼开开了。乌带不明白，还是破口大骂，老奴一看这个，说："你不要骂了，你现在什么也不知道，事不宜迟，赶快把你的衣服脱下来。"乌带就把他的衣服脱下来，老奴把他的衣服一换，他换上老奴的衣服，然后把老奴锁到站笼里。乌带才明白，定哥就把他俩怎么定的计策说了一遍。乌带说啥也不干，非让两个狱卒把站笼打开，把老奴替换出来。两个狱卒跪下来，说："少将军，既然是你的老家人有如此热心，你赶紧逃吧。这事情你放心。"就这样，乌带穿着老奴的衣服，定哥对他说："你赶紧装病。"说这话已经快到半夜了，定哥就同海陵王说，她的老奴有病了，得赶紧把他打发回家，不然死到宫里怎么办。海陵王正在饮酒，说好吧，让他回去吧，这样乌带就跑出来了。

　　乌带出来不说，再说老奴。老奴一钻进站笼里，就东撞一头，西撞一头，把脸、鼻子、耳朵，整个脸都撞得满是伤，分辨不清哪儿是鼻子哪儿是眼睛，光剩一口气啦，也看不出谁是谁了。两个看站笼的人赶紧去禀报海陵王，说："了不得了，乌带现在到处乱撞，撞得满脸是伤，怎么办？"海陵王说："我看看去。"他一看，"乌带"浑身都是血，也不吱声了，也看不出人模样了。海陵王说："不要等时辰了，现在推出去斩了。"就这样，老奴一片忠心，替他主人死了。

　　再说乌带回到家后，跟他阿玛一说，把阿玛气得不知怎么的好。这天晚上他阿玛说："孩子，你赶紧走。"乌带说："阿玛你想做什么？"阿玛说："你不用管了。"乌带心里明白了，偷着跟阿玛说："阿玛，你能进皇宫，我进不去了，进去可是进去，你告诉我一声，在什么地方出来，我等着你。到必要时我还能接应你。"老人家的轻功身法很好，蹿房越脊真是如履平地，夜行衣也都穿好了，背起了他祖传的宝刀就直奔皇宫去了。这才有了老萨满行刺。

他跑出来，追兵这一赶，老萨满就和乌带急急如漏网之鱼，逃出了京城。再往前跑，看前面围着一条大河。三面围兵追过来，也就是一里来地的时候，爷俩不会水，又没有船，心里就觉着完了。老萨满说："咱们爷俩没想到能死到江沿上。咱们能杀一个就够本，能杀两个就赚一个。"正说着，就听有捶衣服的声音。乌带心想：夜里咋会有人洗衣服呢？再往前一瞅，原来在江坎上，搭一个地窖子似的东西，房子里像有盏油灯，爷俩赶紧跑过去，里面有一个老太太在浆洗衣服。老太太一看就愣住了，说："你是不是乃买老将军哪？"他们一看赶紧跪下给老太太磕头，说："你怎么住到这里头了。"老太太说："一言难尽呐。"

说来也巧，这老太太是谁？是想当年阿骨打亲兄弟的媳妇，后来海陵王把他们杀了之后，她躲到这里来了。到这里之后，老太太本来想寻死，后来想在这儿有机会也能报仇。老太太问："你们俩为什么跑出来了？"乃买老萨满就把经过一说。老太太说："这样，你不是能改装吗？你就假装是我的老头儿，乌带就假装是我的儿子。"说完之后，乃买赶紧用各种办法把自己变成白胡子老头儿，把老太太装扮得更老了。回头把儿子打扮成半大老头儿。眼瞅追兵要到了，那天，天黑得不像样，再加上阴天，伸手不见五指，对面不见人，爷俩抱着大石头，"扑通"一声，往河里扔去。三个人又装作在江边罩鱼后刚要进屋的样子，追兵过来了，问道："老头儿，你看没看到一老一小，从这里过？"老萨满他们回答说："我们正在罩鱼，黑天也看不见，好像有两个什么玩意儿似的扑通扑通往河里跳。"追兵一听这个，也不追了。追兵说："你们是不是看准了？有两个玩意儿跳河。"追兵本来挺懒，也不愿意去追，对这个事情，对付对付就走了。第二天天一亮，老太太把他们藏在河湾里的小船上。

白天不敢走，爷俩利用晚上的时间才能赶路。这样白天就得休息。这天正好走到黑煞山，他们往前走，快到天放亮时，就奔一个小山沟里来了，想休息一下。一看，这小山沟可挺好的，还有十来户人家，就不顾一切地扑奔了当间比较大的房子进去了。进去一看，人家还没起来呢。爷俩也磨不开面子叫门，就在柴火堆上坐下来。爷俩轮流休息，以防备有什么事。待了半个多时辰，太阳快冒红了，就听到吱呀一声门响，两人赶紧站起来，深深行了个礼。抬头一看，来的人穿的不是女真人的衣服，穿的都是像唐朝时的衣服，宽衣大袖。院子也干干净净，利利索索。

门口有两棵小松树，往柴门里一看，有两个小花坛，中间有个水池子，里面有几条小鱼在那养着。两人对出来的老头儿说："老人家，我们走了一宿，想喝点儿水，讨碗饭吃。"老头儿左看看，右看看，说："好吧，既是这样，你们就进屋吧。"

两人随着老头儿进屋，进了院里一看，有几间小草屋，还有东厢房三间，西厢房三间，前面还有个小走廊，走廊前放着一溜花盆，开着各式各样的花。小院给人整洁雅致的感觉。开开门，老头儿把两人让到屋里，是一个小客厅，桌子、凳子都是用树根做成的，年头看起来也不少了。树墩看起来溜光锃亮，桌子上放着一套古色古香的茶具。茶具后边有个条案，上面插着野花野草。爷俩纳闷，这是谁家呢？看着家里的装饰还不像女真人，也不像宋人，这是什么人家？正纳闷时，老人家端上茶来，打上洗脸水，爷俩赶紧洗洗脸。老头儿端详着爷俩，说："你们俩是不是由京城而来？"两人愣了，说："不错。你怎么知道？"老头儿说："你们俩是不是行凶未遂，跑到这里避风来了？"爷俩没敢吱声。老头儿说："你们不用瞒我，从你们的衣服和神气我已看出来了。你们不要害怕，我想给你们找个人，看你们认识不认识。"两个人要走，老头儿说："别走，等我找个人再说。"说完一出门口，把门咔地锁上了。爷俩一看坏了，想跑也跑不了。不大一会儿就听一串钥匙声，老头儿进来了，问："这个人你们认不认识？"老头儿一闪身，后面的人站着。老萨满仔细一看，哎哟一声，当时就扑倒在地。

书中交代，他看到谁了？原来来的人不是别人，正是完颜雍。完颜雍怎么到这里的呢？他是从葫芦口逃出来的，后面有完颜充追赶，他不知道往哪儿跑了，也不知东西南北，逃到一个山上。这山上有个庙，他就慌不择路，从后院爬到山门里边。山门里正赶上有个小和尚扫院子，一看扑腾进来一个人。完颜雍给小和尚深深施礼，说："你得救我。后面追兵来了。"小和尚说："不行，这是佛门是净地，你赶紧走，不然的话，追兵赶到这，我们担罪不起。"这时后面有个老人说话了："徒儿，你在和谁说话？"小和尚赶紧合手说："师父，方才后院跳进一个人，追兵追得挺厉害。他想躲到咱们这里。"老和尚到跟前一端详，眼泪当时掉下来了。完颜雍纳闷啊。老和尚说："你不认识我吧，我是你祖父阿骨打手下的一员战将，自从他打了天下后我看破红尘，你父亲拨款修了这座庙宇。但你到这来是怎么回事？"完颜雍一说，老和尚说："好吧，我救你。"跟小和尚说，"无论什么事不许你吱声。"老和尚把完颜雍领到一个大殿，大殿里有四大金刚神像。他就把四大金刚像中间的第三个一搬，完颜雍一看第三个中间是空的。老和尚说："你到这里来吧。"然后告诉小沙弥赶紧把通往大道的小角门砸开，然后回去睡觉。

一切准备完毕，追兵赶到了，眼见着完颜雍跳到山门里了，他们就到了山门，叫门，叫了半天，小和尚出来了，在里面问谁在叫门。兵士们不等门打开，就把门踹开了，到方丈室问老和尚："你们看见有个人跳进来没有？"老和尚说："我刚才睡觉，没看着。"士兵们就翻，当然翻不着了。一直到小角门一看，通往山路的小角门已被人砸开了，说："赶紧追。"就顺山路追去。这样老和尚把完颜雍救了下来。救下来后，完颜雍见追兵往北走了，他便往东方向走了。追兵追了半天没追着，又回到庙上再三追问，老和尚矢口否认，说："没看着。我连跑的这人是谁，来的是谁，都不知道。"追兵说："好，我再问你，这个东角门还能通向什么地方？""除了往北"，老和尚一看完颜雍往东去了，便对追兵说："他可能是绕到山头，不是往西就是往南跑了，我不知道。"追兵说："好，咱兵分两路，一路奔南，一路奔西。"这样追下去了。

再说完颜雍，这天跑到方才所说的小林子里，跑了一宿。第二天卯时，这时是五月节前，花都开了，柳树也吐丝了。小河沿上有十几户人家。这十几户人家，一家比一家干净，人们穿的衣服，都是唐朝时穿的。完颜雍走到中间的房子里，找到老人家深深施礼，说："我慌不择路，误投了你们村，你能否收留我住一天，晚上我再走。"老头儿说："好。"把他领进来，左端详右端详，见此人仪表非凡，浓眉大耳，四方海口，天庭饱满，地阁方圆。老头儿纳闷，说："官人，你能否说说你是谁？"又一看完颜雍左手上戴的玉石镯子，老头儿上前一看这镯子，啊的一声，问："你手上的镯子是谁的？"完颜雍说："这个镯子是我母亲的。"老头儿说："噢，那你母亲是哪儿的人？"完颜雍回答说："我母亲是渤海人。"老头儿又问："噢，我看着是。我看着这镯子，你这个镯子当年是渤海国宫内的东西，如何到了你手里？"完颜雍说："实不相瞒，我母亲她们家……"

老头儿打了个咳声："我们这十来户人家，是从我们国家渤海国亡国了之后，就躲避到这里来了。传到现在已有五六代。一般人是进不了山口的，你能否跟我说实话，你为什么，你怎么误投到这儿来的？这地方一般人是摸不进来的。"完颜雍一听，这儿原来是个世外桃源，就说："实不相瞒，我是怎么怎么回事。"老头儿说："既然是这样，我们耳闻海陵王把他哥哥杀了之后，荒淫无道，你既然是完颜雍，没别的，我可以搭救你。"就这样，老头儿把完颜雍留下了。后面的追兵得绕四五盘山，完颜雍是抄小道进来的。完颜雍在这里待了有七八天的时间，这时正赶上乃买父子俩赶到。父子俩一到，不管怎么说，完颜雍还是个王爷。君臣三个挺高兴，便议论如何起义。乌带说："这么办，这地方虽说是世外桃源，但我们得赶紧除掉海陵王，恢复大金国的江山，不然的话，大金国的江山要完。太祖起义的汗马功劳要被完颜亮白白糟蹋了。"三个人说："咱们得赶紧走。"一合计说，"咱们从这儿直接往北走，直接奔黑水部一带，到那地方还能组织一些力量反攻到上京。"

到了第三天，老头儿给大家收拾东西，打点儿干粮，把衣服换了换，送到村口，指明从什么方向走。三个人走了不到两天的工夫，又到了一个村子。这时天刚擦黑儿，到村庄里一叫门不要紧，把三个人吓坏了，原来这里边都是完颜充的兵，都在这住着呢。三个人没敢喊，赶紧退出来，奔南边草甸子跑去了。这些兵认得完颜雍，看见了赶紧回报元帅完颜充，完颜充一听完颜雍自投罗网跑到南甸子上，赶紧调集人马，往草甸子拢上来了。这一拢上来，三个人便有生命危险。

欲知后事如何，且听下回分解。

第九章

海陵王掠女充后宫
忠王剑唾君触柱亡

话说完颜兖领着追兵，把草甸子围得水泄不通，他大声喊道："完颜雍，你要是识时务，就赶紧出来，面见君王，他可能念你兄弟之情饶你不死，要不然，恐你死无葬身之地。"

老萨满一看，情况危急，想跑也跑不出去了，可是不跑，能甘心这样束手就擒吗？寻思了半天，他说："这样吧，事到如今，没别的办法了，我扮做完颜雍，往东跑，你们两个人赶紧钻到泥塘里别动弹。我就豁出这条老命了。"

乌带不干，说："阿玛呀，你岁数大了，虽说你有功夫，但是你想逃是逃不出去的。论智谋，你比我强，你保着完颜雍打江山，给他出谋划策，招兵买马。"乌带苦苦求道，"我，我替他去。"他不等他阿玛说什么，对完颜雍说，"王爷，你把衣服脱下来，我往东跑，你们两个人千万别动弹。"他爷俩争执着。

完颜雍说什么也不干，说："老人家，我呢就是这个命。我感谢你们父子的好意，不过，现在已到了山穷水尽的时候了，哪能让你们替我去死呢？咱们再见吧。你们能跑出去，迅速到北国去招兵买马，那地方有四五个跟我很好的朋友，你们就告诉他们，我就死在这草甸子里了。"他说完这话，就往外闯。

老萨满一把抓住他，郑重地说："我们替你死，并不是单单为了你，而是为了保全大金国的江山。你想想，将来有一天除掉完颜亮，谁来治理金国呢？只有你呀，除了你别人不行啊。你也应想到金国的江山，老祖宗打下这江山不容易呀，女真族多少年盼望有自己的国家，今天好不容易有了，你这样轻易地死，那太犯不上，也太没有远见了。"这么一说，完颜雍不吱声了，但总觉得在良心上过不去。

老萨满果断地说："不能再争了，事不宜迟。"完颜雍无奈，将衣服脱下，跟乌带换穿上，老人家又按完颜雍的相貌给乌带临时化装，冷眼叫人看不出破绽，并往脸上抹了些泥巴，这一下分不清是乌带还是完颜雍。乌带装作慌慌张张的样子，躲躲闪闪地往东面跑去。老萨满和完颜雍这爷俩，一头扎到了红眼哈塘里，含着芦苇管喘气，躺在泥水中，一动也不敢动。完颜雍躺在泥水里，感动得止不住流泪，暗下决心：将来我要不好好地治理国家，怎么能对得起替我死去的人们。他越想，心中越觉得难过。

再说乌带，他穿着完颜雍的衣服，向东跑去。当时天很阴，又下着滂沱大雨，追兵看到向东跑去一个人，但看不清究竟是谁。有的人认识完颜雍穿的衣服，就喊："快追，他向东跑了。"大队人马就往东追下去了。他往东跑，他们就往东撵，在一片小叶樟的草塘里将乌带捉住了。乌带不吭声。按正理，完颜兖认识完颜雍，偏偏雨下得越来越大，他下令道："把完颜雍给我带上来！"兵丁把捉到的逃犯推上来。完颜兖自以为得计地冷笑道："完颜雍，你知罪吗？你叛离君王，到处煽风点火，招兵买马，积草存粮，谋反当今的皇上，该当何罪！没别的，我今天把你装进木笼囚车，带你去面见君王。看君王怎么发落，那我就不管了。来人！把他打入木笼囚车。"

完颜兖率兵返回了京城，到了午朝门外。海陵王接到禀报，说捉到完颜雍了，要见皇上，正在午朝门外等候。海陵王这还不高兴吗？兴师动众，费了多大的事才捉到完颜雍，顿觉心中一块石头落了地。

路上走了三天三宿。乌带知道自己脸上的装失效了，露出了本来面目，他就一不做二不休，撕下了衣服，将头部裹起来。完颜兖也没注意，以为他是嫌可耻，心想：你包就包上吧。得到了海陵王的准许，完颜兖就把自以为真的完颜雍带上了金殿。完颜兖参拜皇上，海陵王很高兴，说道："你这次出师有功，朕加封你为上将军。"完颜兖刚要谢主隆恩，海陵王说："且慢。我说的是捉住完颜雍，这是前提，你把完颜雍带上来让我看看。"完颜兖心想：你身为皇上，怎么这么小气呢，我已经捉住他了，那还能是假的吗，我还不认识完颜雍？"

乌带被带上来了，他把包裹头的破衣服往下一解，完颜兖傻了。他纳闷了：我明明看准是完颜雍，装进了木笼囚车，怎么又不是了呢？怎么变的呢？海陵王把脸一沉，怒气冲冲地说："好哇，你个完颜兖，你捉到的是谁？"完颜兖不敢吱声。海陵王下旨："给我拉下去！本来想斩你，念你是老臣之后，又出去这么些日子，给我重打一百大板。"

完颜兖挨了一百大板后，又跪在海陵王的面前。海陵王不允许他回家，命令道："你还得带兵给我捉拿，限期三个月，你要抓住完颜雍将功折罪，要抓不住，我就拿你算账。"完颜充憋气又窝火带兵出去了。

海陵王辨认着抓来的是谁，仔细一看，大吃一惊："你……这不是乌带吗？乌带不是叫我给杀死了吗？你怎么还活着，这是什么原因？"怎么问，乌带也不吱声，怎么打也不吱声。海陵王一气之下，命道："还把他关进站笼。我要问问定哥是怎么弄的，这里是不是有鬼！"乌带被二番关进了苦刑的站笼。

看站笼的还是那两个人，看乌带又回来了，好生不解，心里咯噔一下子。当把他再锁上，看守问他："乌带将军，你怎么又回来了？"乌带摇摇头，因为一言难尽，不肯吱声。

看守见海陵王不在，一个人看着，另一个人就去给定哥送信去了。定哥一听乌带被抓回来，感到事情复杂了，她本以为乌带会远走高飞，哪料想又被抓回来。在夜深时，定哥来到站笼跟前，一看果然是乌带，就哭了，说："你出去应赶紧积草存粮，招兵买马，找完颜雍起义，怎么又被抓回来了呢？"

"嗨！"乌带百感交集，说，"这事一言难尽，况且也没时间说，只好如此吧。你如果念咱们夫妻之情，有机会你把海陵王给我杀了，我死在九泉之下也感谢你。"

定哥哭着说："你不知道，海陵王这个人简直是文武全才，你眼珠一转，他都能看出你存什么心。别说是动刀，我那屋里，一点儿铁，一块儿石头，一样硬的东西都没有，我怎么能够把他杀死呢？转过话题，定哥说："不管怎样，我还得设法救你呀。"定哥和乌带告别时说，"你不要着急，待我回去想一想。"她想了又想，终于想出了一个绝妙之计。定哥二番回到站笼前，对乌带说："我有办法救你了，管保能把你救出去。"乌带难以置信，问："什么办法呢？"定哥说："明天，海陵王可能让我来认你，因为他知道你已经死了。在认你的时候，我就骂你，说你们俩是孪生兄弟。你也别吱声，这样的话或许有救，要不然，你得死，我也得完。咱俩一完，宫里就没有反海陵王的人了。"乌带认为此计好。两个人就这样定了计。定哥告别了乌带，回宫去了。

第二天一早，海陵王寻思：定哥，你一定设了什么埋伏计，将自己的男人倒腾走了，这回我抓回来了，看你还说什么。便叫道："来人，把定哥给我叫到殿上来。"

定哥来了，参拜皇上。海陵王一阵冷笑，喝道："我让你把乌带处死，那么你处死了吗？"定哥从容不迫地说："那不是已经处死了吗？不是皇上亲自下的旨，亲自看的人？"

海陵王咄咄逼人："你知道吗？现在我已经把乌带抓回来了，你可怎么说呢？"定哥强硬地说："已经死的人，他怎么可能复活呢？"海陵王说："我这么说，你是不相信，我领你去看看。如果他是乌带，那你又该怎样呢？"定哥毫不犹豫地说："如果他是乌带，我就犯了欺君之罪。随皇帝你怎么处理怎么是。"海陵王领着定哥到了站笼前。

昨天，在定哥和乌带定计的时候，定哥问乌带："你左耳朵后面不是有块记吗？"乌带说："有。"定哥告诉他："你要记住，我就说，那就是你弟弟的记号。"乌带说："记住了。"

定哥到了站笼前，往里一看，叫道："来人，把他的左耳给我扒拉过来。"看守去把乌带的左耳朵翻过来，她认准了那块记，立即翻脸骂道："好你个乌文啊！想当年我跟你哥哥成亲的时候，你想调戏我，你还在你哥哥面前搬弄是非，甚至还想打我。这还不算，你还想把我卖给海陵王，企图从中得到好处。你这种没人性的东西，要你还有什么用？启禀我主，你不如把他杀了，好解我心头之恨。"

海陵王不知其中奥秘，便问定哥："怎么回事？"定哥说："他们是哥儿俩，孪生兄弟，他是老二，他叫乌文。"海陵王问："有什么凭据呢？"定哥果断应对："我原来的丈夫乌带，他的左耳后没有记。但是，他弟弟左耳后有块记，不信，皇上当场检验。"海陵王叫定哥的号："他真有记？"定哥说："我们都在一个院住着。"

海陵王亲自检验，果然笼里的人左耳有一块记。这一来，海陵王就信了定哥的话。定哥假装气得了不得，非要杀乌文不可。

海陵王问笼里的人："你叫什么名？"那人答道："我叫乌文。"又问："你认识她吗？"那人明确应答："我认识她，她曾经是我的嫂子。"又问："你曾调戏过她吗？"那人不吱声。海陵王说："我这个人还很愿意听这种事，你要真调戏过她，你还真是好样的。她同意你没有？"那人又摇摇头。海陵王又说："我再问问你，你是不是还想把她献给我？"那人说："我已经到了这种地步，说那些有什么用。"

这么一说，海陵王的心里还倒高兴，跟定哥求情："你看怎么好，他哥哥已经死了，咱们应该宽宏大量，将他留在这吧？"

定哥说啥也不干，非要杀这个乌文不可。海陵王再三解劝，好容易说服了定哥。她答应："既然这样，皇上你愿意怎么处理就怎么处理吧。"

一边说着，一边哭哭啼啼地回到宫里。海陵王这就把乌带给放了。打这起，乌带就改做乌文，简称一个字，叫作：文。放了他之后，封他为宫内的秘书监，管管公文、档案。乌带被放了，心里暗自佩服：定哥啊，你虽失身于海陵王，你的心真好，智谋真高哇，救我两次脱险。不禁满心的感激。

乌带当了后宫的秘书监，干得很好。定哥有时给他送饭，嘱咐他好好干，取得海陵王的欢心。

海陵王看到乌文的差事干得很不错，就想提升他。乌文说："启禀我主，我不能再当大官了，因为我哥哥有罪于皇帝，我再当大官不好，惹得群臣对我有议论。"

这天，海陵王下朝，到了定哥那里，问道："我听说，你有个妹妹，是不是叫石哥？"定哥说："对。"海陵王试探道："我看乌文很好，是不是把你的妹妹嫁给乌文？"皇上说了，定哥敢不答应吗，便说："既然这样，那就请皇上你做主了。"

海陵王见乌文对他实心实意，所经管的奏章，都整理得井井有条，感动得海陵王要给他娶妻成家。定哥听说要她妹妹嫁给乌文，虽说感到突然，可是她还是愿意自己的妹妹嫁给乌文。心想：我已经对不起我的丈夫了，要把我的妹妹给他，就弥补和报答了我没完成的心愿。可是她又一想：我妹妹长得比我好看，一旦让这个衣冠禽兽见到之后，心生歹意可怎么办？便说："我主啊，依我的想法先往后靠靠等等，看最后怎么办才好。再说，我妹妹又小，不会来事，万一有所得罪也不太好。"

海陵王不以为意，说："这你说到哪里去了，她一个姑娘，我听说已经十六岁了，那还有什么。俗语说，男大当婚，女大当嫁。我已经决定了，把你的妹妹嫁给乌文了。"海陵王是皇帝，他要说"朕意已决"，哪有敢说不同意的，不同意就是"违旨"，当时就满门抄斩。

定哥只得答应，由于担心又提出一个条件，说："既然这样，我有一个要求。"海陵王问："什么要求？"定哥说："他俩结婚后，不要在宫内住。"海陵王说："那行，让他们去宫外住，我给他们修一个埠。"就这样，海陵王当场发下了圣旨："定哥和石哥姐妹俩，她们家姓唐括。选唐括哈拉石哥入宫，我已经把她许给乌文做妻。"

石哥早已知道乌文就是她的姐夫，想不明白，这是怎么回事，但圣旨下了，又不敢违，就随旨进了宫。当晚，海陵王没看着石哥，吩咐道："明天，就让她同乌文拜堂成亲，在东边的小房里给他们安排一个临时住所，以后朕我要给他们修埠地，让他们搬到新居去。"

石哥直接到了乌文那里。乌文一看他小姨子来了，规规矩矩地站了起来，说："妹妹呀，没办法，你说这可怎么办呢？"定哥也打发人来，明面上是送东西，背地里嘱咐：你们俩就真正成婚吧，我也很愿意。之后，定哥紧接着也来了，对他们说："你们俩无论如何得结婚，婚后赶紧搬出宫去，免得夜长梦多。"这样，乌文和石哥成婚，两个人恩恩爱爱。

按规矩，皇上给成的亲，婚后第三天，要去见驾，好谢主隆恩。第二天，定哥来告诉石哥："明天进宫，你千万不要打扮，你就是不搽胭脂抹粉，已经够美的了。没别的，你上殿后，千万不要抬头。你要抬头，海陵王看中了，那可怎么办？"石哥怕这个，乌文也怕这个。到了第三天，夫妻俩胆胆怯怯上朝见驾去了。夫妻俩低着头，说："感谢皇帝赐给我们俩的婚姻。"

海陵王坐在金殿上乐了，说："好吧，乌文哪，你要把秘书监这差事尽职尽责做好。"乌文连连叩头说："我定尊皇上之命，尽职尽忠。"

海陵王表示满意，又对石哥说，"你怎么不抬头？"石哥不吱声。乌文开脱说："她是平民百姓的姑娘，她不敢抬头见驾，恐怕犯望君之罪。"

海陵王忙说："对呀，好好好，你这是给夫人要个官呀，我封她为二品夫人。"封为二品夫人，那不抬头行吗？海陵王来了兴趣，叫道："石哥你抬起头来，朕我要看一看。"石哥一抬头不要紧，海陵王立刻就傻了，"哎呀"一声，心想：石哥怎么这样好看呢？我要知道这么好看，我怎么能给乌文呢？他傻咧咧地看得两眼发直了，忘了乌文仍在地上跪着。见此情形，乌文气坏了，心想：你这个荒淫无道昏君，我恨不得把你一口咬死！

海陵王盯着石哥，看着看着就站起来了，奔着石哥就去了，到了跟前，一把就把石哥搂到怀里，左看右看，然后同定哥说："哎呀，你妹妹比你长得还好看。"定哥憋着气，不吱声。海陵王抱着石哥抱了半天才放手。石哥还想回到乌文的身边，海陵王赶忙拉住："别的别的！你快过来挨着我坐着。"石哥不得不坐在他的身边。

这时，海陵王对乌文说："这样吧，乌文哪，我看石哥很好，我看中了，你就把她给我吧。我再给你找个好姑娘嫁给你，你愿意要一个就给一个，愿意要两个就给你两个。"乌文一听，气上加气，心想：哪有这样的事，竟然换老婆，你真是无恶不作。可是他为了争取一线希望，话只得说得缓和些："启禀我主，她已经和我成婚三天了。"

海陵王忙道："没关系，没关系，你哥哥的老婆定哥，不是跟你哥哥成婚很长时间吗？朕都不在乎。只要是好看，我不在乎那个。"接着又说道，"你们俩再过三天，没关系。三天之后，我要举行纳妃大典。朕意已决！"

乌文没办法，将石哥领回家。两个人进了屋，抱头大哭。乌文对石哥说："你同定哥商量商量，咱们三个一同逃跑。"石哥去找定哥说了此计，定哥说："此计行不得，现在不是时候，虽然我现在已经是忍无可忍了，但是我仍要把仇恨压在肚子里。一旦时机成熟了，我们才能行动。外头的兵马一层又一层，别说是咱们三个人，就是有一百个人，插翅也难飞，怎么想得那么简单呢？"定哥又进而劝乌文："没办法呀，你还是忍痛把石哥送出去吧。只有这样，才能保住咱们三个人的性命。这还是小事，重要的这是个长计，将来会有那天，我就不信他们完颜氏没有一个来报仇的。再说完颜雍还在外头，他决不能善罢甘休，他一定要想法除掉海陵王，没有宫内的通接那怎么能行？咱们三个去宫内，不就能做好通接吗？"

定哥这么一说，乌文没吱声，心里觉得在理。定哥进而又说："我们三个人应以保护大金国为重，其他事情，我们都可以忍辱偷生，为了将来报仇。"这一番话，说的乌文更没说的了。

第三天头，海陵王举行纳妃大典。在什么地方呢？就是在鸳鸯宫，也叫鸳鸯迷宫，它是个圆殿，没有柱子。只有皇上的一边，放着一排矮桌子，有时，海陵王一高兴，就把他所有的嫔妃找来，或者是穿着衣服来跳舞，或者赤身裸体，无耻荒淫到了极点。

这天大典，海陵王又下令："当天，所有的嫔妃不许裸体进来，都要穿上最好的衣裳，看谁打扮得最美最漂亮。我看谁最美最漂亮，当场赏给她二百两银子。如果打扮得不美不漂亮，我就当场斩她！"这令一下来，全宫的嫔妃没有一个不害怕的，万一打扮得不好，有点儿闪失，那不是马上就掉脑袋吗？全宫的嫔妃都在拼命打扮，你给我找错，我给你添彩，一个个胆胆怯怯，足足准备了三天。一时间，宫里什么都不讲究了，专门研究怎么样才能打扮得好看，把所有好看的衣服都拿出来穿上，把什么簪花、金花、银花都拿出来戴上。

就在纳妃大典这天，鸳鸯宫里，那真是群蝶乱飞，五光十色，嫔妃们穿的衣服，花枝招展，香气扑鼻，那金银首饰，叮当乱响，那珍珠玛瑙，闪闪发光……一派荒淫的景象。嫔妃们没有笑，得硬装笑，不会跳，也得跳。一个个都得撒娇卖俏，走路扭扭捏捏，好取得海陵王的喜欢。要不然海陵王一皱眉，一努嘴，那马上就完了。

时间一到，乌文领着石哥就进来了。见石哥一点儿都没打扮，众嫔妃都吓得面黄失色，都纳闷：石哥呀，你怎么敢违旨，一点儿也不打扮呢？可是又一细看，石哥虽没打扮，却比她们打扮的还强得多。她不打扮，显得更是朴素美丽，就像山里的兰花一样。众嫔妃，在石哥面前，黯然失色。这下海陵王可高兴了。当石哥去参拜皇上，海陵王什么也顾不得，把石哥搂在怀里，当众人的面就要亲吻，石哥是个正经的女孩，百般躲闪。这时定哥进来说："万岁，众位嫔妃都在等着你检查谁最美呢？再说应该先给石哥安排座位呀！"完颜亮说："好好好。"又瞅一眼，乌文低着头，也不吱声。

石哥被安排在一把椅子上坐下来。然后海陵王站起来，倒背着手，对嫔妃逐个检查，看谁打扮得好。他看到打扮满意的，就说："你到东边坐着去。"接着就赏赐："来人，给她二百两银子。""你这也不错，过去。""你瞅瞅你，打扮得什么样？要多丑有多丑，推出去，给我斩！"一阵工夫，就杀了五六个人。

海陵王又来了兴致，下令道："现在，我命令你们把衣服脱了。"这众嫔妃含羞脱了下来，一个个赤身裸体。他看石哥不动，强迫她也把衣服脱下来。

海陵王命令："乌文，你也把衣服脱了。"又吩咐，"给他派去两个，陪着乌文。"乌文不肯，定哥赶紧给他使眼色，他只得照办。海陵王轮番作乐。

正在海陵王玩得起劲的时候，就听太监低着头进来报道："启禀万岁，外面有开国元老完颜剑要面见皇上。"海陵王吃了一惊，可这种场合没法接见，便道："你告诉他，明天再见。"太监不一会儿又回来说："不行，老臣说了，一定要见。"

这个完颜剑，是阿骨打当时起义时的元老，立下了许许多多的汗马功劳。因为这个，阿骨打赐给他一把金鞭，拿着这把金鞭，可以不等皇上宣召，随便进殿，不可以打死君王，但可以管君王，可以随便打死朝中的文武。完颜剑手拿金鞭，不管他三七二十一，你皇上不让我进，我就偏进。海陵王没法子，告诉太监："那你让他到西偏殿去，等着我。"没等太监回去告诉，这老王就闯进来了。老王一看，这上至皇上，下至嫔妃，一个个赤身裸体荒唐至极，把他气坏了。他没法看，低着个头，气得脖脸发紫。海陵王见他进来，抓过龙袍披上，向嫔妃们说："你们赶紧给我回去。"嫔妃们羞答答地回宫去了。

"给老王看坐。"海陵王一忙，忘记了自己没穿衣服。

完颜剑将马蹄袖遮住脸说："我主请更衣。"海陵王这才穿好了衣服。老臣二番上前，参见万岁。海陵王问："完颜剑，你上殿有何本奏？"完颜剑说："自从我主登基以来，臣我有病，没来上朝。现在，我听到外面一些传言，人们的议论，臣我有三本要奏。"海陵王问："哪三本呢？"

完颜剑逐一说来："一，你从现在开始，不要滥杀无辜，这些满朝的文武，大部分都是开国的元勋，你杀了很多，再这么杀下去，咱们大金国的江山就难保了。""二呢？""二，你收入宫里的凡是宗族的宫女，你要全部放回去，因为什么呢？这有失大雅，有失礼节。""三呢？""三，希望我主多参加朝政，我主正是英明有为的时候，你要文有文，要武有武，应当尽心竭力治理好国家。"

海陵王曾有过宏图大略，特别是要灭宋，一统天下，可惜他沉醉于酒色之中。他曾经说过，他有三大志愿：第一个志愿是天下的美女都归他；第二个志愿是要当一代君王；第三个志愿是灭宋，统一全国。第一个志愿是荒淫的，正因为这一个志愿，结果把后面的志愿都给耽误了。

海陵王听过后，拉着长声说："你说的事情我都知道了。"完颜剑是火气很大的人。他说："不行，你光知道不行。你应当马上下旨，当着我的面把监牢里的人赦了，这是一；第二你要把嫔妃都放了，是谁家的回谁家。我今天不走了，我要亲眼看你先把这两条办了。之后，希望我主赶紧治理好朝纲。"

海陵王嘿嘿一阵冷笑："你有点儿老不要脸了吧？你以为你是前代的老臣，朕我就不能治你。来人！把太祖的家法给我请出来。"太祖的家法是一口刀。这口刀，不管是谁，拿它斩谁都可以，只有皇上有它，别人谁也没有。完颜剑也嘿嘿一阵冷笑："你那把刀，能斩我的脖子吗？""哎哟！"海陵王冷丁想起来，老祖曾有遗嘱，凡是有金鞭的人，这刀不能斩。把海陵王气得，背着个手，来回踱步。

完颜剑逼海陵王写旨，他就不写。老王爷操起金鞭，直奔海陵王过去，要狠狠地打他。可他都是六十多岁了，海陵王只有三十多岁，能打得了吗？海陵王没费什么力量抵挡住了他，卫士们上来，他更打不过了。

海陵王在卫士的保护下，嘿嘿冷笑道："完颜剑，你知道吗？你已经犯了弑君之罪。"完颜剑把牙咬得咯嘣咯嘣直响："我知道你想杀我而后快。我来见你就早已把生死置之度外，只可叹我大金的江山就要毁在你手。你有以下几点是不可饶恕的：一是以下犯上，杀君篡位；二是滥杀忠良，不理朝政；三是侮辱宗族，淫乱后宫；四是大征美女，乱施淫欲；五是重用奸臣，祸国殃民；六是不施仁政，盗匪风起；七是内忧外患，外兵来侵。有此七罪，我大金国亡无日矣。"完颜剑数完这七条罪状，面向完颜阿骨打的祖庙深深地拜了三拜，老泪纵横地说："先祖啊，可惜啊！你打下的江山要毁在这样一个混蛋的手中，我活着还有什么意思。"他朝着九龙玉柱，一头撞去，可叹这一代老臣死于非命。

这时，就听太监进来报告："启禀万岁，可了不得了，外面有个女人口吐火焰，两个眼睛冒火，直接闯进宫来。""啊？"海陵王大吃一惊，"还有这样的妖怪吗？"

不知来的这个女人是谁，且听下回分解。

第十章 | 挑美女吐可担闹宫 谏君王众老臣被诛

　　上回书说到，完颜剑触柱身亡。之后，太监进宫报告："启禀万岁，可不好了，外面来了个疯女人，披头散发，口里吐火，拿着一把柳叶刀闯进宫里，还杀了一个太监。"

　　"哦！"海陵王吃惊不小，马上派出武士，把自己保护好。他自己也拿上了宝剑，去跟前一看，不是别人，正是他心中朝思暮想的那个美人儿。

　　这个女人是谁呢？说起来，这人也很有根底，原来跟阿骨打一起起义的有位老臣叫银术可。这个老臣原来跟阿骨打去战场是九进九出啊，打过多次胜仗。他继承祖传的一手好刀法，尤其他会一种轻功术，身轻如燕，再加上那口刀，那真是天下无敌。来的这姑娘，就是他的女儿，名叫吐可担。这吐可担可谓女中豪杰，有其父之风。一口大刀舞得出神入化，轻功亦是炉火纯青，尽得银术可真传。你看她这时来到皇宫，如飞鸟凌空，双目圆睁，怒气冲冲，却仍可看出是一个绝色美貌的女子。那么，她是怎样来到皇宫的？又为什么要怒杀海陵王？这话还得从头说起。

　　在今年春天，海陵王就想在众人当中挑些武艺高强的人，好做他的卫士，或者选做武将。有一天，在校场上就摆开了擂台。海陵王规定，谁要夺取第一名，皇上不但要封他为官，而且还要赏金子，官上加官，禄上加禄。这样一来，上京的，惠宁府的城里，各个豪绅，各个勃吉烈，千方百计挑选能人，准备参加这次空前的比武大会。就在比武大会的那天，校场上旗帜招展，各路的武士汇集一处，各个都在摩拳擦掌，跃跃欲试。擂台正面，坐着海陵王，还有几位贴身的大臣。擂台下面，一溜一百多个武士，都是顶盔贯甲，罩袍挂带，有拿大刀的，有拿长枪的，威风凛凛。各个武士逐一到台前去报到。

　　吐可担是一个好强的姑娘，总想在众人面前显示自己的功夫，也想夺魁。她的妈妈劝她不要去。因为什么呢？她跟女儿说："海陵王当政后，天下混乱，海陵王这人荒淫无道，一旦你出头露面，惹出是非，那可怎么办？"吐可担笑了，说："娘你放心，就凭我这一身的武艺，他不敢把我怎么的。他就是居心不良，他也得寻思寻思。我也不是省油的灯，想办法借个机会把他除掉。"

老太太一听这话，心里更没底，头一天把她关到了屋里。那能关住她吗？她妈妈锁门的时候，她就笑了，心想：娘啊，你别说是一道木门，就是一道铁门也关不住我呀。

在她母亲走后，她一脚端开了窗户，就跑出去了。这时，校场上比武到了最后阶段，就看擂台上有个年轻的小伙子，他身穿一身白衣，白裤白袜，紧身利落，舞着一杆银枪，上下翻飞。看那样子，不知斗过多少人，没有一个能胜过他。吐可担眼睁睁地看了好一阵子。

这小伙子神气十足，用眼睛环视擂台一周，大声吆喝着："还有敢跟我比试的没有？若没有敢来比的，那我可就要到皇上那里去报功请赏了。"只听得胜鼓咚咚震天地响，如山似海的观众给这个人叫好。小伙子见没人应战，就要收枪去领赏。吐可担柳眉倒竖，杏眼圆睁，一个高蹿上了擂台喝道："慢动，我想要向你领教领教，不知可否？"

那个年轻人上下打量了一下姑娘，一身短打扮，粉绫子上身，头上扎着粉绫子手帕，左耳朵上还戴着一朵颤颤巍巍的芙蓉花，往脸上一看，简直如同粉团，两道柳眉，一双杏眼，冷眼看去，这姑娘不能会什么武艺，但看她的身段，她的一举一动，一进一退，可见不是一般人。小伙子倒退了一步，请个安说，"你这位姑娘是哪家的千金？为什么到擂台上来？"不等回话，他又说，"我想你还是珍重为好！"

吐可担一阵冷笑："你不认识我吗？我叫吐可担，我的师父叫银术可。"这一说，年轻人知道了，原来她是天下闻名的一位侠女吐可担呐，他曾听说吐可担的武艺如何高超，可是从来没交过手，便道："好吧，我愿意同你比试比试。"两个人说过话，就交了手了。

吐可担见小伙子这杆枪像银龙出水似的上下翻滚，让人没有还招的余地。她想到，要是用一般的功夫恐怕赢不了他，倒退了一步，就将刀法变了，变成了祖传的绝命十八招。这绝命十八招运起来之后，上下左右，见刀不见人，别说一个扎枪，就是水都泼不进去。小伙子暗暗叫好。就在小伙子不知不觉的一瞬间，吐可担往圈外一跳，说："这位阿哥，你输了。"小伙子奇怪，问道："你还没沾我的边，我怎么输了呢？"她乐了，用手指着："不信的话，你看看你方头巾的左角。"小伙子一摸头巾的左角，"啊"了一声，不知什么时候让刀给削去了一块。这回，小伙子大惊失色，暗暗佩服：好一个刀法。当场认输。

吐可担说："这是你没注意。咱们再来一个回合，决决胜负。"两个人，又交起手来。小伙子一寻思，得拿出看家本领来，怎么也不能输在姑娘的手下。这小伙子是从哪来的呢？他是从辽阳一带来的，想当年他从汉家罗艺子孙那里学来的武艺，枪法也是天下闻名的。他有绝命的三枪，于是他就把这绝命的三枪施展出来了。这三枪，下盘招，上压顶，中间刺喉咙。这小伙子轻轻地这么一招，就把姑娘的头顶上的粉帕给挑了下来。姑娘倒退一步，称道："我佩服。"这一来，谁也没败给谁，一人胜了一回。

姑娘见这小伙子武艺这么好，长得又英俊，心中暗暗地产生了好感。姑娘问道："这位阿哥，不知你尊姓大名？"小伙子答道："我是辽阳守备下的一员战将，我姓石合烈，名字单字叫'吐'。"姑娘又问："你是不是想当年在太祖驾下有一位勇将叫石合烈哈剌的后代？"小伙子说："对呀，那是我的祖父。"两个人你一言我一语，谈了一阵，很是投机。

这时，圣旨下来了，让这两个人，统统见驾。这两个人，到了海陵王的跟前就跪下了，拜见君王。海陵王一看姑娘低着头，便道："下面的女勇士抬起头来，朕要看看。"姑娘把头抬起来了。这一抬头不要紧，把海陵王惊呆了，见姑娘长得真不一般，看着看着就站起来了，赏给两个勇士各十两黄金，各一套袍带。发奖赏之后，他还是不眨眼地瞅着姑娘，便问："你叫什么名字？"姑娘把自己的名字一说，又把祖先一说，他当即夸道："这真是将门出好女，你不但武艺高强，你长得尤其俊美，没别的，我看中你了，你回去跟你父母说说，九天之后，就选你进宫。"姑娘一听这话，灵机一动，应付说："启禀我主，我已经许配给人了。"海陵王忙问："你许配给谁了？

"我就许配给刚才在擂台上同我比试的年轻武士。"姑娘的语气确确凿凿。海陵王又问："你认识他吗？"姑娘说："他叫石合烈吐，是太祖驾下一位勇将的孙子。他爱我，我也爱他。我们方才在擂台上订婚了。书中暗表这实则是假话。旁边的小伙子一听这话，心里咯噔一下子，自己纳闷：我根本没对她做什么表示，她怎么说我同她订婚了呢？海陵王问小伙子："是吗？有这么回事？"吐可担说："这你就不用问他了，我是个姑娘，我能随便这么说吗？确实是我们俩已经订婚了。"吐可担趁机偷着给小伙子一个眼色。小伙子考虑到，姑娘这么说，目的是为了保护她自己。他想：我要承认这个说法，海陵王不要她，我不就把姑娘救出来了吗。一想到这儿，小伙子就大胆地说："不错，虽然过去我们不认识，可是在擂台上我们订下了终身大事，希望万岁给我们俩做主。"

海陵王一听这个哈哈大笑："你们不要欺骗朕愚昧无知，可要知道我是什么人，别说你们俩，就比你们精灵的，也躲不过我的眼睛。没别的，我已经决定了，一定要吐可担进宫。"海陵王说完之后，就回朝了。

吐可担想：这可怎么办呢？小伙子也低着头往回走，他刚一走出校场，吐可担几步上前，就把小伙子给拽住了，对他说："你看看，海陵王要强迫我进宫，没别的，我既然说跟你订婚，现在我是真的要跟你订婚，不知你意下如何？"小伙子没有大主意，问道："皇上让你进宫，那么，我再跟你订婚那能行吗？"吐可担说："咱俩提前结婚，不用通知父母。结婚后，咱俩远走高飞。要不结婚完了，他让我去，我就去，我闹他一场，然后咱俩就逃之夭夭。"

小伙子亦知海陵王的所作所为，早已恨得咬牙切齿，说："好吧，既然这样，我就豁出来这条性命，我也探一探黄河几世清。如果咱俩同心协力，能把昏君除掉了，我看也能为天下人除害了。"

吐可担告诉他："后天，我就到你家去，咱们就结婚。结完婚之后，海陵王再找我时，我就说我已经结婚了，我看他怎么说。"那时的姑娘，尤其是会武的姑娘，泼辣、大胆、赤诚、热情，说办到就办到。到了第三天，吐可担就去小伙子家了，真的在当天晚上就结婚了。这事，姑娘半句没告诉她的母亲，她在那里住了三天，眼看离第九天不远了。

到了第八天，吐可担去找小伙子，告诉他："我要进宫，不等海陵王来找我，我自己进宫去。我有一种法术，嘴里能吐火。我要是战不过谁，吐出火来能把对方烧死。"小伙子石合烈吐说："这样吧，你可以进宫。我在后面紧跟着也进去，得手时咱俩就把海陵王处死，不得手，我再把你救出来，咱俩再说。"吐可担装疯卖傻，闯到宫前来了。海陵王到了宫前一看，不是别人，正是吐可担。"哎哟"一声，不明白她怎么疯成这个样子。可是她越是疯，越是漂亮，海陵王看她这样，一点儿都没厌烦，也没因为她闹而生气。

吐可担拿着刀，直接奔海陵王来了，吼道："我奉天神之命，今天来斩你的头！"海陵王是个文武全才的人，他左躲右闪，吐可担没有碰着他。

"来人！把她抓住！"他又担心伤了美人，忙道，"不许伤害她，给我捉活的。"这句话不要紧，使得吐可担有了施展的余地，她左冲右撞，一直杀到宫里。海陵王看她杀死四五个卫士，反倒大笑："好，我看你还能杀几个？你就是怎么杀人，我也爱你，非收你当妃子不可。"吐可担看海陵王在她的身后跟着，回过头就奔他来，他不慌不忙地躲过几刀。吐可担抵不住人多，不等她去追砍，就被卫士围住了。一阵子工夫，她杀死了十多个人。可是好虎架不住一群狼，上来一百多人，众兵丁拿着盾牌，把她团团围住，她用刀砍也砍不进去，圈子越来越小，直把她逼到后面的一个冷宫前。海陵王已经布置下了经过专门训练的那一班武士，他们像打鱼似的从房上往下撒网，这些人早就埋伏在房上了，吐可担认为不要紧，结果她到了房檐下，上边的人往下一撒大网，就把她活活地罩住了。拿住了吐可担，海陵王就把她塞进冷宫里去了，并下旨："可断她三天三夜的饭，但是不可以断她的水，不能伤她一根毫毛，我一定要说服她做我的妃子，将来不仅是我的妃子，还是保护我的最好的武士。"海陵王看中了她的貌，也看中了她的才了。

吐可担被囚禁起来了，四面都是铁窗子铁门，房上也有人看着，想出来是万万不可能的。没别的办法，她就拿着簪子凿墙，那墙是石头墙，凿不透。到了第三天，她饿了，不吃饭怎么行？人是铁，饭是钢，一顿不吃饿得慌，她饿得难受，浑身没有劲儿了，长叹一声，心想：我为了一时好胜，结果落到这样的田地，如果我当时不到校场去，哪能惹出这么多的是非，她心里又很怀念石合烈吐，不知他能不能远走高飞，他可千万别来救我，要来救我；我们俩都得落到海陵王的手里。

就在第三天的半夜，东宫不知为什么起了火，人们都去救火。接着西宫又起了大火，宫里一片忙乱。海陵王更着急，再三督促救火。就在这时，吐可担觉得房顶有动静，不大一会儿，进来一个人，他蒙着黑纱，声也不吭，抓住吐可担就背走了，她估计这人定是石合烈吐，暗暗佩服，他真是个了不起的英雄，能想尽一切办法把自己救出去。

他俩过了第一道墙，吐可担说："你不用背了，我自己能走了。"在他往下一摞她时，就听后边有人说："我看你们俩往哪跑，站住！"两人见势不好，撒腿就跑，可是后边追来的两个人，脚步非常快，不多时就撵上来了。"你们不要走，我有话跟你们说。"

吐可担和石合烈吐拉开架式，一个拿枪，一个拿刀，厉声问道："你们为什么苦苦追我们俩？你们知道我们俩受了多大的折磨？海陵王荒淫无道，难道你们还助纣为虐吗？"

这两个人，上下打量吐可担和石合烈吐说："我们是来救你们的。实不相瞒，我叫胡力剌，他叫胡石打，我们是哥儿俩，我俩在宫里是督卫士，我们看你们俩非同一般，没别的，我们给你们送点银子，另外给你们拿了些干粮，你们俩远走高飞吧。"又嘱咐，"希望你们俩出去，投奔完颜雍，他是有道明君，这人是仁义大方，心胸开阔，他是个正人君子，要投奔他去。"两人一听这话，转身就给胡力剌和胡石打跪下磕头，说："感谢二位救命恩人，今后一旦出去，我们不会忘记你们的恩情。"

胡力剌说："你们俩赶快走吧！将来我们也要远走高飞，不能伺候这无道昏君。"他俩掏出一些银子和干粮，给了吐可担和石合烈吐，便嗖的一声蹿上墙走了，吐可担和石合烈吐两个人看着他们顷刻之间无影无踪。以后这两个人立下很多功劳，这是后话不提。

救完了火，海陵王接到禀报，说吐可担跑了，气得他把冷宫里的二十多个卫士一个没留，全部杀掉了。第二天早朝，海陵王下了一道圣旨，撒下人马，迅速捉拿吐可担和石合烈吐："如果抓不着，就拿脑袋来见我！"

海陵王憋着一口气，眼看一个美人跑了，显得自己是如此无能，能够善罢甘休吗？他是一个逞强好胜的人，什么事他都愿意赢，不愿意输。派出兵马之后，海陵王刚要散朝，他冷丁想起一件事，说道："大家先别走，我觉得一定还有些人反对我，不保我当皇帝，他们暗中合计想要杀我，不知是真的还是假的。另外，完颜雍逃跑在外，直到现在还没有抓住，我是越想越觉得苦恼，一旦我有时间，我一定把这些叛臣收拾得一干二净，散朝！"

刚一散朝，就听太监前来禀报："启禀我主，外面有五位大臣有事要面君，他们后面……，"太监不敢往下说。海陵王问："他们怎么的？"太监说："他们后面还抬着五口大棺材。""哦……"海陵王思索了一会儿，明白了这大概是以死来谏我，"好，让他们进来！"这五位大臣是谁呢？一个叫威赫没，一个叫萨里罕，这两员老将在太祖手下立过汗马功劳，现在免于进朝，还有完颜宗义和完颜宗安这哥儿俩也都是老臣，再一个木边里，他是几代的文官。他们上殿了，谁也不穿朝服，头发散着，推金山倒玉柱地跪下了，痛哭流涕地说："我们誓死谏我主回心转意，我主再不要把一些官家的妇女或者自己的姑嫂、侄女、姐妹都弄到宫里，闹得太混乱了。你一意妄为，天下人对你恐怕要愤恨，这关系到大金国江山的得失，你应慎重考虑，如果不采纳我们的忠言，以至拒谏，文过饰非，仍然一意孤行，屠宗族、杀忠良、拆骨肉、丧朝纲、乱人伦，我们今天就不回去了，只有碰死在大殿上。"

海陵王听过老臣陈述，嘿嘿一阵冷笑："我看你们五个人活得是不是有点儿厌烦了，活腻了，你们不知道吗？我论文，不但是金国就是南宋也得让我三分，论武我可说是天下第一。我哪样不行？我哪样对不住祖宗？不就是你们这些人反对我，我才与你们势不两立。我弑君，熙宗他误杀了多少好人，我不杀他能行吗？我这个人，平生有三大志愿：第一，天下的美女都应当是我的，别人不应当乱占；第二，只有我当皇上，才能把大金国治理好；第三，我要灭宋，统一全国。你们说，我这三大志愿有什么不好，有什么可非议的呢？"尽管五位大臣苦诉苦谏，海陵王一概听不进去，反倒恼羞成怒："来人！把他们五个人给我绑上。"马上又派武士去五位大臣家里把他们所有的亲人和家奴通通都抓来了，共一百零八口人，就在第二天，在南市口将他们开刀问斩，各个诛绝，真是惨不忍睹。借机，海陵王又留下一些妇女充入后宫为妃。五位老臣就这样丧生，可歌可泣的事迹世代相传。海陵王因这件事心里闷闷不乐，一股急火得了病，好几天不能上朝。

再说放走了吐可担夫妻俩的胡力刺和胡石打回到胡力刺的府上互相感叹，你瞅我，我瞅你，总觉想要杀海陵王，但是无能为力，那海陵王比谁都精，戒备得比哪个皇帝都森严，况且是深居简出，谁敢近他的边啊？他们挺犯愁，正在这时，门上来报说："有太医乞色求见。"同意之后，太医乞色进来了，他们见过礼，寒暄几句，便将太医让到客厅。乞色落座之后，说："今天白天，我给皇上看病的时候，缺千年古陈木做药引子，我听说你家有个葫芦座，是千年古陈木做的，你能不能拿出来，我好给皇上治病。"

胡力刺说："那好吧。别说这么个小小的东西，就是再贵重的东西，给皇帝做药引子，那还不行吗？还有什么不好说的呢？"胡力刺找到葫芦座，就交给了乞色。可是他说："这样不行，我得就用你家的水来熬这个古陈木才有效，换水是不行的。"

胡力刺把乞色让到后院去熬药，他俩还坐那里研究，怎样杀死海陵王为民除害，想这几个招不行，想那几个招仍不行。实在没招了，胡石打索性说："咱们直接闯进宫去，用咱俩的性命去换海陵王的性命。"胡力刺表示赞同，说："就这么办，豁出来了。"两个人说完刚要起身，只听哈哈大笑，屏风后面出来一个人，说："你们两个暗中合计杀害皇帝该当何罪？"知有人窃听了机密，两个人把刀抽出来，一看是太医乞色，两个人不容分说，奔他过去，举起刀就要砍。乞色说："慢动手！你们把我杀了，罪过更大，杀了我没人给皇帝治病，不是更证明你们要反叛吗？听我的话，你们俩把刀撂下。"这两个人，气呼呼地坐在那里说："你既然知道了，那就全凭你了，你愿意怎么办就怎么办吧。"

太医乞色说："你们两个都想行刺海陵王，就凭你们两个这样的能力，能够刺死海陵王吗？你们两个不是飞蛾扑火自找灭亡吗？你们这样做，不但成不了大事，还耽误了大事。"两个人不吱声，瞪眼瞅瞅乞色，乞色又对他俩诚恳地说："你们俩要是听我的话，我愿意替你们俩把海陵王治死。"胡力刺他们俩不信，也没吱声。

太医进而说："大概你们是不知道吧，我的父亲被海陵王杀死了，我的老婆被他霸进了后宫，因为我的医术高明，他才把我留下了。虽然我恨不得每时每刻都想杀死他，但是我又不得手，今天他有病了，没别的，我可以用毒药把他杀死。这岂不是省了很多的事情吗？"

胡力刺和胡石打一听这话，正中下怀，愣了一阵，扑通扑通地给太医跪下了，说："乞色老爷啊，你真要是有这个心，我们代表大金国的全体臣民感谢你了。"说完就给他磕响头，太医将他俩拉起来，说："事情很机密，千万不要动声色，只要我一个人就能把他治死，何必费那么多的事呢？"说到这儿，三个人在一块儿喝了一顿酒，第二天太医走了。

海陵王头脑灵活，非常敏感。这天一早，太医来了，给他诊脉。太医是个老实人，没害过人，见了海陵王，他心想：今天我要杀死你了。他的神态跟往常就不一样，诊脉就慌乱一些。海陵王懂得脉理，问道："你看我的病是怎么个脉理啊？"

乞色说："我看万岁爷的脉，六脉不平，心阻忧郁。"海陵王点点头，又问："你再看看，我的左手脉怎么样？"乞色把了一阵脉，说："左为心肝肾，你的肾脏比较虚弱。"海陵王说："你是不是根据平素的生活得出的结论。实不相瞒，我的肾脏怎么能虚弱呢？我自己知道我的病，你今天是不是有什么心事，怎么恍恍惚惚的？你的脉诊错了。我的左脉不像你说的弱而肾虚。"这时乞色就说："万岁不用怀疑，我治病多年，对脉理颇有研究……"乞色就滔滔不绝地谈起医道来。海陵王是越听越有些怀疑，但他是个狡诈的人，便不动声色，还时不时地点点头。乞色以为已把海陵王说服，就说："万岁，我已给你熬好了汤药。"说着，就把药端了上来。这药其实是已放了毒药的。这时正好有个嫔妃送上茶来，海陵王就让她把药喝了，这嫔妃没喝上两口，就"啊呀"一声倒地身亡。"好啊，你竟敢谋害朕！"海陵王说着从床上坐起来。乞色一见事情败露，抄起药罐就向海陵王打去。海陵王是个文武双全之人，一歪头躲过了药罐，顺手抄起宝剑就跳下床来。药罐碰到墙上，药汁溅得到处都是。乞色转身想逃，但一个文弱书生怎能跑得快，被海陵王从后心一剑穿过前心，可怜一代医杰点点忠心化风而去。海陵王剑斩了乞色，余怒未消，说："来人。"立时来了几名武士，海陵王吩咐一声："乞色意图弑君，已被我杀死。速去其家，通通杀尽，以绝后患。"乞色家中只剩下几个家丁和孩子，也未能幸免。

海陵王杀了乞色，心里还隐隐愤恨。连着几天闷闷不乐。这天，他病好了许多，心情也好起来，就在寝宫里找来男女各有十人。让他们赤身裸体一对一对下台阶，齐说："你看，他碰我了。"说错一点儿便要杀头。以此取乐，海陵王真是花样翻新。

正这时，窗被踹开，几个青年杀进宫内。海陵王的椅子下有个机关，他一摁机关就躲进了暗道，命令守卫快抓刺客。不一会儿，卫士禀报道："抓住一个黑大个儿，请万岁定夺。"海陵王说："带到东偏殿，我要亲自审问。"这才引出秉德联系太傅宗本欲除去完颜亮，七小将投奔完颜雍。

欲知后事如何，且听下回分解。

第十一章 | 秉德暗通完颜雍 海陵再屠文武官

秉德这个人，虽然保了海陵王，杀了熙宗皇帝，熙宗醉酒误政，错杀了一些老臣，他对熙宗很不满，但是秉德不打算让海陵王当皇上，当熙宗被杀死之后，一帮人拥护完颜亮登上了宝座，他也没办法，只好叩称"万岁"。

海陵王的文才和武功，秉德是佩服的，可是他的荒淫和残暴，使秉德难以忍受。虽说封了他的官，但暗暗怀恨在心，时有郁郁不乐。他这个人提建议，总是绕着弯子，海陵王知道他对自己有成见，没有把他怎么样，毕竟起义杀熙宗时有秉德一分力量。

秉德有个儿子叫萨里虎，这个人很勇敢，从不怕死，就是缺乏智慧。此外，还有四个青年人，加他在一块儿，是有名的"金初五虎"。他们天不怕，地不怕，什么都敢干，作风正派，好打抱不平。这四个人是谁呢？有个叫亚胡的，他是很有智谋的，有个叫索里的，有个叫麻吉达，还有个叫胡兰塔的。胡兰塔是身高膀大，漆黑的脸膛，两只眼睛像牛眼睛似的，叽里咕噜乱转，二十来岁长了一大把络腮胡子。他的力气很大，在屋里说话，震得窗纸直响。邻居有两头牛顶架，谁也拉不开，把胡兰塔找来，他到了跟前，瞅瞅这头牛，看看那头牛，说："你们俩就别打架了，再打架我就不干了。"牛不听他的话，他急眼了，一只手攥一个牛的角，一分将两头牛分的多老远。左右邻居都知道胡兰塔的力气大，人们管他叫"黑大个儿"。

在金熙宗刚登基时，在上京会宁府有一个武教习，他不但功法烂熟，而且善使一对锤，在金国来说是很著名的，曾经随金兀术打宋朝，称得上一员猛将，后来他就当了上京的武教习。胡兰塔他父亲就领他到上京拜武教习为师，老师一看，这小伙子有出息，就教他学双锤。不知怎么回事，让他练武功，机灵得很，教啥会啥，他学锤，越学越喜欢，别的玩意儿他不学了，就觉得双锤好。从这以后他又得个外号叫"愣里黑"，是个众所周知的双锤将。看他过来，人们得赶紧闪开，因他不懂得事。

这几个小伙子看海陵王为非作歹，气得五脊六兽。萨里虎跟他们四个人说："咱们干什么，别告诉咱们的阿玛，一告诉他们就不让咱们干了。咱们五个人准备准备，明天晚上进宫。进宫之后，咱们抓住海陵王捏死他！"

胡兰塔说："不用你们捏死，我自己去行，还用你们去干什么？"亚胡说："兄弟，你不知道，海陵王有不少卫士，就你自己肯定不行。"

亚胡说："这事得听我的，我让进你们就进，我让退你们就退，不然的话，不但杀不了海陵王，恐怕咱五个人性命难保，咱们全家也就完了。你们没看到吗，海陵王是那么狠？"亚胡当时如果拦一下，也就罢了，他是恨不得一下子就把海陵王干掉。他们是初生牛犊不怕虎。

第二天下晚，他们哥五个收拾得利利索索的，就直奔皇宫的后墙去了。萨里虎问亚胡："咱们怎么进呐？"亚胡说："咱们不能都进去。"他转身告诉胡兰塔："你不行，好惹事，一下子弄不好，一吵吵，那就完了。你在外面等着我们。"然后又告诉索里，"你跟胡兰塔在外面接应着，看到我们俩跑出之后，后面有人追的话，你给我们阻击，没事的话更好了。如果进去人多，反倒碍眼。"胡兰塔不理解，问道："怎么的？遇到好事就把我留在外头，你们进去干好事？那我不干，要去，咱们就一块儿去，要不去，咱们谁也别去。"他挺着脖颈非要去不可，没办法，亚胡说："那么的吧，麻吉达你在外边等着吧。"接着又嘱咐胡兰塔，"咱们进去后，你千万要听我的，让你干什么就干什么，谁要是不听话，那就别进去。"胡兰塔说："行。我进去之后，你说让我杀，那我就杀，让我砍，我就砍，你说不许动手，那我就不动手，这还不行吗？"

在宫后的墙外，他们合计好了。萨里虎和亚胡跳墙是很容易的。唯独胡兰塔怎么也上不去。没办法，麻吉达和索里说："你来吧，踩着我们的肩膀上。"萨里虎和亚胡噌噌地蹿过墙了，胡兰塔着急了，招呼："等着我呀，你们把我扔了，我不知道路可怎么办哪？"萨里虎他俩回过头，将他拉过去，又告诉他："不是说了吗，不让你说话。"这三个人跳进宫墙，摸着墙根往前走。走走听听，听听走走，没有海陵王的声音。走到了东偏殿，看到里面明灯蜡烛，鸳鸯迷宫一片辉煌。

三个人蹑手蹑脚地靠近窗前，舔破窗纸往里一看，不看便罢了，这一看，可把他们气坏了。怎么的了呢？就看海陵王坐在中间，左边一排是男的，赤身裸体，右边是女的，也是一丝不挂。

海陵王发话了："今天晚上，咱们做个游戏，听我一打鼓，一个男的和一个女的从我面前绕过去，一对一对地下台阶。下台阶时，如果两个人碰到一块儿了，谁先说'他碰到我了'，我就赏他一百两银子，后说的就给我拉出去斩首。如果，两个人同时说，既不赏，也不罚。"把这些男的女的吓得不知怎么是好。按照定的规矩，一对一对走过来。头一对，很精灵，两个人一块儿说："你看，他碰我了。"海陵王哈哈一乐，说："好，你们两个是好样的。"其实，有这样的，互相都怕对方先说，两个人一碰，男的抢先说了，女的马上被拖出去杀了。就这么，不一会儿的工夫，有三个人被杀头。

这把胡兰塔气得喘起粗气来了。亚胡小声叮嘱他："千万别说话，你一说话就完了。"到第五对出来，又要斩的时候，胡兰塔一脚把窗户端开了，一纵身跳进去，喊道："好你个无道昏君，今天我要结果你的性命！"萨里虎一看不好，将计就计，他和亚胡紧接着跳进去了，可到宫里一看，海陵王踪迹不见，没了。

他们三个人纳闷，怎么回事呢，海陵王没了，这些人们得救了。他们三个人都背过身去，向那些人说："你们赶快穿上衣服，各回各的屋，还在这傻站着干什么玩意儿？"可这些人说啥也不敢走，没有圣旨谁敢走？谁走谁就得死。好像他们知道海陵王藏在什么地方。

萨里虎问："你们说！完颜亮跑哪儿去了？"这些人谁也不敢说，往海陵王坐的那个地方紧使眼神。他们上前仔细一看，海陵王坐的椅子都没了，原来他坐的那个地方通地道，椅子是活的，一旦有紧急情况，他一按机关就可以降下去，随时可以跑掉。亚胡瞅瞅胡兰塔，说："怎么样？不让你闯祸，你还是闯了祸。结果他跑了，再想抓他，谈何容易？"

正在说着，他们突然听到外面锣鼓震天，人声鼎沸，四处的火把，照得夜如白日，浩浩荡荡的兵上来了，把个鸳鸯迷宫围得里三层外三层，水泄不通。

这可怎么办？胡兰塔不像萨里虎和亚胡那样犯愁，他说："好啊，今天我要大开杀戒，我的两个大锤早就想吃些肉了，我非得试试不可。"他不等萨里虎和亚胡一块儿动手，一个人抢起大锤，叮当就打起来。那些士兵没有经过名师的训练，哪是他的对手，如羊入虎口，吓破了胆，乱躲乱闪。

胡兰塔打了一阵儿，回头一看，两个哥哥怎么没了呢，就忙喊："萨里虎——，亚胡——"怎么喊也没有回声。他想：他俩准是先跑了，我也得出去。他就往后墙走，刚到后墙附近，就觉得身上忽悠一下子，"扑通"一声，胡兰塔掉进了地窖子里，想出也出不来了。这时，一阵钩杆铁齿将他搭上来了，五花大绑带到了东偏殿。他一看，海陵王在那里端然正坐。

海陵王瞅瞅这个黑大个儿，嘿嘿一阵冷笑，问："你叫什么名字？"胡兰塔说："我不告诉你。我告诉你，你该去找我阿玛了。"因为亚胡教给他，不让他说。海陵王说："你跟我说实话，你叫什么名字？我不找你阿玛，只要你说实话就行。""我要说实话，你又该杀人了。我不说实话。"胡兰塔说，"你把我解开，咱俩比比武，你要能把我打死，我也愿意。你打不过我，我就把你打死。"他说了半天，话不对题。

海陵王一看这是个糊涂人，说："先不问他了，把他关起来，关到站笼里去。"

这时，海陵王就去石哥那屋。石哥赶紧迎接。他仍余气未消。石哥问他："我主回来，怎么这么生气呢？"海陵王说："别提了，今天下晚来刺客了。"便把方才发生的事情说了一遍。石哥问："来的人，是谁呢？"海陵王想了想说："好像有萨里虎，还一个什么胡，后来抓住个黑大个儿。这个黑大个儿，有八九尺，一丈来高，手使两个大锤。"石哥不听还则罢了，一听心里暗暗吃惊：难道是他吗？原来这胡兰塔是石哥的姑舅亲，是她的哥哥。她想：能是他吗？这人可是个好心人。要把他斩了，他是独生子，我的姑姑可怎么办呢？那老太太不得上吊。她想到这儿，心里就琢磨，试探地说："我主，那怎么这么多的人还抓不住黑大个儿？"

海陵王说："别提了，他那两个大锤，谁也挡不住，连我都未敢跟他交锋，看那样子，力大艺高啊。"

"那就赶紧把他杀了吧？"石哥动了心计。

海陵王说："那哪能杀呢？我得追根问底，到底是谁派他出来的。杀一个不要紧，那线索不就不断了吗？我得问清楚了，多会儿问清楚了，多会儿杀他。另外，我还很喜爱这小伙子，他将来要给我当卫士，或者当一员大将，那一定是好样的。我已经把他关在站笼里，慢慢他就该投降了。"

一宿睡觉不提。第二天，海陵王上朝，人多眼杂，石哥未敢动。到了掌灯时分，海陵王去鸳鸯迷宫里寻欢作乐。石哥趁此机会，悄悄地领个侍女就到了站笼跟前，一看果然是胡兰塔，便掉泪，说："表兄，你还认识我吗？"胡兰塔看出她是石哥，没吱声。她又问，"表兄，你还认识我吗？"胡兰塔气呼呼地说："我不认识你了，你算个啥？你给海陵王当媳妇了，我跟你势不两立！"

石哥掉泪了，说："你呀，我跟你说啥，你也听不明白，你别着急，有一点你记住，不论什么人问你，千万别说出你的名字来，不要告诉他你在哪住。我想想办法，看看能不能救你。"胡兰塔瞅瞅石哥，不知她说的话是真是假，没吱声。

第三天，石哥去找姐姐，定哥一时也感到不好办，怎么救出胡兰塔呢？还是定哥聪明，她想了好一阵子想出了一个办法，说："我有办法了，准能把他救出去。"石哥问："什么办法呢？"定哥说："你就不用管了，我能把他救出来，你装不知道，你也别问。出了事，我担着。如果不出事，那就更好。"从打石哥进了宫，定哥就不大受宠，完颜亮不怎么到她那里去了。

白天，给胡兰塔上刑，用鞭子抽，用板子打，怎么折磨他，他也不吱声。海陵王下令：他不说实话，就不给他饭吃。

天黑了，定哥打发侍女："你去到站笼那看看，看把门的是谁？看站笼的是谁？"侍女回来告诉她："看站笼的，还是看乌带的那两个人。"

定哥去了，同那两个看站笼的人说："他是我的表兄。他对金是一片忠心，你们也能看出来。你们俩能不能想办法把他放出去？"这两个人说："不敢放啊，放了他，我们俩的性命也完了。"定哥说："那不要紧，如果你们俩敢放，这个责任我担。"看站笼的人问："你怎么个担法呢？"定哥说："你们俩，到我宫里去，我自有安排。"

两个看守到了定哥宫里，定哥说："我给你们两套衣裳，再各自给一百两银子，趁夜逃走。反正，你们的家小也不在这儿，总跟海陵王在宫里混哪天是个头呢？依我说，你们两个不如同胡兰塔一起跑出去投奔了明处。听说完颜雍在外面，他很好。你们就去投奔他吧。"定哥说着说着，给他们俩跪下了，又说，"我们姐妹俩，将来恐怕没有出头露面的日子了。我在宫里，今天脱下鞋和袜，不知明天穿不穿。我能救出一个人，我就救出一个人，我有这么大的决心，我希望你们两个人，再三思。"

这两个人一看定哥跪下了，"扑通扑通"的也都跪下了："启禀娘娘，不是我们不愿意救他，我们是想救。可是，你要知道，这深宅大院，前后左右都有守卫。如果我们两个死了，那倒没关系，如果救不出他，事情弄大了，你不也受牵连吗？"

定哥打个咳声说："我估计，不能是胡兰塔一个人，一定还有其他人，外面的势力不会小。信我的话，你们可以从北门走，那里看门的老头儿，我能把他制住，因为他好喝酒，只要在半夜子时，将站笼打开，领他出去，宫门就可以通过。保证那老头儿酡然大睡，你们到那儿拿钥匙，开开门就可出去。"这两个人半信半疑，定哥说："你们去吧，差不了，我心里没有把握敢这样说吗？"

这两个人说："既然这样，那么我们两个就走了。"定哥拿出二百两银子和两套衣裳，分给他俩，又再三嘱咐他们路上要多加小心。这两个人回到站笼处，快到亥时了，约莫到了子时，他们两个人告诉胡兰塔："千万不要吱声。"三下五除二地给他打开了脚镣子，说，"你赶紧跟我们俩走。"胡兰塔还想问个究竟，他们两个人不让吱声，他就只好跟着走，心想：我看你们能把我怎么的。

到了北宫门一看，管门的老头儿正在那里呼呼睡大觉，怎么招呼也不醒，两个人高兴了，把钥匙拿出来，打开了宫门，三个人噌噌地蹿出去了。

出了宫门之后，胡兰塔问："你们俩为什么要救我呢？"他俩就把定哥怎么回事一说。胡兰塔说："噢，这里还有好人。要依着我，把他们都杀了。"胡兰塔又对他俩说："你们等等，我去解个手。"他俩信以为真，在原地等着。胡兰塔钻进了林子，往东瞅瞅是墙，往西瞅瞅也是墙，他想：我才不白走呢，我烧一两间房子，也好出口气。琢磨了一阵儿，没什么招儿。偏离角门一箭之处，因常年收拾院子，堆积了一堆乱草，他便来招儿了，掏出火镰和火石，打着了火，扔进了草堆，乱草就烧着了。他抱起柴草，哪个房子近，他就扔进墙去，柴草在里边越着他越扔，越扔就越着。看着不大离了，他才回来，说："咱们走吧。"

他俩问："你干什么去了，这么半天？"胡兰塔说："我干点儿事，你瞅瞅。"他俩一看，果然那柴草着起来了，烧了房子，把挨着墙的那个宫殿给烧着了。胡兰塔这时很高兴，乐颠颠地说，"这回，咱们赶快走吧。"

宫里着火先不提，再说胡兰塔。三个人走了半天，看站笼的两个人说："这位好汉，还不知你叫什么名字，咱们往哪里去好啊？咱们是不是赶紧出城啊？"

胡兰塔说："不行。我先回家，看看我老娘去，我老娘好几天没看到我，她一定惦记着我。"他们三个人绕着道走，不到一个时辰就到了胡兰塔家了。一叫门，里面问："谁？"胡兰塔寻思，我们家除了我老娘，再没有男的了，怎么有男人的声音呢？细一听，辨出了语声，得知是亚胡在里面，那么，萨里虎大概也在这儿了。他高兴了，说："我呀，我是胡兰塔。"亚胡把大门打开了，一看是三个人，他一愣。胡兰塔说："走，咱们进屋再说。"他们进了屋。胡兰塔的母亲见儿子回来了，高兴地流下了眼泪。他说："娘啊，你不用愁。"又指着救他的人说，"这两个大哥把我救出来了，要不我怎么能出来呢？"

这时，萨里虎和亚胡赶紧上前，给这两个人请了个安，表示深深的谢意。老太太也不住地说："多亏你们二位搭救了我的儿子。"

客气了一阵子，胡兰塔瞪起眼珠子，问亚胡和萨里虎："你们怎么不等等我呢？你们俩先跑出来了，我在里面遭了两天罪。"亚胡说："你还怨我们，一到宫里，你连打招呼都不打，一个劲儿往前跑，追了半天，看不着你，我们就不敢动弹了。四外火把又起来了，我们知道不好了，出来后再说吧。就这样，我们才跑出来。"胡兰塔又问："那么，麻吉达和索里哪去了？"

萨里虎说："在我家呢，在你这儿待着吧，不太安稳，人家可随便搜查。现在出城也出不去了，四门都紧闭了。你们赶快都去我家吧，我家院子大，房子也多，还便于隐藏，除了我家，谁家都不大方便。我父亲是当朝的丞相，谁敢轻易乱动。"这样，他们就到萨里虎家去了。

进了院，秉德一看，傻眼了，问："你们几个人，到底去干什么了？给我说实话。"萨里虎这才原原本本这么一说。

秉德说："坏了。你们这是放着地下祸不惹，你们惹天上祸。你们虽没杀成海陵王，但是要知道，如果把你们五个人抓住，咱们可有全家被斩的重罪。你们想出去，这工夫也出不去了，我把你们安排到院中西北角去，那是家里旧房子，虽说多年不用，但也不漏，旧房子外还有多年的老榆树，很隐蔽的。你们在那里老实待会儿，有什么风吹草动我给你们信儿。可有一样，你们千万别随便出来了，到时候，我给你们送饭。"他们被安排到西北角去了，神不知鬼不觉地在那里躲灾。

次日，秉德刚吃完早饭，就看管家慌慌张张地跑进来了："启禀丞相，可了不得了！"秉德忙问："怎么的了？"管家说："外边有四个卫士，带领宫内的卫兵，把咱们府围得水泄不通。"秉德告诉管家："你出去，跟他们四个人说，为什么把咱们府给围上了，有什么要紧的事情，说我要问问。"管家出去了，看这四个人不像每回来那么谦恭，这回来很强横。

卫士说："你回禀丞相大人，你说我们是奉旨，到这里来搜查要犯。有三个人进宫行刺当今万岁不成，我们抓住一个人，又被两个看守站笼的人给放出去了。我们听说有丞相的儿子萨里虎，没别的，我们要进去看看有没有那个黑大个儿。如果没有，我们就去回禀万岁。"说着，就要往里闯。管家说："别忙，惊动了丞相，你吃罪不小啊，待我回去禀报一下。"

管家回去这么一说，可把秉德吓坏了。他想：这要是进来，不用说翻哪儿，就是站在院里四外一瞅，也难以掩住马脚啊。他心怦怦直跳。不管怎么的，事到如今，只得硬着头皮顶着吧，秉德亲自出去了。四个卫士给他深深地请了个安，说："我们受当今万岁的圣旨，巡查你府，听说进宫行刺的那几个人到你府上来了。"

秉德一听，哈哈一阵大笑，说："哪里会有这样的事情，我是堂堂的丞相，同时我又是辅保海陵王称帝，是有功之臣，我跟皇上是一心一意，我怎么能藏匿凶手呢？我看你们赶紧到别处去捉拿，否则，凶手跑了，恐怕你四个人吃罪不起呀！"

卫士头目听了这话，乐了："启禀丞相，不管凶手在你的院里也好，不在你的院里也好，我们要进去查一查。如果没有呢，那不更好吗？跟皇上一禀报，就没事了，我们四个人卸了责任了。再说，万一你老不知道，他们跳进来，猫进哪个旮旯儿，那岂不是玷污了你的名誉吗？依我看还是进去翻一翻，这是圣旨。"卫士头目把圣谕拿出来了，秉德一看，不行了，已经拿出圣谕来了，不敢违背，立刻躬身，说："那么，没别的，我们家小很多，请你们四个人进入搜就可以了，兵不要进来。"卫士头目答应："行，就我们四个人进去。"

秉德心突突乱跳，装出镇定的样子，领他们到东屋，到西屋，到前屋，到后屋，就是没领到西北角。这四个人往西北角一看，那里有树林子，就问："丞相，西北角的树林子那是什么地方？"秉德说："咳，前几年那有间破屋子，现在没人住了，那地方是女茅房。"卫士头目说："那么，我们是不是也到那里去看看。"秉德搪塞说："不要去了吧，女茅房，咱们男的去了，多有不便。"这四个人说："不，无论如何我们得去，这不去，没尽到职，将来被皇上怪罪下来，我们四个人可吃罪不起呀！别犹豫了，走吧，咱们进去吧。""好吧。"秉德实在无奈，只得领他们去。他想：你们进去，就把你们杀死在这里，然后，我们就豁出命来杀出去，拼一死活，一咬牙说，"既然你们要进去，老夫我只得奉陪。"卫士们就进去了，一看果然有三间房子，房西是间女茅房，再看这三间房子都上锁头，秉德说："这不，锁头多年不开，都生锈了。"

卫士们说："不，我们得进去看看，里边有没有什么闲散杂人。"秉德说："这是胡话，多年不用的房子，怎么会有闲散杂人呢？"四个卫士说啥不干，秉德说："好吧，既然非看不可，那老夫只好奉陪了。来人，拿个榔头来。"卫士们说："不用，我们带来了。"说着拿出了小榔头，三下两下把锁砸开了，一脚把门踢开了，屋里空空的，没有什么箱柜，到东屋看，没人，到西屋看，还是没人。秉德哈哈乐了，他在纳闷：怎么回事？他们明明在里待着，怎么就没了呢？

秉德这回心里有数，说："四位，还想翻不？"四个人给他深深地请了个安，说："丞相，我们翻遍了，你府上确实没有凶手，这样我们回去好回禀了。"秉德说："那么，兵也就撤回去吧。"卫士们说："没有圣旨，这兵是不能撤。我们四个人，回去两个回禀圣上，然后由圣上定夺，圣上如果让我们撤兵，那我们就撤兵，圣上如果不让撤兵，那我们就不撤兵。"

为什么宫里知道这府上有萨里虎呢？前面说过了，当他们跳进宫后，本来告诉胡兰塔不要吱声，他摸黑看不清亚胡和萨里虎，就招呼一声："萨里虎。"这一声，宫里的人听得清楚，告诉了海陵王，说行刺的人里有个叫萨里虎的。经过调查，弄明白萨里虎不是别人，正是秉德的儿子，这一来，海陵王才发圣旨，包抄丞相府。

话说，卫士们未搜到凶手，便回宫禀报了海陵王。他比谁都精明，横草不过，一寻思：不对呀，第一，京城里没有第二个人叫萨里虎的。第二，要不是秉德的儿子，宫里的情况他怎么知道的？他怎么敢闯皇宫呢；再说，秉德最近对我有些想法，是不是他在这里做鬼呀？就这么对他下了茬子。听过禀报，海陵王说："不要撤兵。但兵马不要离墙太近，离得太近，不大方便。你跟他说，说我明天要到他府上去观牡丹花。听说他的牡丹花开了，开得最好，整个京城里就数他家的牡丹好。"卫士们领命，又返回丞相府。

卫士们走了，秉德"咣当"一声将大门关上了，倒吸了一口凉气，好生奇怪，这到底是怎么回事呢？他二番进了房子，那七个人都嘻嘻哈哈地在那儿坐着呢。秉德问："你们方才上哪儿去了呢？"几个人乐了。亚胡说："你哪知道，老伯呀，我们在林里听得是真真切切呀。当你领他们快到林子里的时候，我想要跳墙跑，外面有兵，四外一撒目，看到大榆树上有藏身之处。你老人家看一看……"秉德抬头一看，可不是，大榆树上，这棵有喜鹊窝，那棵也有喜鹊窝，都是多年的大窝。亚胡又告诉他：“我们一人占据了一个窝，在窝里藏着。至于，他们怎么进的屋，我们在上边看得清清楚楚的，树叶密，从底下往上看不好瞅，从上往下瞅一目了然。”秉德一听很高兴，说：“既然这样，你们就找到了一个安身之处了。”秉德心里有了底，就回来了。

这时，卫士也回来了，对秉德说：“万岁说了，没有凶手就算了。不过，万岁听说你府上的牡丹花开得最好，他要亲自来观赏牡丹花，所以这个卫兵不撤，为了保卫万岁的安全。”秉德听了，心里明白，什么观赏牡丹花，这明明是来搜查，不死心呐。他强作笑容，说：“好啊，万岁要来，我欣然奉陪。”他心里不安，亲自到旧房里去嘱咐他们：“明天，海陵王说来观牡丹花，实际是进行搜查，你们千万加小心。”几个人蛮有把握地说：“放心吧。老伯，没关系。”

果然第二天，海陵王来了。秉德跪下，迎接当今万岁。海陵王进到屋里，坐了一会儿，喝了几口茶，就说：“爱卿啊，听说你的后花园的牡丹开了，我要观赏牡丹。另外，我还听说你的府院，处处收拾得都很雅致，叫卫兵们好好看看，让他们回去后也能按你这样做法去布置。”

秉德说：“随便随便。皇上吩咐了，臣即照办。”

海陵王在后花园观牡丹，牵着秉德陪着，四外的卫兵，甚至耗子窟窿也都搜查个遍。这卫兵里也有精的，有人问：“这喜鹊窝里会不会有人哪？”大伙儿一瞅，齐说：“这才胡扯呢，你看那喜鹊窝里，不是还落着喜鹊吗！”因为这两天，他们恐怕突然袭击，一到晚上就跑到喜鹊窝里睡觉去了，时间长了，喜鹊也熟悉了，就落到人身上去了。卫兵们都说：“可也对呀，要是有人，喜鹊怎么敢落在窝里呢？别费事了。”踪迹皆无，任怎么翻也翻不到。

偏偏凑巧，这里有个事，什么呢？秉德有一个姑娘，长得中上等，让海陵王看中了，就强迫纳入宫里。这姑娘入了宫，闷闷不乐，几次想要寻短见，也没行，后来就得病卧床不起。海陵王见她瘦得不像样子，就吩咐：“你回家吧，先休养休养，休养好了，到时候我再来接你。”因为她是愁的，回到家顺心了，已经养好了。海陵王正在观牡丹的时候，一下子看到了这姑娘，比以前更漂亮，便说：“姑娘这不好了吗？”秉德一看瞒不住了，只得说：“好多了。”姑娘只得上前见驾。海陵王乐了，说：“既然这样，明天我派人接你入宫。”

说这话的工夫，又到了前庭。秉德心如刀绞，明里喜，暗里恨，可又不敢不遵。冷丁他想起一件事来，要将计就计，说：“启禀万岁，你不来吧，我也打算三两天把她送入宫里去，既然万岁要让她进宫，那你是不是就不用来了，我可以直接把她送入宫里。不知万岁以为如何？

海陵王说："那可也好，你明天把她送进宫去，朕对你重重有赏。一，你是老臣。二，我登基也有你的功劳。三，你现在已成为国老了，那我更应该对你多加恩惠。"秉德谢主隆恩。海陵王暗听报告说，没发现可疑迹象，便又回朝了。

秉德为什么要送姑娘呢？他想把这七个人借机送出去，好让他们远走高飞，投奔完颜雍。这天下晚，他到了西北角那处旧房子，跟他们七个人说："明天，我要送姑娘进宫。我这姑娘不送也不行，必须得进宫，正好就这个机会，把你们送出去。"他吩咐胡兰塔，"明天，你赶轿车。我再给你们配四五个人，一共十来个人，打扮成我的家丁，拿着东西，趁天还没亮的时候，咱们就走。这时，分不清谁是谁。"

秉德说："回来呀，你们稍微绕点儿道，你们七个人跑，再挑七个人穿上你们的衣裳就可以了。"他又嘱咐萨里虎，"你领他们哥六个去，至于我怎么样，你就不用管了。我年岁也大了。我一步走错了，你们赶紧找完颜雍去。那时，我就想立完颜雍，可是来不及了。我对不起金氏的太祖太宗。我只好有多大力量使多大力量，你们就不用管我了。"萨里虎掉着眼泪，跟他父亲话别了。

第二天，天还没亮呢，他们就赶着车子，后面一些家人拿着姑娘随身用的东西，出门了。到了大前门天还是黑乎乎的，卫士们问："你们是干什么的？"萨里虎说："我们是进宫的。"卫士说："有通知，查查人数，十个人，回来还得是十个人。"卫士放他们出门了。

到了皇宫，不许送行的人进去，宫里出来人，这么一交接，他们就返回东庄，这么一更换，他们七个人就远走高飞了。家丁们赶着轿车回府了。他们跑出去了，秉德撂下了一件心事。

海陵王回宫时，下令把围兵撤了，留下几个游动哨，进行监视。第三天早晨，突然下来圣旨："宣秉德进宫。"秉德心里咯噔一下子，是不是这七个人被抓住了。因为他心里有事，总是害怕。就这样，他战战兢兢地走了。

不知秉德进宫有什么大事，且听下回分解。

第十二章 贞节女含愤自尽 完颜雍二次被俘

秉德的心刚刚平静下来，就听外边有人回禀："宫内太监到，宣秉德进宫。"秉德别的不怕，就怕他儿子萨里虎和那六个人被抓，提心吊胆，硬着头皮进宫了。他见海陵王坐在那里，正在生气，势头不对，赶紧跪下，说："我主，臣秉德见驾。"

海陵王说："哼！好哇，你养活这不知羞耻的姑娘……"秉德不知怎么回事。海陵王说："你看看来。"就把他姑娘抬上来了。秉德不看倒罢了，一看女儿脖子上鲜血淋漓。

海陵王说："这不，朕对她格外的宠爱，而她却不知道好歹，昨晚自尽了。你养了这种不忠不孝的姑娘，今天我要不看你是个老臣，对朝廷有功，我非杀你不可。"秉德跪爬半步，说："臣，该死，养了这种不忠不孝的姑娘，吾皇受惊，臣该死。"海陵王哼了一声，道："领回去。"那话是让他收尸。秉德这才明白，原来是这么回事，心中含悲忍痛，就把女儿的尸首领回去了。

怎么回事呢？姑娘进宫之前，给父亲跪下了，说："阿玛啊，我这回进宫，回来就不容易了，望你老人家多多保重身体。我听说哥哥进宫之后，现在到处抓他。你老人家告诉他，出去找一找完颜雍。如果找到他，让哥哥尽心尽力地保他，就不要管孩儿我了。"说完，她又磕了一个头。当时秉德并不懂得其中的含义，再三安慰："没办法，回去吧，别说咱家，你没看到吗？公侯王子家中稍微长得像点儿样的闺女，不都让皇上领到宫里了吗？谁让为父没有能耐呀！谁让我误投了这样一个昏君！进宫吧。"

姑娘含着泪进宫了。海陵王一看她来了，心里挺高兴。先设宴，喝了一顿酒，还要去她那里睡觉。姑娘想：他武艺那么高强，平常人没办法行刺。她身上带着小刀子，还没等海陵王来，照着大脖筋就挑开了，大流血，悲惨死去。

这暂且不说，再说这七个人。这七个人，不知东西南北，茫茫然，不知往哪里走是好。萨里虎和亚胡合计，究竟往哪个方向走好。亚胡说："我看往南走是不行了，咱们是不是往北走呢？我听说，完颜雍是往北边招兵买马去了，要如果能找到他那不更好吗。"

看站笼的人说："那好，如果往北走，我可以带路，我知道这个路。另外，北方的一些部落我很熟，就是找不到完颜雍，咱们也可以招兵买马。"这话，把萨里虎提醒了，他说："咱们是不是找一个合适的地方，招兵买马，积草存粮，占山为王。"亚胡说："好，就这么办。"

这七个人，白天在山里一猫，连夜行走。这一天，走到两山夹一沟的地方，必走这小道，要不就走不了。七个人就在这窄窄的小道上行走，没走出一二里地，就听两边"当唧唧唧，当唧唧唧"一阵锣响，可不得了，从两侧山上下来五六十个人，中间一员大将骑着一匹黑鬃马，像钳子收口，把他们给拦住了。

骑马的黑将说："你们是哪儿来的？给我站下，把你们携带的金银财宝给我们留下，留下的话，放你们过去，不留下的话，我就留下你们七个人的脑袋。"

萨里虎他们明白了，这是遇着拦路抢劫的了，上前搭话："这位大王，我们是赶路的人，身上没有值钱的东西，就有些散碎银子，如果能可怜我们，允许我们带这点儿散碎银子，我们好投奔北国去。我们也是逃难的人。"

那黑将不干，说："不行。我看你们手里都有兵器，大概都有些武把操吧？没别的，把兵器留下也行，你们的衣裳很好，给我脱下来。"胡兰塔发火说："跟你们说好话，你不听，非得让老子给你来点儿厉害，你才能服。你不是要当好汉吗？你是英雄好汉，咱们两个人就对付对付。"说着一个箭步蹿上去了，叫他的号："你骑马，我没有马，这不算你英雄。你如果是英雄，你下马来，咱们两个人在地上打，如果我被你打输了，要脑袋，或是碎尸万段都可以。如果你被打败了，没别的，把你的马给我们，另外再给几匹，我行路没有坐骑。"

那黑将说："那好，既然这样，我下来同你打。"他一翻身下了马，手使一把大砍刀，大如门扇，重有五六十斤。胡兰塔使着双锤。两个人，没容分说，就交手了。你一锤，我一刀，"叮当"直响，打得难解难分。

喽啰们给他的大王呐喊助威。有个小头目问："大王，我们是不是可以放箭？"山大王说："不用放箭，放箭显咱无能。我非把他活活抓住不可。"这两人，你一回，我一合，快打到亥时了，势均力敌，谁也难于扳倒谁。打来打去，天黑了，黑得不见掌。萨里虎跟山大王说："天这么黑，怎么能打仗呢？"

山大王说："可也对，咱们都歇歇，我歇歇，你也歇歇。"他很讲义气，告诉手下说，"去，上山给他们拿点儿吃的，我看咱们打君子战。你们都吃饱了，明天咱们再打。"

停下来，山大王瞅瞅胡兰塔，说："你们这七个人到底是干什么的？跑这儿来干什么？你们能不能说说？说好了，咱们可以交个朋友，我可以把你们放过去。"

谁也不敢吱声，要说就说逃荒的，或说去找朋友就得了，省得惹出事非来。胡兰塔心直性耿，说："哼，干什么？说了管保把你吓一跳。"山大王问："有什么可以吓一跳的？"胡兰塔说："实不相瞒，我们是闹皇宫，杀海陵王，没弄好，逃出来的。"山大王又问："你们是不是进宫的那七个英雄？"

山大王一听这话，赶忙过来，深深地请了一个安，说："我每天都去人到京里打探，没承想在这里遇到你们，你们哥几个想上哪儿去呢？"胡兰塔看这人挺近乎。

萨里虎先上前去，说："请见谅，我兄弟这人说话有点儿粗鲁，冒犯了。"接着把京城的事情一五一十地这么一说，山大王高兴了。他哈哈大笑道："这么办吧，咱们就合伙，到我山上去，我情愿把大王位子让给你们，我去帐下听话。"

萨里虎问："大王，不知你尊姓大名？"

这人说："我呀，我叫石古乃。因我父被海陵王杀害之后，我一气之下来到这双雄岭大窝，临时招集这几十个人，占山为王。我想积草存粮，有朝一日，杀回京城一定斩海陵王，替父报仇。"这一唠，都是难兄难弟，几个人异常高兴。两个人，手拉手成为好朋友。萨里虎说："我看这么办吧，咱们八个人，咱就八拜为交怎么样？""好！"大家异口同声答应。他们就在树林里跪下，插草为香，对天盟誓，磕头，成为生死八兄弟。

石古乃在前边带路，他也不骑马了，一直奔山寨去了。那山很陡，中间的那所房子比较敞亮，地上摆着用木头墩子砍出来的桌子、凳子，也没有炕，大概这就是大厅。大家坐下之后，石古乃就命令杀牛杀猪，连夜设席，这一来，这七个人，借助石古乃在山上落下脚了。

亚胡是个很有韬略的人，他说："咱们要干就得干出名堂，立上大旗。

旗上写出五个大字，兴金灭海陵。然后，咱们招兵买马，积草存粮，立下军规，不准拦路抢劫，专灭海陵王！"大家很高兴，都说好，制定了山规，竖起了大旗。

萨里虎跟亚胡说："这不行，咱们还没有多大功名呢。咱们得赶紧打听，完颜雍去什么地方。要找到了完颜雍，咱们把他请到山上来立他为王。咱们不就有了君主了吗？有了君主，那四外的贤人、名士、将士都能来，壮大咱们的队伍，才能杀回上京，只靠咱们这几个人恐怕还是不行。"石古乃听后很高兴，当时就推萨里虎为山上的总大王，其他七个人也都封了王，这叫：双雄山八大王聚会。

八个人在这占山为王之后，就打听完颜雍的下落，怎么也打听不到。春去秋来，山上的兵马多了，有那么七八百人了，反对海陵王的人，从四面投来，势力越来越大了。一天，八个人正在大厅议事，走出去打听完颜雍的人慌慌张张地前来报告："禀大王，可了不得了，我们得到确切消息，完颜雍已经被完颜兖抓到上京，被海陵王囚禁起来了。"

萨里虎一惊："你说这可是真的？"负责打听的人说："是真的。"

怎么回事呢？原来完颜雍从渤海出来后，叫完颜兖包围，乌带替他以假充真，到京里露了馅，海陵王一气之下又派完颜兖领兵出来抓完颜雍。

冤家路窄。这天下着瓢泼大雨，完颜兖带兵分三路包围一个小屯子。这个小屯，叫威虎屯，以专会做小船而得名，满语"威虎"，译意是小船。兵马进屯后，驻扎下来。完颜兖这人精明，不论去哪儿驻扎，让外圈的兵都潜伏起来，一点儿不露马脚。派那么几个人巡逻查访一律穿上民装，也就是化装成便衣。偏赶这时，完颜雍和老萨满也跑到这个小屯来了。老萨满敲开一位老太太家的门，老太太就把他俩让到屋里，看那样子有些胆怯。老萨满说："没别的，我们走得又饥又渴，想到你们这儿来讨口水吃点儿东西。"老太太忙说："今天你们得远走高飞。"完颜雍问："老妈妈，为什么今天不能留我们呢？"

老太太说："实不相瞒，完颜兖领着兵马，听说要抓完颜雍。这不，他们就在西屋住下了，要让他们看见，盘查你们一顿也犯不上。"

老萨满一听傻眼了，说："那好吧，既然这样，我们就不打扰了。"两个人慌慌忙忙地退出了老太太家，想往回走吧，来路给堵住了。因他俩进屯时，伏兵就发现了，拦住了退路。他俩只得硬着头皮往屯子里走，到了屯中间的大房前一看，挂着两盏大灯，写着：督元帅临时大帐。他

俩知道入了虎穴，走也不是，退也不行，被卫兵发现，活活捉住。完颜
兖特意点上明灯蜡烛，带上完颜雍，左看右看，前看后看，得意了："嗯，
不错，千真万确是完颜雍。"命令所有的兵马，日夜兼程，马不停蹄地赶
回京城。

完颜兖亲自回禀皇上。海陵王带信不信地说："好吧，把他给我带进
宫来。"完颜雍被带上来，也只好倒身下拜："皇兄在上，完颜雍这方有
礼。"海陵王一看，果真是完颜雍，哈哈大笑道："你为什么背叛了我，私
自去外边招兵买马，居心何在？"

完颜雍此时此刻，也不能不说了："皇兄，说起来，咱们都是太祖之
后，你欲为君则杀其君，不应当杀了熙宗皇帝自己称王。另外，你屠杀
忠臣、老臣，开国的忠臣良将还剩下几个？有些老臣，为躲避你的刀锋，
都躲进山里或是退居。你屠杀宗族，我们完颜氏几乎灭绝于你的手下。
你欲夺人之妻则杀其夫，妇姑姐妹尽入嫔御，简直就是衣冠禽兽。你觉
得自己学识渊博，武艺高强，就不可一世，智足以拒谏，言足以饰非，你
早已臭名若揭，众臣民恨之入骨，敢怒而不敢言。你活着，有口皆称你
皇上，你死了，将会遗臭万年。难道你不信吗？你皇权在手，金口玉言，
说啥是啥，人要为自己的下场担忧，我这话说得过早，我看你将来死无
葬身之地，给后世留下'无道'的骂名。"

海陵王听了这些话，不以为然地说："说一千，道一万，你知道不知
道，我是皇上。如果你今天能对天发誓，跟我一心，没别的，我还可以
封你为王。如果你要说半个不字，那没别的，什么忠良不忠良的，只要
反对我，我就满门抄斩，一个不留，别说是你一个完颜雍啊！"

完颜雍冷笑道："要想让我跟你同流合污，那是不可能的。我既然被
你抓来了，你或者杀，或者剐，随你的便吧。"说完，他把眼睛一闭，一
声儿也不吱。

海陵王哈哈大笑道："既然这样，就别怪我不客气了啊，咱俩可是叔
伯兄弟，我要……这你应该知道。"他越说越加怒气冲冲，"实不相瞒，
大概有许多人拥护你当皇上，可是天无二日，人无二君，我当皇帝这天，
就不能让你存在，这是我的真心。"

完颜雍毫不犹豫地说："我知道你的心思，悉听尊便吧，大权在你的
手里。"

海陵王露出了狰狞的面目，说："我杀你，不能这么杀你。我要把满
朝的文武，各路的勃吉烈，各路的穆神，都找来，然后我当众宣布你的

罪状，处你死刑。那时，你就别怪我心狠手辣了。来人，把他给我打入牢笼，严加看管！"

海陵王日夜动脑，又连连找心腹密谋，决定召开盛大的集会，庆祝捉住完颜雍。肖裕禀奏海陵王："禀奏皇上，完颜雍一天不可多留。多留一天，多一天的祸害。你要知道，他很能迷惑人心，他的爪牙很多，明里不敢暗中拥护他的人很多，如果你不马上处死他，难免后患哪。"

海陵王眯缝着眼睛，点点头，忽然眼睛一瞪，当时就下了圣旨："明天正当午时，斩完颜雍。"这道圣旨一下，宫里便抓紧进行准备。

众所周知，完颜雍由于他的忠厚仁慈，智勇双全，他的威信高过了海陵王。杀他牵动了多少人的心肠，消息像风一样传起来了。宫里宫外，人们纷纷议论：可了不得了，海陵王明天就要斩完颜雍了，可白瞎这一代明君呐，要是完颜雍当皇帝，那咱们老百姓可享福了。这件事，传到了肖太后的耳朵里。

肖太后是谁呢？她本来是一个妃，和海陵王的母亲大氏最好。海陵王的母亲是很忠厚仁慈的。当熙宗去世的时候，肖太后对大氏——那时她仅是王爷的妃子，就非常好。大氏对肖太后呢，也非常好。肖太后对大氏像亲姐妹似的看待，而大氏对肖太后，始终尊敬地像自己的婆母似的。肖太后曾过意不去，几次对她说："你不要这样了，咱们应当以姐妹相称。"大氏说："你确实大我一头，我应该将你当婆母。同时，从国家制度来说，你是国祖的皇后，我是一个王爷的皇后，我也理当敬你。"大氏和肖太后处得如此之好。海陵王杀了熙宗之后，本来也想杀肖太后，可是大氏说啥也不干，说："你想杀肖太后的话，你先把我杀了。你把我先杀了，你想杀谁，你就杀谁。我死后，就不知道了。"这样，海陵王在后宫里留下了三位太后，一个是肖太后，一个是大氏，一个是徒单氏。留下这三位太后，大氏还一如既往地尊敬肖太后，如对待国太后一样的尊敬，并严格要求海陵王对待自己什么样，对待肖太后就什么样。

肖太后看到海陵王荒淫无道的行为，气得她不知怎么是好。大氏几次劝海陵王，他不但不听，反而说："母后啊，你老人家享福就得了。我呀，我有我的想法，这些人，如果不把他们除掉，他们跟我是不会一条心的。我只有把他们除掉了，我的江山才能巩固。"对他的想法，大氏未加可否。

肖太后听到海陵王下圣旨杀完颜雍的消息，正赶上大氏有病。大氏经常有病，身体不好。当时，肖太后气得不知怎么的是好，心里话：完颜亮啊，完颜亮，从打你登基这几年以来，你没干别的，你就干了两件事。一个是把开国的大臣，杀的杀，剐的剐，弄得朝中惶惶不可终日。一些老臣、一些忠臣、一些近臣，有的被杀了，有的逃遁到山林里去了，而你扬扬得意，还是想继续屠杀忠士，难道你要把完颜氏斩尽杀绝不成。第二件事，就是你把亲王和王爷家中长得好看的女的，纳入后宫，成为你的嫔妃，天天是荒淫无度。肖太后想到这些，恨得咬牙切齿，暗下决心，我只要还有口气，尽我所能，能保住谁，我就得保谁。她心急如火，没跟大氏商量，自己要去见海陵王。

海陵王正在屋中策划杀完颜雍以后怎么办。"啊？"海陵王一皱眉头，不禁失声，"她怎么来了？"

按照国家制度来说，肖太后来了，海陵王必须得迎出去，得跪迎啊，不跪迎都不行。海陵王咬着牙，皱着眉，穿上了龙袍，迎出门外，见到了肖太后，赶紧跪倒："太后在上，完颜亮参见太后。"

肖太后道："免礼，平身。"

太监过来，赶紧搀扶肖太后。那时，肖太后四十多岁，先帝的王后，地位很重。太后进了屋，海陵王二番参见，说："太后不在后宫休养，到前边来，有什么事情要吩咐吧？"

肖太后说："我要问你，我听说，你把完颜雍抓来了，果有此事？"

海陵王不敢说谎："确实，是这样。"肖太后问："那么，你打算怎么处置他？"这一问，问得海陵王没有话说。

想当年，皇太祖完颜阿骨打去世的时候，曾经给王后留下一个铁形人。这个铁形人，可以管三宫六院，也可以管皇上，这个铁形人在肖太后手里，海陵王不敢动弹她。按规定，有上一代的王后在，这个铁形人不能传给别人。肖太后来时，就带两个宫女捧着这个铁形人。

海陵王左右为难，一时答不出来，绊绊磕磕地说："这个……"他又灵机一动，见机行事，编词说，"这，我正想请示太后和两位母后，再做定夺。这不，还没等我去，你老人家就来了。"

肖太后心里明白，说的倒好听，我早就知道了，你想要杀他，只是我装不知道。她说："既然这样的话，那么，就应把你二位母后请来，咱们共同商讨这件事情。"海陵王捏着鼻子，打发人将两位母后请来了。两位太后来，对肖太后很是恭敬。身份不同，辈数不同，肖太后毕竟是先王的皇后，家法为上，两个人见了肖太后，便跪倒参见，肖太后上前赶忙扶起来，说："二位请起，一旁落座。我们共同商量一件事情。"两位起来，一边一个，陪肖太后坐着，海陵王也在一边陪坐。

肖太后瞅瞅两位太后，便说："听说把完颜雍抓回来了，那么，不知你们二位想怎么处理呢？"大氏先说："完颜雍和当今万岁是兄弟。只要是完颜雍和完颜亮他们哥儿俩能携起手来，共建国家，那么，我看就应当封他一个王位。"肖太后点点头，说："既然这样，我也很赞成这个意见，那么，不知万岁你意下如何呢？"

海陵王连忙站起来说："既然有太后，有母后的旨意，我就只好照办了，不过得把他请来，咱们共同商量商量。"这就打发人，把完颜雍叫来。完颜雍进来一看，肖太后在座，顿觉感慨万端。上前跪倒参见太后，眼泪汪汪。回头，参见两位太后："婶母在上，侄儿这边有礼。"两个人也忙令人看座。

大氏想说话，因肖太后在，她瞅瞅肖太后，肖太后便说："完颜雍啊，当今万岁也是迫不得已，因为想让你赶紧回来，所以才派人捉拿你，途中你受了一些苦，不过你应以大金国的江山为重，辅佐当今万岁，共同把国家治理好就得了。至于过去的事呢，熙宗他也做了一些令人痛心的事，事情过去了，都是自己的家，你就谅解吧。"

完颜雍二番跪倒，说："虽然过去的事情可以了结它。但是，现今有几件事情，为臣我实在是看不下去。"肖太后问："那么，哪几件呢？"完颜雍说："海陵王不该把忠臣良将，开国元勋任意屠杀，难道他就这样忍心吗？他抢男霸女，妇姑姊妹尽入嫔御，简直是衣冠禽兽。这能够治理国家太平吗？"海陵王在一边，像受审似的，不得不听着，那简直是气得不得了。

完颜雍说完了，海陵王暗暗发恨：肖太后，你是不办好事啊，我除非没机会，有机会非把你除掉不可，不除掉你，我什么事情也办不成。他心这么想，但表面上不敢说，只好听着。

肖太后听了完颜雍的话，就说："过去的事情，我方才说了，你不要老是纠缠过去了。你们是兄弟，你要尽心尽力地辅佐你哥哥，共同把金国治理好。什么时候，你们也不要忘记，想当年太祖皇帝带领兄弟子侄打江山不容易啊。"

完颜雍站起来说："我谨记，没忘。"肖太后说："那就好。"海陵王随后也站起来说："我谨记，没忘。"肖太后亦说："那就好。"她转向海陵王。

海陵王说："既然他愿意同我共谋国家大事，我就封他为赵王。"这是个中上等的王爷位置。

肖太后说:"那好,完颜雍啊,还不赶紧起来谢恩呐。"

完颜雍只好站起来说:"如果按照我提出的几个想法去改,那么我可以接受赵王这个缺,我可以谢恩,不然的话,我宁死不能接旨。"肖太后说:"那么,你说说吧。"

完颜雍说:"就是我以上说的那两条。另外,对无辜被杀者的后代,给予抚恤,还要请回归隐的老臣,共同治国。"

海陵王知道他要提出这些问题。肖太后看看海陵王,海陵王没吱声,寻思了片刻说:"这样吧,这些事情,以后群臣在殿上,共同商议吧。就这样吧。"完颜雍也没有给海陵王谢恩。

海陵王说:"来人,把完颜雍安排到临时埠地,我以后给他修宫。"

肖太后这就回到了后宫,以为把完颜雍保住了,也封他王了,心便安稳下来了。

海陵王回到了前殿,立即找来了肖裕,把刚才发生的事情,从头到尾这么一说,肖裕听了,半天没吱声,然后问:"不知我主做何打算?"海陵王说:"我呀,必须先铲除肖太后,不铲除她,那么,完颜雍我也除不掉。"肖裕听得入耳,点点头,露出了喜色。

海陵王又犯了难:"但是,不管我用什么办法把肖太后除掉,恐怕天下人不容我啊,那我敢吗?不知你有什么办法?"

肖裕微微一笑,说:"臣,我倒有一个计策,管保让她死无葬身之地,和主上一点儿关系没有。"海陵王问:"那么,你有什么办法把肖太后除掉呢?"肖裕说:"这么办,这么办……"

究竟肖裕想出什么诡计?且听下回分解。

第十三章 | 海陵肖裕连施毒计 太后太傅相继捐躯

上回书说到，肖裕对海陵王说："要除掉肖太后，小的可略施小计，不仅让她自消自灭，还和你没有任何关系。"

海陵王十分感兴趣，心急地问："那挺好，那你能不能说说，到底啥主意？"

肖裕问："万岁啊，你知现在还有多少对你不忠的人吗？"

海陵王一边寻思，一边说："我大概知道一些，像太傅宗本，像东京留守宗义。"肖裕点点头，说："对，那么，还有谁呢？"海陵王说下去："像北京留守完颜辩，还有宗哲，平阳王完颜秉，等等。"肖裕又点点头说："不错。"海陵王又想到一人，沉吟着说："除了这些之外，还有一个不能上朝的人——宗固，这个人和肖太后的关系很密切。"肖裕说："对呀。依着我说，我给你一包毒药，这毒药在两个钟头以后才发作，不喝茶叶水还不能够死。你拿着这包毒药，在同肖太后就餐时，偷偷把它放在饭菜里，然后让她去宗固家，死在他家里，然后就可以把宗固杀了。"海陵王一听，忙说："好！"这样，就定下了毒计。

海陵王打发人到宗固家去说："肖太后很想念你，她明天想到你这看看，望你先做准备。"

宗固一听说肖太后要来，打心里高兴，上上下下忙做准备，准备迎接太后。

海陵王这天到肖太后那里，恭恭敬敬地说："明天是宗固的生日，他很想念你，你老能不能到他那里去看看？"肖太后知道宗固的生日，也想明天去，他这么一说，太后很高兴，说："那好，皇帝这样的盛意，我明天一定去。"

第二天早晨，海陵王亲自给肖太后送饭，这样亲近，还真让人以为他回心转意了。吃饭时，肖太后再三对海陵王说："你不要对自己宗族的人太疑心，要以宽大为怀。"她还向海陵王建议，把宫内的女人尽量放回去，又向他嘱咐，"当前，像唐括辩，像肖裕这些人都不是正人君子，你应当疏远他们才好。有他们在朝中，咱们自己家的骨肉是不会好的。"

肖太后说什么，海陵王答应什么，说："一定照太后所说去办，还请太后多多指教，我都牢牢记住，最近就办，立见实效。同时，完颜雍也提这个问题，我们哥儿俩一定好好掌握朝政。"肖太后情绪甚佳，吃了一顿饭，坐上早已备好的轿子，就直接去了宗固家。

宗固得知肖太后到了，就赶紧打发人迎接，他的妻子迎出大门外，跪着迎接，又把她让到上殿。宗固正式参拜肖太后。肖太后很高兴。这时，宗固的儿子、儿媳妇前来参拜。肖太后都送了些礼物。之后肖太后进了后屋，宗固吩咐下人给她泡上好茶。肖太后一边喝着茶一边说着话，不知怎的，觉得肚子不大好受，头有点儿晕。宗固说："那就快请到寝宫休息休息吧。"

肖太后被送到寝宫去了，待她睡着了，侍女悄悄退出来，放下了帘子。一直到申时，宫里太监、卫士、宫女来接肖太后回宫。宗固一家，忙着送行。

宗固就到寝宫，一看太后还在睡觉呢，召唤也不吱声，他上前这么一扒拉，"啊"了一声，肖太后死了。宗固脑袋"嗡"地一下子，不知有多大，心想：可了不得了，她怎么就死了呢？没有办法，他就跟宫里来的人说了，怎么怎么回事，说："肖太后已经偃驾了。"这太监能干吗？强硬地说："肖太后来的时候好好的，怎么这么快就死了呢？没别的，你跟着我去见驾吧。"

海陵王听这话，眼泪立即就流下来了，说："肖太后一生，为国为民，她是一个很好的国母。你竟敢把她给杀害了？把宗固给我绑下去！"

宗固说："不用绑，我自己也知罪，现在我有口难分辩，她确实是死在我家里。"说完，宗固拿出了宝剑。海陵王见他拿出宝剑，知道要自刎，可也没拉他。他说，"我宗固对大金国是忠心不二，我也不知道肖太后为什么会死在我的府上。我的心，对天可表，我对肖太后的心，也对天可表。究竟肖太后怎么死的，我活着没法说，死了之后，我见太祖的时候，我把这个情况说清楚。如果肖太后死在我手里，那么我今天应该死；如果肖太后死在别人手里，他也会不得好死。"宗固说完，朝着南面跪下了，痛哭流泪，大喊三声，数念着，"祖父和父亲你们等着我，我现在就要去了。"说完，他拿宝剑照着自己的脖子一划，自刎了，当场就死了。可惜这位曾经跟金太祖阿骨打和金太宗南征北战的一员战将，就这样无辜地死在殿上。

海陵王假装余气未消："把他的死尸给我抬出去，去把他的家眷都给我绑来，押在南牢，等着我一起会审。"

这谁敢保？谁也不能保了。肖太后去他家的时候，好好的，怎么就死了呢？有的人对宗固犯疑心，有的人总觉得这里有问题，但是又找不到原因。

这可把海陵王乐坏了，他认为在紧要关头，肖裕给他出了个好主意，就把宗固消灭了。第二天，海陵王下了一道诏书，说完颜雍怎么潜逃，怎么招兵买马，是想要夺他的江山，明天就要把完颜雍绑赴刑场，问斩。

朝里有的人曾保过完颜雍，如在京里的毕王宗哲，平阳王完颜秉，太傅宗本，大宗正府事宗美，这些人都上了书。海陵王勃然大怒："你们是想忠于完颜雍，还是想忠于朕？我现在是当朝皇帝，天无二日，人无二君，有他没我，有我没他，你们酌量着办吧。朕意已决，非得斩他不可。"

这时，侍卫就把完颜雍绑上来了，他对海陵王是立目而视，他对众大臣说："我完颜雍死不足惜，眼看我大金的江山要葬送在这昏君之手。我们的宗氏，不知道有多少死在他的手里。"说完这话，他站起来大步流星地走向法场。文武大臣们，凡没有邪恶心肠的，无不掉下眼泪。

海陵王因心虚，一个劲儿催促把完颜雍绑赴法场，尽快开斩。那时像这样的王爷，一般刽子手是不行的。他为了实施镇压，专门修了一个斩王台，凡是斩王爷，都拉到这个台上去，没斩之前，绑到木桩子上，谁愿意去见，可以去见最后一面。斩王台上已经左一层，右一层围好了刽子手，然后把完颜雍绑到了木桩子上，又请来大萨满，选择开斩的时辰。本来选时辰，没有敢过一个时辰的。但大萨满总感到完颜雍死了太可惜，特意往后延长了两个多时辰。

这时，宗本先来送行。完颜雍说："老太傅啊，你回去吧，不要再来看我。你告诉其他人，千万不要来看我，来看我，恐怕要遭杀身之祸呀。你知道吗？海陵王本来想找你们的碴儿，要把忠臣斩草除根。如果谁都来看我，那就坏了，我死不瞑目。"

宗本早知道，"嗨"一声，说："他是昏君。我想要走吧，但又想我在世一天，能够挣扎一天。反正我也快了，很快就要被他害死，这我知道。可是我没有培养出自己的心腹。如果我培养出心腹之人，我死了也瞑目。"完颜雍不住落泪。宗本走了，凡是来看完颜雍的人，宗本都告诉不要去看他。

　　萨满虽延长了两个多时辰，但没有一个敢保本的，谁还敢保啊？刽子手握着磨得锋利的大刀，正等时辰，眼瞅就要人头落地了。到了时辰，就听大炮"轰"的一声惊天动地的巨响，法场上紧张得令人透不过气来。第一声炮响，刽子手们穿上红衣，刀出鞘了。第二声炮响，两个刽子手赶快到完颜雍左右。等第三声炮响，人头落地。

　　就在这时，全场鸦雀无声。完颜雍心里是千丝万缕，他想到的不是他自己这条命，而是谁来除掉这个昏君呢？谁保卫大金国的江山，并把它中兴起来呢？他担心宗氏们，朝不保夕。他在心里暗暗地打了个"咳"声。

　　就在第三声炮还没有响的时候，从东南角，人声鼎沸，来了五员坐骑，不容分说就杀进来了。完颜雍抬起头一看，果然法场上来了五匹战马。马上的英雄是盔明甲亮，杀气腾腾地奔来了。一阵工夫就杀死了十几个侍卫。谁也抵挡不住，眨眼之间就到了法场。不容分说，把两边的刽子手一刀一个斩了，又拿刀砍断桩子上的绳索，背起完颜雍就跑了。下面的侍卫，紧紧地在后面追。执斩官下令："通知四门赶快关城门，现在有劫法场的。"

　　来的人是谁呢？还是双雄山的几位勇士。上回书说到他们去山上到处打听完颜雍的下落，日夜操练兵马，为救完颜雍，准备杀向上京。

　　亚胡经过认真考虑，说："不行，不能这样大动干戈，我们手里不到一千人，力量还是单薄的，依我看，咱们顶多带上二三十人进去打探一下，如果能得手，就把他救出来，如果不能得手，咱们再想办法。"

　　萨里虎一听，可也有道理，说："那好吧。"就这样，萨里虎、亚胡、索里、麻吉达和胡兰塔，备上马匹，假扮成到京城里贩卖商货，马背驮上一些山货，赶到了京城。

　　一进西门，萨里虎就告诉胡兰塔："兄弟，千万记住，不要乱说话，不要惹麻烦，否则，咱们的大事就成不了。"

　　胡兰塔说："嗯，你放心吧，你怎么说，我怎么办，咱把完颜雍救出来，让他当皇上。咱们就杀死海陵王。"萨里虎忙阻止："乱说了，听我的。"他们找了一间旅店住下了。店主看他们是老客，很高兴，他们也很大方，每次吃饭，都多给点钱。他们暗中打探，得知肖太后死了，宗固也死了，又得知这天要斩完颜雍，感到害怕了，这可怎么办？

　　五个人合计了半天，亚胡说："事不宜迟，远水解不了近渴，只有咱们五个人劫法场。劫法场，可能出现两个结果，一个不成功，救不出来完颜雍，我们只好杀几个算几个，然后我们回到山上，招兵买马，积草存粮，选一个贤能的君主，代替昏君；二是救出完颜雍，那就更好了。"说完，这五个人对天跪下了，磕了头，齐声说："敬告上天，敬告列祖列宗，保佑我们五个人能够马到成功，旗开得胜。"他们怀着无比愤慨的心情，置生死于度外，骑着马就奔向法场去了。

法场那边，并没有很严的防备，谁敢来劫呀。这五位英雄骑马冲进了法场，来到捆绑完颜雍的桩前，砍断了绳索，背起完颜雍，就往外闯。

这下子，可倒好，四外的侍卫，打梆子的打梆子，击鼓的击鼓，有人回去禀海陵王，同时命令四门紧闭，不许任何人出城。

五个人直接杀向西门，一看城门关上了，没办法转到北门，北门也关上了。亚胡说："不要再闯了，再闯也闯不出去。"大家都很着急，不知道怎么办才好。

萨里虎说："还是到我家吧，到我家躲藏起来。能够躲藏就躲藏，不能躲藏时，我们再想良策。"他们就朝萨里虎家奔去了。

正当这时，亚胡说："咱们大白天闯进去也不行啊，还带着一个人。"

大家正在踌躇的时候，就看前面来了一员战将挡住了他们的去路，这人说："站住，你们想要劫法场，你们知道看法场的是谁吗？"完颜雍抬头一看，认识他，原来是完颜丙，萨里虎也认出完颜丙。骑在马上的完颜雍说话了："来的人，可是完颜丙仁兄啊？"完颜丙看看问话的人，认出了他正是完颜雍，瞅了半天，他把刀撂下了，打个咳声说："你们五位劫法场也不是时候啊，你们怎么跑？怎么跑也跑不出去了。你们上谁家去，谁家就要受株连。我是奉皇上的命，来追杀你们，你们怎么办吧？"

这五个人当时就下马了，说："既然这样，你就把我们绑上吧，送交海陵王，你也能官上加官，禄上加禄。另外，你把完颜雍抓去了，那不是立大功了吗？"

完颜丙一听这话，生气地问："你说什么？就凭我金代忠良之后，怎么能干出这样的非人之事？来！你们跟我走！我要救你们。我能够把你们救出去，那更好，我救不出去，愿意跟你们一块儿死。"他又对家丁们说，"把你们的衣服脱下六套，越快越好。"家丁们都把衣服脱下来。他告诉完颜雍他们："你们六个人穿上家丁的衣服，我装作是巡查各关的，每个城门都归我管，我可以看一看，有机会我可以开门，开了城门就把你们放出去。"他们便高兴跟着完颜丙而去。他们西门、北门不敢走了，就往南门走，到了南门被看门的人拦住了。

完颜丙上前说："你们知道吗？劫法场的那几个人，已经跑出城外了，我要出城门抓他们去，赶紧给我开门！"看门的人紧忙上前请个安，说："启禀将军，我们奉丞相肖裕的命令，没有圣上的旨意我们不敢开门，请你原谅我们。"

完颜丙发怒了："怎么？我说了不算吗？我是四门的总督。"看门的人说："是啊，你说的不错，可是这个时候不能再听你的了。"

时间紧迫，完颜丙一看，不能跟他们磨叨了，回头命令家丁："给我上！"完颜丙也冲上去了，看门的人直往后退，不敢动手，谁敢杀他？那时候，要是杀了将军不管是谁，有理没理就得灭门呐。只许完颜丙杀手下的兵丁，而兵丁不敢杀他。他硬逼着看门的人，说，"把钥匙给我。"看门的人只好将钥匙交给他了。他把门开了，把他们六个人都放出去了，并嘱咐，"你们赶紧逃跑，无论如何不要恋战，要是恋战，你们的性命就难保了。"

胡兰塔是个热心肠，对完颜丙说："你要留在这里，还有你的性命吗？你跟我们一起走吧。"完颜丙说："不，我不能同你们一起走了，请你们多保重，对完颜雍要好好照顾。到了双顶山，希望你们扯起大旗，招兵买马，准备打回来，如果我能活着，我在里边可以给你们做接应。"

完颜丙回来，傻了，惹祸了，当时就跑到秉德那里去。他一寻思：我点子少，得去找秉德，他最近很反对海陵王，他也许会有计策，便奔秉德府上去了。他把发生的事情从头到尾一说，秉德听了是又高兴，又害怕。高兴的是，他把六个人都救了。害怕的是，恐怕这事情要牵连到完颜丙。他又一寻思：我早已将生死置之度外，说："这样吧，我让你去找几个人，咱们在一起合计合计。"完颜丙问："找谁呢？"秉德说："把老太傅宗本请来。然后，你把宗美也请来。他这个人，遇事沉着。"秉德还告诉完颜丙，"另外，你再把平阳王完颜禀和毕王宗哲请来。赶快请来，事不宜迟。咱们现在如果不动手的话，恐怕就被动了，那就不行了。还有唐括辩，你也把他找来。"

完颜丙说："怎么的？找别人我以为都可，唐括辩帮海陵王杀熙宗，怎么能找他？"秉德说："你不知道，最近唐括辩和我合计了，大家要集中到一起，我们共同起义。"

说话简单，就把唐括辩、宗本、宗美、宗哲、王完颜禀这些人，一一都请到了秉德家里。

秉德参拜了宗本，然后请大家落座。因为完颜雍被劫走了，完颜丙放走了六人，海陵王又知道他们都是有反心，所以心里都很紧张。

秉德说："事已如此。今天，我们再不动手，就要落到海陵王手里。"

这时，跟随宗本的有个白面书生站出来，说："各位所说的道理，跟我所想的是一样。"大家一看，不认识他。秉德问："这人是谁呀？"

宗本说："他是去年投奔我来的，名叫肖玉。"肖玉赶快过来给秉德请个安，说："我认识你老人家，我姓肖名玉，是肖裕的叔伯弟兄。"秉德吃了一惊，"啊"了一声。

宗本就乐了，说："你别看他们虽然都是老肖家的，但是他对肖裕恨之入骨，对海陵王更恨之入骨，他恨不得一时将他俩都除掉，另立新王。这是肖玉的本意。"秉德问："是这样吗？肖玉说："对，没错。"秉德说："那好吧，既然这样那咱们就对天发誓，歃血为盟。"他们立即决定集中各府的家丁，务必在明天子时聚齐。

肖玉自告奋勇，说："肖裕还不知道我跟宗大人有联系，我可以到他那儿去。我带着几个家丁，我先把肖裕杀了，你们就动手了。"大家情不自禁地道了一声："好！"

行动步骤研究好了，只是感到宫内无人做内应。秉德说："有一个人……""谁？""这个人原名叫乌带，是定哥的先方丈夫。现在改名叫乌文，在宫里做秘书监，他看起来不像跟海陵王一条心，如果把他联系起来，那么，我们大事可成。"

肖玉说："那好，我可以直接同他联系，乌文这人我知道，但我不知他就是乌带。

第二天半夜，各府的家丁披挂整齐，到了秉德府上，共有六十多人。这些人进了院，被让到后屋，悄悄行事。

这时，秉德准备朝见皇上，好把人带进宫杀海陵王。大家很高兴，心里很紧张，弓上弦，刀出鞘，披挂整齐，跃跃欲试。

这时，肖玉回来了，说："我已经和乌带联系好了。"说着，领乌带进来了。乌带一看，含着眼泪给大伙儿磕了一个头，磕得脑袋都出血了，说："我呀，我之所以能够活着，唯一的目的是要报仇。今天，我能得到这个机会，我是三生有幸。"

大伙儿把他拉起来，秉德说："你是在宫内做内应，你很受海陵王的信任。我们进去了，一得手，我们说'斩'，你就伸手。"乌带说："你放心吧，我是秘书监，是不离他左右的。"肖玉说："那好，既然这样的话，我和太傅回去做准备。"

突然，外面家人慌慌张张地跑进来报告："可不得了了，海陵王的卫兵上来了，把咱府围得里三层外三层，水泄不通！"

秉德一看坏了，"啊"了一声，心想：怎么回事呢？肖玉在里边也害怕了，大伙儿都很害怕。为什么走漏了消息？难道说这里有内奸？不能啊，凡是来参与出谋划策的人都在这里，如果有内奸，他不能在这里，他得跑啊。可是，在那个时候，上来的卫兵是不容三思的，只听外面"咕咚咕咚"几声巨响，墙也塌了，门也开了，五百多名卫兵穿着盔甲，有拿刀的、拿枪的，还有弓箭手。

卫兵闯进府里，秉德说："咱们豁出命来杀吧。"他们就与卫兵们交了手，冲了几次，又被打回来了。终因寡不敌众，都被抓住了。抓了三百多口人，海陵王下旨，公布这些人的罪状。老太傅宗本也在其内。宗本非同一般，他手里有把金刀，这是老太祖留下的，有了这把金刀，可以上管君，下管官。

宗本被海陵王找上朝了，海陵王瞅瞅他，说："我抓住了一批叛逆。"说着，"叭"的一声，就把罪状交给了宗本，说，"请你过目。"

宗本看了半天，撂下了，说："这个叛逆，我也参加了。我们不是想加害于你，我们打算先向你进谏，如果你改了，那么就好了，如果你不改，那就要杀掉你。至于我，你就照量办吧。"说完，他把金刀"唰"的一声抽出来，往怀里一抱。

海陵王一看这样，吓得脸有点儿变色，说："太傅息怒。我知道你是参与这个事情，你是一片忠心，同他们不一样。希望你以后还得好好管理国家大事。"

书中交代，当时金国有三大免死斩王法宝，一牌二鞭三刀，都是金太祖赐给功劳最大的兄弟和子女。金牌能使用三次。金鞭能使用一次。金刀可以把昏君赶下王位。宗本抽出金刀抱在怀中说："我主，这三百多口人固然有罪，但都是保国忠臣良将，斩了他们等于去掉大金国大半个朝廷。你真要传旨斩首，我可要执行家法。"说完，圆睁双眼怒目而视。

海陵王思索半天心中暗暗埋怨：太祖呀，太祖！你为什么留下这些法宝，弄得我这个皇上没法治他们，故作笑容地说："叔王，依你之见，哪些人当斩，哪些人应赦。"宗本心想：好呀，你倒推个干净！便站起来，当着文武大臣的面大声地说："众位大臣，万岁口谕，命老臣决定哪个当斩哪个当赦。老臣谨遵圣旨，郑重宣布，把三百多人全赦，把老臣推出斩首。因为我带头密谋。"说完把金刀交给儿子，倒背两手紧闭双目一言不发。这一举动吓得文武百官目瞪口呆。

海陵王心想：这老家伙真刁，本打算将他一军，他却使出这一招儿。书中交代，老王在位的时候，传谕后代凡持有御赐牌、鞭、刀的有功之臣，免于死刑。海陵王见宗本闭目等死，忙传旨："把老王爷扶上王椅。"连连说，"叔王息怒，可以从长计议，朕一定再查一次，该赦免的一定赦免。"说完吩咐左右，"请老王爷回府等候佳音。"也没等宗本说话，就派人把他送回府。

送走宗本以后，海陵王命武士把三百多人押入大牢听候发落，又传旨留下肖裕，其余人散朝。

君臣二人来到便殿，海陵王打个咳声说："爱卿，你看到了吧！这些老家伙当道，朕如何能坐好龙位呀！"边说边来回踱着步。又狠狠地说，"不除掉这些人朕的龙位是坐不安稳。你说可怎么处理这桩事？"肖裕躬身说："依臣之见，不如放一批关系不大的人，给宗本老王爷一个面子。至于剩下的人尽快杀掉，老王爷要是知道了，木已成舟，谅他也翻不了大浪。"海陵王点点头。两个人又密议到四更天，定下斩八十人留二百四十人流放边疆。

当宗本知道信后，八十人早已问斩了，这些开国忠臣良将死于海陵王之手，只有秉德等人因杀熙宗有功免于死罪。从此，一个宗本，一个完颜雍成了海陵王心头之患。

却说老太傅宗本，因未能保住八十位忠臣性命，闷闷不乐，便思量除去海陵王的办法。他想：我现在是一个人，没法反对他，我只有暗暗地联系一些人。我一定要铲除这个无道昏君，恢复大金国的天下。所以宗本有时上朝，有时不上朝。依仗他是老将，完颜亮也不敢轻易动他。但是他也有想法，宗本的父亲和完颜亮的父亲两个人关系不和，因为这个，宗本的父亲曾把完颜亮的父亲贬到外省，所以完颜亮开始对宗本不满意。但不能一下子把他们全家都铲除，可是找不着把柄，随便动弹不了。宗本说一句话，满朝文武没有一个人不赞成，势力比较大，他不敢动。他怎么铲除家门口这个隐患呢？这是他要想的问题。

这天散朝后，他把肖裕留下了。肖裕微微地一笑，知道完颜亮的打算。肖裕自从当了现职之后飞扬跋扈，总嫌自己的官小。尤其秉德，对他来说是个很大威胁。肖裕感到有秉德在的一天，自己恐怕是不消停一天，心里便嫉妒秉德，恨不能一时把秉德干掉。就在这时候完颜亮散朝以后把肖裕留下了，肖裕比谁都精啊，就假装说："我主，你今天把我留下有什么事情？"完颜亮把伺候他的人打发退了，完颜亮说："你坐下。"肖裕坐下。完颜亮说："唉，我有件事，我自从坐了皇位之后，你给我尽了很大的力。你知道我跟前有两大隐患。"肖裕点点头说："一个是完颜雍，一个是宗本。"完颜亮说："完颜雍逃跑在外，完颜充已经追去了。我估计不日就可以把他抓回来。宗本，这个祸根我是没有办法。"肖裕微微一笑说："我主，这个事情你交给我吧。你就瞧等着我们屠杀宗本全家。"完颜亮问："你有什么策略？"肖裕说："你不知道，现在秉德和宗本有不明不白的事情，我想派人去调查。"完颜亮说："啊？秉德能这样吗？"肖裕说："对，有过这事。"

书中交代，确实是这么回事。秉德自从当了丞相之后，心满意足，感觉挺好。可是这个人有点儿良心，完颜亮登基坐殿之后，杀了不少人，这还不说，竟然把熙宗的女家眷都纳入后宫，不分辈分，自己的叔伯姐妹的也弄到宫里当妃子去了，心里暗暗地不高兴。杀熙宗是秉德所愿意的，但是他不是真心实意拥护完颜亮当皇帝。秉德没那个想法。那么秉德看中谁了？秉德看中完颜雍了。他以为把熙宗杀了后完颜雍能出来当皇上，这是他的心中打算。可是偏偏完颜亮夺了王位，他也没办法，就顺水推舟，反正自己也捞了一个官。时间长了，他心里越想越不是滋味，就去找宗本。头一天宗本不接见，第二天还是不接见，到了第三天没等传报他就进去，见了宗本就跪倒了，痛哭流涕，跪在那儿不起来了。宗本说："你是丞相，你到我这儿来，跟我痛哭流涕，你什么意思？"宗本因上次海陵王免了秉德的死罪，对他已不信任了。秉德把他的心思跟宗本一说，宗本嘿嘿一阵冷笑："你不要来骗我，现在海陵王不是你辅佐起来的吗？你居然又跟我说这种话，待上朝时我禀报皇上，拿你是问。"秉德说："我知道你是不相信我，但我可以和你说一下自己的想法。开始时我确实对熙宗不满意，他昏庸无道，酒后错杀了不少人，这些事老王爷大概你是知道的。"宗本点点头："不错，他是有这个毛病。但是我们不应把他杀了，我们应该劝他呀。"秉德说："那如果这样，熙宗仍然在位，你想想，还有多少人要死在他的手下。"宗本寻思半天，说："你辅佐海陵王，杀死的人，干出的事情比熙宗怎么样？"秉德说："是啊，正因为这样我才来见你。无论如何我要表达我的肺腑之言。不然我死之后没脸去见列祖列宗。"宗本能信这话吗？就把他搋出去了，说："以后你不要再说这种话，我饶你这一次。"

　　秉德被赶出去之后，宗本心里七上八下的，总觉得是个事，心想：秉德是完颜亮打发来试探我，想杀我呢，还是秉德是真心的呢？第二天上朝时，宗本还假装没事似的看看动静。海陵王跟秉德确实有些隔阂，因为肖裕跟海陵王说这话，海陵王从上朝就对秉德没说什么，一连四五天，秉德也有些毛丫子了。他心想：每天上朝时都要找我商量事情，为什么这四五天一句话也不跟我说。这是怎么回事？这天又上朝，秉德就跪倒了："启禀我主，不知道为臣我这两天有什么不对之处，请我主告诉我一声。"海陵王说："你自己的事情你自己知道。"甩身就回后宫了。这下把秉德弄得更是不明白，是上次联合进谏弑君的事还在耿耿于怀？如果宗本把我告了，不会把我的脑袋留到现在。心里实在过意不去，不知怎么办才好。

　　宗本手下有一个毕天士，他就是上回杀海陵王事件中的肖玉，因有宗本的关系免死，在这里有个外号叫肖老三，他大哥二哥不务正业已经死了，唯独这个肖老三念过不少女真文和汉文的书，胸中有很多文章，张口就来。宗本有什么文章或难解的事了，找这个肖玉来给他解决，他是宗本很得力的助手。肖裕从到京城之后，知道海陵王对宗本不能铲除，他就有意把肖老三拉拢过来，说："你是我的兄弟，好好伺候宗本老王爷，他无论有什么意见，你都想法告诉我，我会及时处理。另外，你可要清醒，当朝的皇上和宗本有些分歧，你要注意，稍微对宗本靠近些，就要小心你的脑袋。"肖老三是个胆小如鼠的人，也想着升官发财，再加上肖裕跟他说，"只要是你能积极传递我的消息，我保证在皇帝面前给你官上加官，禄上加禄。"几句话就给肖老三收买了。所以说秉德见宗本的时候，肖老三知道，秉德说什么话，肖老三也完全知道，然后就把这个事情告诉肖裕。肖裕说："很好，你还要继续注意他们二人的行动。"这天秉德一看海陵王跟他这样的冷淡，心里更加愤恨，恨不能一下子把完颜亮杀死。

　　这天秉德又溜进宗本王府，到宗本王府又跪下一阵哭诉，宗本没答应，秉德实在没办法，站起来说："这样吧，我怎么的你也不相信，我可以在你面前表示一下吧。"说完就抽出刀来照自己的左手就攮一下，鲜血直流。宗本一看这个，赶紧把他拉住了，给他包扎，叹一口气，说："你呀，如果说之前你和完颜亮共同谋害了熙宗，应该是十恶不赦，看你现在的表现还不错。这样吧，有什么事情咱们可以经常来商量。"从这以后，秉德一有工夫就到宗本那里去，两人密谋，宗本一看他是真心想刺杀完颜亮，宗本说："这样吧，你不要随便乱动，刺杀这个刺杀那个的。这样太不好了。怎么办呢，你和我咱俩共同拥护他，规劝他，让他改过自新，让他赶紧把完颜雍请回来，共同治理江山，咱们的太祖夺天下很不容易，难道说在咱们手里平平白白地扔了吗？"

这番话叫肖老三听得真真切切，肖老三成了内探，然后把这事情告诉了肖裕。肖裕想，好了，到时候了。这时肖裕把秉德如何到宗本府里的经过跟海陵王一说。次日，海陵王一登朝，说："来人，把肖老三带来，我有事要问。"宗本坐在那儿丈二和尚摸不着头脑。别人都可以站着，他可以坐着。肖裕以前就告诉肖老三："兄弟，将来皇帝叫你时，你原原本本地说，不要害怕。你说完之后管保能封你为官。"肖老三上殿了，上殿后就把秉德和宗本几次密谋又添油加醋地说了一番。海陵王当时一拍桌子："把秉德给我带上来。"秉德一听就傻了，上来之后吓得哆哆嗦嗦。海陵王问，"秉德，肖老三说的是不是真的，你如实招来。"秉德没吱声。海陵王又问，秉德还是没吱声。一连三次，海陵王告诉武士，把他左耳朵割下来，看他还说不说。武士就把秉德的左耳朵割下来。秉德鲜血淋漓地上来，海陵王再问，"你还是说不说？"秉德还是低头不语。宗本一看气得了不得，突然站起来说："不要再虐待秉德了，我说。"海陵王看了一眼宗本，说："既然你说，那你就说吧。"宗本说："他是到过我那儿去，我是对你最近的行为很不满。我觉得你辜负了我们祖上的祖德，你竟然做出无耻乱伦之事，能够让大家心里满意吗？再者，你既然登了九五，就应当好好治理国家，依我之见，你应当赶紧地痛改前非，把完颜雍请来，我们共同治理国家。"

海陵王一听，说："这是真的吗？"宗本回答说："这是真的。"海陵王问："确实是真的？"宗本说："我和秉德也是这样说的。"海陵王又问肖老三："是不是这回事？"肖老三添油加醋地说："不是，他们想要宗本当皇上……"海陵王一拍桌子："来人，把宗本也给我拿下。"便把宗本也绑上了。然后派御林军把宗本府团团围住，把宗本府和他儿子的府以至于宗本妹妹的府，整整抓了一百三十人。这一百三十人一查，是一百二十九人，又少一人。一百三十人为什么剩一百二十九人呢。海陵王下令先不要斩，再去追。

宗本手下一个老家人，这人七十多岁，儿子也死了，儿媳妇也死了，手下就一个小孙子。这个小孙子也就五岁，因为宗本对这个老家人很尊敬，所以不让他到王爷府来伺候他了。还派两个人来伺候他。每月又给银子又给什么的，来抚养这爷俩。偏偏这天围王爷府的时候老家人听说了，就去了。可去了一看，绑这个绑那个，他赶紧就把宗本最小的孙子背到他的家里，算救出一个，所以怎么查都是一百二十九人。一查说是少了宗本的小孙子，就在全城专门搜查。搜查来搜查去，到老家人这来了。老家人一看不行了，又一寻思：宗本呀宗本，你就这一个后了，我如再把他献出去，你全家就绝根了，一个也不剩了。想到这儿，他一咬牙，把他自己的孙子送出去了。让他的孙子穿上宗本孙子的衣服，然后忍痛把他孙子舌头割去半拉，割去舌头后交出去，这样就凑齐一百三十人。第二天，宗本家的一百三十人，加上秉德家的二十人，一共是一百五十人，一个一个地杀了，然后埋到一个大肉丘坟里。这样，震动了古今中外的海陵王屠杀宗本的事情就发生了。老家人一看这里待不下去了，就领着这个宗本的孙子远走他乡。以后金世宗当了皇帝的时候，他才领着这个孩子出来了。

杀了一百多个人，埋上肉丘坟，海陵王这个高兴。这回怎么样，宗本家属里的女的一个也没留，害怕她们一个个倔强，宁死不屈。海陵王把宗本的缺差、秉德的缺差都给了肖裕。把宗本的家产也给了肖裕一半。还把肖老三提升为府丞，也是一个官吧。

这件事结束后，海陵王总是闷闷不乐。有一天夜里，一轮明月从庆元宫柳林中升起，海陵王一个人在御花园来回散步。走到幽月亭附近，就听亭中有男女说笑之声，偷偷一看，不由得怒从胆边生，恶狠狠地骂道："狗奴才竟敢胡作非为？"

不知到底出了什么事？且听下回分解。

第十四章 | 高福娘宫中争宠
会宁府重阳赛牛

　　海陵王虽然平复了反对他的集团，深深地感到群臣对自己越来越疏远了。十几天里就有三四十封上书告老还乡的奏折。美女、歌舞也引不起他的兴趣。更重要的在他心中的大敌一日不除一日安不下心来，这就是众人拥护的完颜雍。夜晚也睡不着，一个人漫步在御花园里。当他月下闲步时，就听幽月亭中有男女说笑之声，吓得他赶忙抽出宝剑大喊一声："什么人？"只见从亭子中跑出一男一女。海陵王赶忙追了上去，在月光下一看，原来是他的三等侍卫特木哥调戏一个宫女。其实海陵王对这种行为没放在眼里，可是这些日子正在闷闷不乐的时候，便愤愤地说，"可恶的奴才，今晚先不斩你，等明天早朝，在众臣面前斩首示众，给我滚开。"

　　海陵王本想吓唬他一下，可是特木哥早吓得屁滚尿流。回到家里，饭也不想吃，垂头丧气一头倒在坑上。他的夫人高福娘从东间房端着一碗小肉粥，使女端着四样小菜走了过来，擦抹炕桌，款款走到他身边，娇声娇气地说："怎么啦？像落汤鸡似的有什么大事看把你愁得这样子。唉！自从嫁给你，真是没有过一天欢乐的日子。"

　　书中交代，这位高福娘在会宁府可是知名的美人。在会宁府有一句顺口溜："只要高福娘在街头站一站，羞得百花不敢看。"天生的秀气，无比的娇嫩，本来出生在呼尔汉河江畔，十五六岁就风华绝代，天生一种魅力。特木哥正好出差经过这里，半抢半拉就把她弄到手，成了亲。高福娘自从到他府中，总是闷闷不乐，心想：我这朵鲜花插在了牛粪上，看宫中那些女人，哪个长相能跟我比，却叫皇上看成宝贝。天天没事望着皇宫唉声叹气。

　　特木哥看了看高福娘那千种风情，万般娇媚的动人姿态，心里一动，要是把她献给当今万岁，说不定能免我一死，想到这猛地翻身坐起。他一把搂住了高福娘，使女赶忙退出房间。高福娘挣脱了特木哥，娇声说道："你这是怎么的啦？"说完躲到一旁。

特木哥趁势"扑通"一声跪到高福娘面前，泪流满面地说："夫人，你得救我，不然我命休矣。"高福娘愣了一下，赶忙要扶起，可是特木哥执意不起来，一个劲儿苦苦哀求，"夫人不答应，为夫我决不起来。"高福娘"扑哧"一声乐了忙说："哟！我一个大门不出二门不进的小女子，有什么能力挽救你这位堂堂三等卫士呀！再说你究竟犯了什么罪？也得说个明白呀。"这一问，可难坏特木哥，不说吧，也没法提下步，如果说吧，在老婆面前也真难开口，又一想，救命要紧，便把幽月亭的事学说一遍。高福娘呸了一口，生气地说："真是不知羞耻，吃着嘴里，还想锅里的。"心里却想：好哇！这是我出头露面的好机会，说不定王妃、娘娘的缺能落到我头上，怪不得老萨满看相说我有贵为妃子之喜，想到这又故意说，"自作自受，我哪有那样的能力。"

特木哥跪爬半步说："你能行，当今万岁正在广收天下美女，夫人真要被万岁看中，艺压群芳。只要万岁爷一高兴管保会赦免我。"高福娘一边扶特木哥，一边说："你先站起来，慢慢商量才是。"两个人二番落座边吃边谈论起来。

其实这是高福娘是梦寐以求的愿望，却故作勉强的姿态，叹口气说："这件事好说不好听，知道的人，是为救你才想出这下策，不知道的好像我是攀龙附凤喜新厌旧的人。"特木哥赶忙拦住话，连连说："夫人此言差矣，救人一命胜造七级浮屠。为夫是永世不忘。再说，夫人才色双绝，在我家中已是屈尊了。夫人一旦贵为妃子，下官也能沾光不浅，望夫人不要再推托了。正好，昨天万岁下旨，明日早朝命五品以上的二十五岁以下的妇女齐集乾元宫供万岁挑选，谁要隐藏，全家问斩，你何不趁此机会，朝见君王。"

第二天早朝，乾元宫热闹非凡，各色轿子挤在乾元殿门外，敬候旨意。海陵王早把昨天夜间的事忘到脑后，一心要选美人，连朝议都不顾，直奔乾元宫。一到卯初，黄门官高声宣旨："皇上口谕，命各府美人过殿。"只见从轿子中纷纷走下来的女人都打扮得花枝招展，有的人愁容满面，也有一些人兴高采烈。高福娘随众步入了大殿。别人都穿红挂绿，浓抹姻粉，她却淡扫眉山，穿一身月白素衣，外罩葱绿色的短衫，真像万花丛中一点白，再加上出人的容姿，真是压倒群芳之势。当众参拜时，她偏偏比别人慢一些，更是显眼。海陵王一看这些美人，不由自主地走下宝殿。这时卫士把她们分成两队，面对面站着。高福娘故意站在左队的队尾。别人都低着头不敢正视皇上，她却一副笑容可掬的样子。海陵王一个一个地看，看不中的一挥手被卫士拽出殿外，还狠狠地骂了声"丑八怪"。

当走到高福娘身前，海陵王不由"啊"了一声，像泥塑似的站在那里，半天没说出一句话，只听耳旁一声莺声燕语："给万岁爷请安，愿我主万岁！万岁！万万岁！"海陵王才如梦初醒。高福娘这时已经飘飘下拜。海陵王忙说："免此大礼，起来说话。"接着问，"你是哪个府里的美人，朕怎么没有见过你呀？"高福娘站起身来请了个安答道："臣妾高福娘今年二十二岁，是三等卫士特木哥之妻。"海陵王这时才想起昨夜之事，顺便问："他在哪里？""正在殿外请罪发落，望万岁饶他这次鲁莽行为，小妾代为赔罪了。"说完又要跪倒，海陵王忙不迭地说："不必不必。他能献上如此绝代佳人，何罪之有，叫他大殿听封。"剩下一些妇女，海陵王草草一顾匆匆结束。他手拉着高福娘坐上龙辇走上大殿，钦封特木哥为一等卫士，把高福娘安排到新建成的宫中，并命名为福元宫。从此海陵王在福元宫中日夜鬼混，一连七日不朝。

完颜宗义早就对海陵王妄杀无辜，荒淫行为愤慨异常，又来一个狐狸精，更使他为国担忧。就在海陵王不朝政第七天，他以问安大氏为名，把海陵王多日不朝，沉湎于福元宫之事哭奏于老太后。就在当天下午大氏太后传见了海陵王。

海陵王参见母后之后，大氏沉着脸问道："我儿几日来怎么啦？"海陵王吃了一惊，心想准是哪个大臣密奏了太后。赶忙跪倒说："因高福娘新选入宫不懂礼法，儿教她一些宫中规矩，已七日了。"大氏一听大怒叱道："好你个混账东西，教育嫔妃之事乃是正宫职责，做皇帝应该管理国家大事才对。"海陵王连连叩头说："谨遵母命。"

回到福元宫，高福娘赶紧迎出宫门，海陵王气呼呼地坐在龙椅上说："不知哪个不知好歹的家伙敢在太后面前告我一状，等我查明之后，一定要杀他满门不可。"高福娘一听暗暗咬牙，心想：竟有人在太后面前敢告我的状，等我有机会，非报此仇不可。她满眼流泪"扑通"一声跪在地上说："万岁应以国家为重，不能因小妾疏远满朝文武，我自蒙皇上厚爱，没承想弄到这步田地，活着有何用？"说完，站起身来，摘下墙上龙皇剑就要自刎，并且说，"我三生有幸得遇陛下，今生不能和皇上白头偕老，来生定当再结良缘。"海陵王慌忙夺住宝剑说："这事不怨爱妃，是那些不忠于朕的逆臣。"高福娘又问："陛下想怎样查？"海陵王笑了笑说："朕自有办法。"忙从外叫进一名宫女,附耳说了几句,不一会儿那位宫女领进一个老宫女。

参拜已毕,海陵王忙问:"今天有谁到太后宫里奏事?"老宫女赶快跪倒启奏:"只有宗义大人问安。""他说了什么?"海陵王追问一句。其实这个老宫女明面派去侍候老太后,暗中是海陵王安排的一个眼线。凡是老臣参见太后或谈及的一些问题,她都如实向海陵王暗中奏禀。不但大氏太后是这样,其他几位太后和王后、妃子等处都有他的耳目,因此,各宫一言一行,他都能了如指掌。老宫女迟疑半天才说:"他说,陛下不应该七日不朝,沉于新欢。"海陵王点点头一摆手说:"回去要多加留神,遇事及时禀奏。"老宫女唯唯告退。高福娘听得清清楚楚,冷笑一声说:"皇帝是万民之尊,怎么这些老臣竟敢在太后面前说坏话。这样下去,你这个皇帝不是受人家摆弄,徒有其名吗?"海陵王打个咳声说:"朕何尝不想这个问题,正因如此,我也曾几次处死一些老顽固。无奈这些老家伙仗着先帝时有过功劳,没把朕放在眼里。"高福娘说:"我看,你还是心慈手软,你要迁就他们,他们就顶风上,再说……"她看看海陵王接着说,"陛下把我选入宫中,我究竟是个什么角色,不怪大臣们议论。名不正言不顺呀!陛下你说是不是?其实这些国家大事,我们妇道人家不应插嘴。可是我替陛下担心。一旦这样迁就下去,我看不太合适,其实陛下比谁都明智,一点就通。"说完像小燕子似的,扑到海陵王怀抱。海陵王抚摸着高福娘的后背连连说:"说的对,正合朕意。明天早朝你听我的封号。"高福娘二番跪倒半真半假地说:"谢主隆恩。"

五更刚过,云牌敲了三下,守门太监启动大殿正门和后门,文武官员鱼贯而入,文东武西站好。皇帝乘辇从后门升入宝座,朝贺已毕。海陵王对群臣说:"朕几日不适,未曾临朝,听说有人在太后面前告朕一状,可有此事?"完颜宗义一听知道说的是自己,忙从班中走出,跪在丹墀之下连连叩头说:"臣不知圣驾龙体欠安,有些大事急请我主定夺,才求太后传到陛下早日临朝。罪臣该死。"海陵王冷笑一声说:"你见太后是为了这个吗?""正是为此,臣确实不知圣驾欠安,以为忙于立宫,致使臣子没法觐见。"宗义进一步回奏。就是没好意思说出沉溺于新欢之中。海陵王把脸一沉说:"好哇,你倒提起宫内之事。朕不但选中高福娘,还要加封她为次妃。"刚说到这儿,班里又闪出二位大臣,是工部尚书景祖之孙木里野和御史大夫完颜宗安,一齐跪倒连连叩头说:"万岁,封不得。高福娘貌美而内奸,其淫性上京老幼皆知,在特木哥府就不安分,况且是有夫之妇。如果加封于她，有损龙威，难服众生，切望陛下三思而行。""好，你们三个人竟串通一气，来人推下去斩首。"群臣你看看我，我看看你，谁也不敢保本。肖裕从班中慌忙闪出跪倒："启奏陛下，此事应交刑部审判后再议罪行。"海陵王一听知道肖裕话中有话，沉思一会儿说："先押到大牢，以后议罪。并将家族严加看管。"说完散朝。

为什么肖裕敢出头保本，群臣议论纷纷。按照平常散朝后，皇帝在偏殿再处理一些未尽事宜后，朝仪才完全结束。海陵王知道肖裕保本必有原因，散朝后留下肖裕。偏殿里君臣行了常礼，海陵王气未消气呼呼地说："他们越来越不像话，我要杀他们，为何你又保他们？"肖裕欠身启奏说："为这件事斩他们，恐怕群臣不服，臣以为应该想出良策再消灭他们，才能名正言顺，杀之有理。"说罢二人又详细密谋一阵。

就在三位大臣被囚十天以后，一日早朝，海陵王当众加封高福娘为次妃。当然要举行一番庆贺。从此，高福娘名正言顺地成为仅次于正妃的宫内主要人物，干了不少坏事。这是后话不提。

肖裕手下一位令史叫遥舍。肖裕在南京任留守时，就是他手下的红人。因为他善于体察肖裕的心情很受赏识，所以有什么重要差事都委派他去办。自从宗义三个人入狱之后，肖裕昼夜秘密筹划如何除掉这三位大臣。终于策划一套栽赃陷害的毒辣手段。一天夜里他把遥舍叫到私宅，摆上家宴，在席间两个人密谋到三更。

第二天早晨，海陵王从北辰门进入宝座，刚一坐下便看看左右问道："肖裕丞相，朕令你派人到三个犯人府中搜查，不知进展如何？"肖裕赶忙出班启奏："臣已奉旨着令史遥舍领卫士执行此事，他已在午门外候旨。"海陵王忙传旨觐见。只见一位身材不高，说话有些嘶哑，稍微躬腰的六品官员，赶忙跪倒低头启奏："小官奉丞相手谕查阅三府情况，在完颜宗义的书房中查出有三人的四封誓书和给契丹各部的密信。"说完，将两件密信呈到龙案。其实是早已安排好的圈套。海陵王也没细看，不由得拍案大怒，喝道："这三个叛逆，是早有蓄谋想要加害于朕。来人，将三个逆臣满门抄斩。"就这样三位老臣及其家属三十多人死于刀下。

高福娘自从得到谕封，简直不知怎么高兴才好。本来不太懂宫中礼仪，偏偏要摆出一副架子，见到宫女总是仰着头，谁要遇见她，不行礼便破口大骂。弄得宫中人等没有一个说她好的。这件事被正宫徒单氏知道，觉得这样下去对宫中的上下人等没啥好处。这一天吃完早饭正是朝拜正宫的日子，各宫妃子、嫔女及宫女都到正阳宫朝拜。高福娘不懂这套国礼，满以为她是海陵王宠妃，便轻轻一拜说："大姐姐您好！"凡参加朝拜诸宫不由得大吃一惊。徒单氏是位宽厚仁慈的人，也没多加怪罪。朝见完了，徒单氏笑呵呵地说："好妹妹，你先留下我有话说。"高福娘只好留下，徒单氏教给她一些宫中礼节，尤其对逢三排五的朝仪，徒单王后再三叮嘱："这是太祖留下的规矩，谁要违犯，按国法论处。"又郑重地说，"好妹妹，你真要再触犯宫规，本宫也没法救你。我送给你一件国宝。"说完，把她领到另一间屋子，只见香案上供着一位老太太的塑像，徒单氏先参拜后，告诉她这是太祖大妃，赶紧参拜。参拜完了，徒单王后从衣柜中，恭恭敬敬地捧出一套旧宫服，严肃地说："高福娘，跪下，这是太祖大妃遗物，今天我恭送给你，望你加倍珍惜，做好嫔妃分内之事，让当今万岁安心治理大金国。"高福娘一看，差点儿没乐出来，心想：我以为什么国宝，原来是件旧布袍子。她忙说："我有不少新制宫服，这件还是留给姐姐用吧。"

　　正在这时，宫女慌慌张张来报："大氏老太后来宫。"话音刚落，大氏一步走进门来，徒单氏正捧着衣服，也不敢随意放下，又要接老太后，只好捧着衣服跪接太后。老太后严肃地问徒单氏："你怎请出先祖大妃遗物？"徒单氏只好把方才经过说了一番。太后转向高福娘叱道："既然正妃赏赐传国之宝，你为何不谢恩？"高福娘哪懂这些规矩礼法，自幼就任性放荡，从来不听父母教导，十五岁就和男性发生不正当关系。养成自恃其美，对任何人和事都没放在眼里。高福娘仍然满不在乎地说："谢太后、王后赏赐之恩，不过小妃已有很多宫装宫服，不缺这样服装。"太后一听勃然大怒："好你个不知进退的东西，来人，把她的凤冠给我摘下，打入冷宫。"徒单氏赶忙跪倒，口尊："太后息怒，怪我没有教导，要罚就罚儿媳吧！"说完不住叩头，高福娘这才知道问题的严重性，吓得她跪在那里不敢抬头。太后半天才说："看在王后面子上，免入冷宫，去掉次妃封号。"又对徒单氏说，"你是宫中之长，就下令免去她次妃的封号。"说完气呼呼地回养性宫中。

　　高福娘弄了一鼻子灰，哭哭啼啼回到福元宫，一头倒在炕上大哭起来。正好海陵王来宫，一看高福娘哭的这个样子，赶忙扶起来细声问道："美人，你的凤冠怎么没戴？为啥哭成这个样子？谁欺负你，和朕说明白，我一定替你出气。"高福娘更是大哭特哭，连哭带说："你们宫里简直让人喘不过气来，王后给我一套旧布衣服，说是太祖大妃留下的，她不喜欢穿，硬说是国宝，要送给我，我能穿那样的衣服吗？就在这时太后也来了，王后鼻子不是鼻子，脸不是脸在太后面前告我一状。太后听了她的花言巧语竟摘了我凤冠，去掉次妃封号，你说我还怎么见人，不如死了拉倒。"

海陵王一听倒吸一口凉气。心想：你真不知好歹，放着地上祸不惹，惹天上祸。这还了得，这是犯欺君犯上之罪啊！待了好一会儿，才赔着笑脸说："美人，别哭，你哭我心痛。等我面见母后为你说情，至于王后我要好好训斥一番不可！"说完又百般安慰才安静下来。海陵王知道这件事的严重程度，只在太后面前认个错，也没敢申斥王后。这件事马上传遍了整个皇宫，都背后议论纷纷。高福娘成天在海陵王面前，不是说这个嫔妃拿她不当人，就是那个宫女看不起她。正因如此，高福娘一入宫就引起一场宫内的杀戮。海陵王为了讨高福娘高兴，不是拷打嫔妃就是杀死宫女。

宫中抓来的有夫之妇，海陵王不太限制跟前夫会面。有一天，高福娘的前夫忽然来找她。特木哥鬼鬼祟祟地告诉她："最近有些宫内嫔妃和宫女要暗害你，可要多加小心才是。"吓得高福娘行走坐卧也不敢离开海陵王。活该有事，海陵王要到太后山祭山，这位不知进退的高福娘死皮赖脸要跟去，海陵王只好带她走一趟。

高福娘一走，宫内好像去掉大病似的。宫里有位来自原庆王宗室的小妾，小名叫里哥，这姑娘生性刚硬，屡屡顶撞海陵王，海陵王本想把里哥纳入嫔妃行列，可是高福娘屡次从中作梗。一些被海陵王强制抢入宫内的被害家属也对海陵王心存不满。正是七月十五日，趁海陵王朝山不在宫内的机会，她们偷偷待在一起暗暗地哭奠死去的亲人。里哥趁机对大伙儿说："各位都被逼入宫中，本来就不得安生，又来个高福娘，更是火上加油。大家能不能抱成团想个办法，除掉这个狐狸精，使宫内安静一些。"大伙儿互相看了一眼谁也不敢说什么。其中有位年岁大的长叹一口气说："宫制这么严，就是有这心，也没法施展呀。"里哥咬咬牙，狠狠地说："我倒有个办法，不知大家能否同心协力？"大伙儿忙问："什么办法？"里哥说："我家祖传有种慢性毒药，叫五更断魂香，燃起来芳香扑鼻和檀香一样味道，酉时燃起来，到五更鸡一张嘴，保证能熏死屋里的人。"可是由谁放进去？谁来燃起？里哥想了半天，一不做二不休，一只狼也是杀，两只狼也是除，不如连海陵王一同去掉，大金国能平安，也给含冤而死的王爷、章京报了仇。她这一说吓得大伙儿都说不出话来。里哥又说："既然大家没想通，我也不勉强。有愿意干的就参加，不愿意干的请大家千万别声张出去。一旦走漏风声，咱们不但性命难保，而且大事也不能实现。"说完跪在地上磕了三个头。说完有六个人表示同心协力。其余人也都表示绝不声张出去。不参加的悄悄回到各宫。因为海陵王每天都要升起檀香，所以里哥和六个人秘密合计，决定在海陵王回来之前，把毒药放在檀香炉内。

第二天，里哥把五更断魂香交给其中一个叫都尔的宫女，论起来是里哥的表妹，她应承一定照办。快到巳时，里哥来到福元宫中，一进院就喊："众姐妹快出来看，一只双头鸟落在树上。"一些宫女齐呼啦地跑了出来，东张西望看了半天，里哥哈哈大笑说，"上当啦！我是看你们待在屋里怪闷的，出来玩儿玩吧。"说完玩儿了一阵就到中午了，里哥说，"哟！晌午了，吃完饭再玩。"说完回到自己宫中。

第三天，海陵王回宫了。里哥心里像揣着一只小兔子似的，静静等待好消息。第二天一大早，里哥起床，就听传旨官高声喊着："万岁升朝了。"这一声别人听了很平常，里哥一听，吓得她不知如何是好。啊！怎么没死？难道这药不起作用？不能啊！这药百发百中啊！不一会儿，几十个卫士，闯入里哥房中，没容分说，把她五花大绑拽到偏殿。她抬头向左右一看，那六个人都被绑在殿内。海陵王和高福娘端坐上面。里哥知道事已泄露，绝无生路，索性站在那里，横眉立目一声不吱。海陵王冷笑一声说："怎么样？你们的如意算盘，没成功吧。朕自登基以来，有阿布卡恩都力保佑，有朕的忠臣义士保驾，你们这点儿阴谋，怎能得逞。"里哥一见事已至此，冷笑一声高声骂道："你这杀兄霸嫂、杀叔夺婶、强娶有夫之妇，妄杀无辜功臣、老将的昏君，老娘虽然没能成功，以后会有人惩治你。"没等海陵王说话，她一头碰在龙案一角，头破而亡。其他六个人也缢死在冷宫之中。凡是参加那次密谋之人都分到偏远地区与人为奴。高福娘又传下令，命都尔宫女朝见。只见一个打扮得花枝招展的宫女，美滋滋地出来跪在龙案前，高福娘扭头对海陵王说："万岁！这是咱们救命恩人，应该重加封赏才是。"海陵王大悦："你对朕如此忠心，朕封你为忠义夫人，并对你父和兄连升两级，赐府第一处。"都尔赶快谢恩。这场宫变如此而终。可是，高福娘从此总是日夜担心，过去千种风流，也减了许多。总好愁眉苦脸，闷坐无言。海陵王为了让她高兴，使了不少招数也不见效。

快到重阳佳节时候，会宁府一年一度的赛牛大会即将开始。按往年惯例，全国各地方选出二十头体健力大的牛，官家给以奖励，披红戴花游街三日。海陵王为了让高福娘高兴，想出一个新花样，叫"人牛相斗大会"，不管官民男女老少，谁斗胜十头牛，赏给黄金百两，白银千两，官升三级。如果被牛撞死，分文不赏。并向各京发出文书，挑选凶猛的公牛，凡选中的公牛，每头牛赏给主人十头牛价格。军令如山，何况还有那么高的奖赏。不几日，十头公牛选定，那些送牛者得了赏赐高高兴兴地离去。

离重阳节还剩几天的时候，十头公牛被披红戴花牵到街上，只见吹吹打打，热热闹闹，游街三日。这十头公牛也像通人气似的，趾高气扬，一副不可一世的样子，引得满街人的嗟叹，都说："这真是造孽呀，搞什么人牛打斗啊，这不就是拿命开玩笑吗？"可是都在偷偷地说，那海陵王这么做，主要是为讨高福娘欢心，谁敢明目张胆反对呀。

这天正是重阳佳节，日丽风清。会宁府大校场上早就搭配了两米高台，看热闹的是人山人海。海陵王和高福娘及文武大臣来到高台，坐在龙椅之上，伞盖张开，彩旗飞舞。

这时，黄门官高声宣旨："赛牛吉时已到，放出牛来。"只见场中冲进十头牛，扬角蹦蹄，耀武扬威。台前，海陵王大声说道："朕自登基以来，年年召开赛牛大会，以此遴选武士良将，好保我大金江山永固。"左右卫士齐呼："万岁英明！万岁英明！"欢呼声稍歇，司义监高声宣布："比赛开始！"就见二十名勇士，从台上一跃跳入场中。

头牛见有人进入斗牛场了，"呜"的一声，带头冲向勇士，勇士则在牛群中左躲右闪，这下激怒了牛群，它们本来就野性难驯。这时在头牛的带领下，排成一个阵势，竖起犄角，"哞哞"齐叫，一齐向二十人冲来。就这一下子，二十个勇士也没辙了，只好一齐后退，狼狈地从赛场旁门退了出来，引起观众一阵哄笑。这十头牛见取得了胜利，竟然扬头奋蹄，发出一阵胜利的欢叫。

海陵王看得高兴，跟高福娘说："爱妃，你看得可觉有趣？"高福娘说："万岁，臣妾觉得没啥意思。这要是一人斗一群牛才有意思呢。"海陵王说："好，朕就传旨。"于是传下圣旨，让单人斗群牛。并说，谁斗得过群牛，就把头牛赏给谁。

二十个人都没斗过群牛，更何况让一个人去斗，这不赔等着送死吗？一时冷场。就这时，惹恼了一位英雄，只听他一声断喝："看我的，让我来收拾这牛。"说罢，一个五大三粗像个铁塔似的汉子站到了群牛面前。

欲知后事如何，且听下回分解。

第十五章 斗凶牛　蒲察兄妹争先
王鞭下　完颜昏君认罪

上回书说到，海陵王传旨，让单人斗群牛。正在这时，从西南角跳出一人，这人五大三粗，名叫蒲察世杰，站在那里像一座铁塔。这些老牛，气势特盛。头牛个性急，没容分说，领着这些牛就冲上来了。

头牛"哞"的一声，摆平了犄角，就直接向蒲察世杰捅过来了。蒲察世杰往旁边这么一闪，没捅着，牛扑了个空。头牛回过头来照着他的后背就这么一下子。蒲察世杰，你别看他个子大，身体却特别灵活。他心想：我先把你折腾折腾，等把你折腾没劲儿的时候，我再收拾你。蒲察世杰又往这边一闪，牛又扑了个空。这回牛可急眼了，它把两个大眼一瞪，左一犄角，右一犄角，前一犄角，后一犄角，这么乱捅起来。那九头牛呢，也一齐上来。蒲察世杰一面得躲着这头牛，一面还得躲着那九头牛，穿梭在群牛之间。

折腾大约有半袋烟的工夫，观众齐声叫好，人们都议论："这头牛，看来不是这个大汉的个儿。蒲察世杰一看到时候了，他纵身一跳，跳到了头牛的背上，掏出野猪皮做的鞭子，往牛身上"啪啪"地抽起来了，抽得牛又想刨蹄子，又想甩身子，要把背上的人抛掉。蒲察世杰像钉在牛身上似的，不管它怎么翻腾，也掉不下来。他打得牛直喘，站在那里，浑身打战，不能动弹。头牛不敢动弹，那九头牛见势不好，也都站住了。蒲察世杰拿起鞭子，"啪啪"这么一抽，吓得那些牛直打哆嗦，说啥也不敢往上冲了。

这时场内场外的观众们，一个劲儿地喝彩，掌声如雷，人声鼎沸。"好啊，这真是一个英雄！"人们对蒲察世杰又惊讶，又钦佩。蒲察世杰将头牛弄到手了，回过头来，他朝海陵王拜了几拜。海陵王很高兴，问："这人是谁？"旁边的人告诉他："这是蒲察老英雄的儿子。"

真是虎父无犬子啊，海陵王更加高兴，连说："好，好好！"他心想：这人不愧是英雄，有这样的一个人，将来我大金的天下也会有所保障。

另外，他又想：我要把这个人弄到宫里，作为我的卫士，谁也不敢害我了。他是每时每刻都提防着有人害他。他自己坐在宫中，想这个人是不是对我有看法，越想越以为对，第二天一声令下就杀掉。

蒲察世杰牵着大牛乐呵呵地回来了，他妹妹一看哥哥赢了，心里有点儿不服气，她也想下场试试。

这里，海陵王又指一头大牛，问，"谁还敢斗？谁斗赢了，就给谁，照样。"

蒲察阿里紧紧衣裳，"嗖"一声蹿出去了，像一只燕子似的进了场中。人们吃惊："这不是一位十八九岁的姑娘吗，她怎么下场了？"一看，这姑娘长得像天仙一样，水灵灵的大眼睛，瓜子脸，身段又是那么苗条，大家都为她倒吸了一口凉气。有人说："她一个女流之辈，长得单巴细语的，要说在绣楼里描花绣凤还行，下场斗头牛，岂不是自找苦头吗？"可也有的说："那不一定，人家若没有点儿功夫，谅她也不敢下场。咱们大伙儿还是看着吧。"有的人认识，说："这不是蒲察世杰的妹妹吗？听说她从小跟随一个名人学过武艺呀。"她成了人们注意的焦点，议论纷纷。

蒲察阿里进了场中，九头大牛就围了上来。她从这头牛身上跳到那头牛身上，越跳越欢。这下，海陵王瞅傻眼了，他心里话：从来没见过这么斗牛的。蒲察阿里，越跳越高兴，拽出一条使用多年的红色的鞭子一抽，"啪啪"直响。牛要顶也顶不着她。而她跳到这头牛身上"啪啪"抽几鞭子，这头牛老实了，又到那头牛身上"啪啪"抽几鞭子，那头牛也老实了。

话不重提。这九头牛，几袋烟的工夫，让蒲察阿里抽得老老实实，她在当中那么一站，牛瞅着她，哆哆嗦嗦的，就不敢动弹了。结果，她领着这九头牛出了场，告捷。海陵王一看，惊得失神，舌头伸出老半天，也没收回来。他心里话：这姑娘长得这么美，又有武艺，了不起。此时此刻，他能不动心吗？他问身边的肖裕："这姑娘是谁呀？"肖裕告诉："这就是蒲察世杰的妹妹，在京城里，她是有名的女英雄。想当年，她曾跟长白山的一位老太太学过艺。那老太太，据说是天下的名手呐。"海陵王想了半晌，问肖裕："我要把她选进宫中当妃，你看怎么样？"肖裕一寻思，说道："别人我敢说，这个人……"他晃晃脑袋，又道，"我不敢说。因为什么？蒲察这家人，性如烈火，刚正不阿，谁敢惹呀，况且他们家有打王鞭，那更厉害呀。"海陵王说："我这个人凡是想到的事，我就想要办，办不到是绝对不行。来人，把蒲察阿里给我叫来。"

传令官喊道："万岁有旨，传女英雄蒲察阿里，上彩棚，面君。"蒲察阿里只好前去。海陵王瞪眼瞅她，上也瞅，下也瞅，瞅得姑娘抬不起头来。姑娘跟牛斗是那么英勇。一个男人这样瞅她，她怎么能不害羞呢？

海陵王瞅来瞅去开口赞美姑娘："你啊，真不愧是女中的英雄，男的都也赶不上你，没有别的，朕要封你为龙凤将军，看你的意下如何？"

姑娘没谢恩，她说："我就在家里，也不打算出门，我也不敢要官。谢谢当今万岁对我的嘉赏。"海陵王不解，封官她还不要，便说："这样吧，朕看中你了，你就在我身边当女侍卫，同时我封你为妃，在大妃以下，就是你了。"他这一说，旁边的高福娘不愿意了，便说："我主万岁，她既然不愿意，那咱们就别强扭瓜了。"海陵王把脸一沉，道："你知道什么，你不要跟我多嘴多舌。"高福娘不敢再吭声了。

蒲察阿里说："启禀我主，我已经许配给人了。"海陵王急问："你许配给谁了？""我许配给边关的一个大将，他叫突葛速，我们都订下婚姻了，希望我主谅解。"

海陵王计上心来，说："噢，我知道了。这样吧，我把突葛速调进京来，升他的官，给他另找一个合适的。你就进宫吧，不要抗旨。"蒲察阿里把杏眼一瞪，说道："我主，你这样做不合适，这是强占人家有夫之妇。作为一国之君，你应当深明大义才对。"

海陵王哪受过谁顶撞，当时就不满意了："好啊，你一个黄毛丫头，竟敢违背我的旨意，来人！"两边的武士，齐呼啦地上来了，海陵王又命令，"给我捆绑起来，带到后宫。"

上来的武士，哪是蒲察阿里的对手，三下五除二被她打倒在地。

"我倒要试试你，看你有多大的本领。"海陵王拿起宝剑就奔她去了。不管怎么的，蒲察阿里不敢动，要是碰破了他一点儿皮，那就犯下满门抄斩之罪呀。就在蒲察阿里稍一胆怯，停手的时候，旁边的肖裕暗中告诉卫士："快上绊脚锁，把她给我活活捉住。"

这时，天快黑了。卫士们悄悄把绊马锁开了。蒲察阿里不知道，忙于应战，她"扑通"一下被绊倒了，刚要起来，一个绳套又套左脚上。就这样强行把她抓进了宫里。

蒲察世杰一看，自己的妹妹被抓去了，那还了得。他二番冲进场内，想要救妹妹，可是宫里的兵太多了，面对几百个卫士，寡不敌众，气得他大喊一声："你这个无道昏君，我保你有什么用！"无奈，他拿着大刀，回到家里，跟父亲母亲一说，父母也没招，干着急。

蒲察世杰说："实在没办法，咱们就去投奔完颜雍吧。"

"那不行啊，"他爹妈说，"还得想法子搭救你妹妹。不把她搭救出来，咱们怎么能走呢？要走了，不是将她送入了火坑一样吗？"蒲察世杰搓搓手，咬咬牙，气得呜呀直叫，也没法。

这时，他们家有位老家人出来说："小姐遇到这样大难，我倒有个招儿。"蒲察世杰忙问："什么招儿？"

老家人说："在东面有个双锁岭，那里有五六十个喽啰，头目跟我平素间的关系还是不错的。你不如同他们联系联系，夜入宫中将小姐救出来。"

"那好。"蒲察世杰和父母感到有了希望。

老家人说："我给你写封信，你去求他。这个头目，他可以轻来轻去，蹿房越脊如走平地一样。他走路无声，轻功术是天下没比的。"蒲察世杰拿着老家人的信，急匆匆走了。

再说蒲察阿里，她被抓进后宫，绑在了金脚椅上，派了能说善劝的宫女，轮番地说服她。可是她抱定主意，连眼都不睁，任凭宫女磨破了嘴皮子，根本不奏效。

海陵王一看说不妥，就跟高福娘说："怎么办呢？我请你再去说说，你要是真的说好了，我封你为第二王后，封她为第三王后。"

高福娘一见这好事，能不干吗？她就去了，到了后宫。蒲察阿里心想：我被绑得死死的，一点儿不能动弹，不如她说什么，我就顺水推舟，只要给我松绑，事情就好办了。

高福娘来到她的面前，满脸是笑，开口称赞："你不愧是金国的女英雄，看你长得这样的美，又有满身的武艺，真令人羡慕。"可她又三句话不离正题："常言说得好，'学会全身艺，卖与帝王家'呀。再富贵，还能比得上帝王吗？另外，你看看当今皇上，正处在年轻的时候，论貌在全国也是数得着的，论才他是才高八斗，不要说在大金国，他是第一才子，就是在南面汉家天下，那也是数得着的，文笔是第一呀！你一辈子图的什么？你就是打着灯笼，上哪儿去能找到这样的风流才子？再说，他又是人间帝王。你真要进宫，就有享不尽荣华富贵，你们全家亦可封官任职。如果你要是继续反抗下去，你要想想，你的二老爹娘，因为你人头落地，那就不好办了。"

蒲察阿里觉得到时候了，把眼睛睁开了，问："来的人，不知你是谁？"高福娘做了自我介绍。

　　蒲察阿里说："噢，我知道了，你是不是海陵王最近收进来的次妃呀？"

　　高福娘说："我就是。"蒲察阿里说："那好吧，你要把我解开，咱们有什么事，好说。你把海陵王也给我找来。"

　　高福娘说："好，我回去奏禀皇上。"高福娘到海陵王跟前，忘了进朝见礼，盛气凌人地往椅子上一坐，把鸭子腿一拧，邀功来了。海陵王问她："你劝得怎么样了？"

　　"哼，我可不像那些窝囊废，说了半天也没用。"高福娘神乎其神地说，"我去了，几句话，就把她给说乐了。"

　　海陵王乐了："你可真是有功之臣，我永远忘不了你的好处。"高福娘美滋滋地说："人家说了，只要把她解开绑绳，什么事都好说。"

　　海陵王叫道："来人，去把她的绑绳去掉。"卫士们就去后宫解绑。

　　"还让你去呐，"高福娘对他说，"你去跟她谈谈心吧。"

　　海陵王不知怎么回事，不得不提防。他回到后宫，穿上了两层软甲。软甲是用铁丝织成的，网着的，如果是一层，一般的单刀砍不进去，如果是两层，那就更保险了。他里边穿上了软甲，外边穿上龙袍，一步三摇，三步九转的领着太监就去了。

　　蒲察阿里暗下决心，她誓死也要除掉这个无道昏君。当海陵王进来，她就站了起来，欲给皇上见礼。海陵王连说："免礼，免礼；平身，平身；请坐。"

　　海陵王向她献殷勤："看看，不要见怪，把你绑了起来，让你受惊受苦了。"

　　蒲察阿里回说："这……事出有因，在皇上面前，我不该计较。"

　　"听高福娘说，你是个质朴贤惠，又通情达理的人，我喜欢你。你进入宫来，我绝不会亏待你。"海陵王甚至忘记皇帝的身份，向她保证。

　　"我在认真地考虑，我是不是有这么大的福分……"蒲察阿里支吾着。海陵王和她唠了一阵，叫来下人，吩咐准备酒菜。海陵王跟蒲察阿里说："我去看看，酒菜准备得怎么样。"其实，他出去为的是把最有能耐的武士安插在外面窗下，以防万一。

　　不多时，酒菜摆上来了。海陵王和蒲察阿里一起进餐。蒲察阿里知道海陵王武艺很高，就想以酒取胜。她假装热情，面带笑容，站起来给海陵王斟酒。海陵王是海量，蒲察阿里倒一杯，他干了，又倒一杯，他又干了，喝起没头，他也不醉。这把她可急坏了，心里不知怎么办才好。

她还是年轻啊，她这一急躁，表现出来了。

海陵王察言观色，他什么不懂啊，心里话：噢，你是想把我灌醉了，一刀，将我杀了。他计上心头：好吧，我倒要试试，你想怎么样？他又连喝了三盅，他就晃荡了，不行了。这时，"哗"的一声，从外面扔进来一块瓦，把灯给打灭了。海陵王叫道："不好！"

外面一阵骚动，灯一灭，蒲察阿里知道有人来救她了，浑身增加了胆气和力量，随手摸到墙上挂着的一把长刀，照准海陵王的背后往下砍去，三砍两砍，怎么也砍不下去，蒲察阿里纳闷：难道这人是刀枪不入？她有些心慌了。

海陵王一打口哨，从外面进来四个太监拿着四盏明灯，把屋里照得通亮。

海陵王大笑："哈哈！你想要行刺本王，本王我早有防备。你来看……"他把龙袍揭开，里面是两层软甲，得意地说，"别说是刀，就是斧也伤不了我呀。"

这时候，外面一阵混乱。院子里，"嗖嗖"地跳进来十几个人，把太监杀死了七八个。外面的钟敲响了，这一响，四门层层把守上了。屋里，侍士将蒲察阿里围得水泄不通。蒲察阿里知道，事未成功。她欲做最后的拼搏，拿着刀直奔海陵王的喉咙刺去。

海陵王哈哈大笑："我预料你会来这招儿。来人，给我放箭！"蒲察阿里趁势，向海陵王的下部砍去，他左腿和右腿各挨了一刀。

这时，箭如雨下，将这位女英雄活活地射死在血泊之中。她，身上中了四十多箭。海陵王躺在地上，才想起来喊道："要往下边射，不要射死她。"这话，已经晚了。

蒲察阿里一死，可把蒲察世杰气坏了，他悲痛极了，想二番杀进宫去，不行，人手太单。去救蒲察阿里的时候，想得倒很好，可未估计到海陵王能事前做那样的准备。况且宫里势力也大。

蒲察世杰一帮人，杀出重围，回到了山上，为没救出蒲察阿里都很惋惜。山寨的头目跟蒲察世杰说："你别回家了，就跟我们入伙一起干吧。等咱们的兵马多了，杀进京城，夺了皇位，你当皇上，我当元帅。咱们就把大金国灭了。"

蒲察世杰摇摇头，说："我不是这个意思，我是想除掉海陵王为民除害。有这样一个昏君，大金国的百姓怎么会享福。这一点，请你谅解。"之后，他又给他们讲了一些道理，使得山上的人茅塞顿开。头目感到，自己的话有些失言，他说："这样吧，你是一位英雄，那咱们可不可以交个朋友，八拜为交呢？"蒲察世杰很受感动，当场答应。他们摆上香案，插草为香，结为生死弟兄。以后，这些人为金世宗立下不少功劳，这是后话，在此不提。

蒲察世杰躲在山上，不敢回来。

再说海陵王，第二天早晨一上朝，闷闷不乐，他这个人，就是这样，达不到目的总是不高兴。他气仍未消，叫道："来人，把蒲察世杰的全家人都给我绑来，我要……"

"我主息怒。"海陵王刚要发圣旨，肖裕忙说，"臣我有几句话，要奏禀皇上。"海陵王一看肖裕站起来了，知道其中有文章，他说："那好，有什么话，你就直接说吧。"肖裕说："能不能到后宫里，我再跟你说？"

海陵王心里话，有什么大不了的事，这样慎重，说："好吧。"这两个人就到了后宫。肖裕说："我主，你光靠一时的愤怒不行啊，有几条你要注意，蒲察氏家里有打王鞭，那是老祖宗赐给的，可以打死帝王，鞭子仅仅去掉三节，你不怕这个吗？"

海陵王乐了，说："那算啥？你别看它是太祖给的，对我能怎么样！"肖裕说："不对。你今天当皇帝，敢这样，你不是灭了祖宗了吗？灭了祖宗，会遭到天下人大恨，那你的皇上还能坐得成吗？"海陵王醒悟了，说："是这么回事。我要是看不起打王鞭，就是看不起祖宗。那你看怎么办呢？"肖裕说："要依我说，你应当这么办，这么办……"

海陵王听明白了，不由得高兴起来："噢，你这个道出的好。"第二天，海陵王上朝，命令："来人！把蒲察老夫妇俩给我绑上殿来。"在那个时候，姑娘有弑君之罪，她就是死了，父母也逃不脱。

蒲察世杰的阿玛被绑来了，他已知道女儿死了，跪在地上认罪，说："臣，养了这么个不孝的姑娘惊了龙驾，伤了龙体，本该万死，万死。"

海陵王说："你知道就行了，本来想把你全家问斩，考虑你为老祖立下了汗马功劳，赐给了你家打王鞭。没别的，你自己想想吧，你如果想苟延残喘地活着，朕也不怪你。如果你以为你违反了大金国的国家条律的话，没别的，我这有一把刀，请你拿回去。"

老人谢恩，拿着刀回家了。老夫妇俩抱头大哭，你说怎么办呢？有心抗旨，打王鞭没在家，在蒲察世杰手里。有心不抗旨，就这么死，那不是死得太冤枉了吗？

没办法，最后，老夫妇摆上了香案，对金太祖阿骨打埋的方向，深深地三拜九叩，心里话：行吧，我们这么死，也算是为国尽忠了吧。两个人在祖宗板上磕了几个头，然后穿上了朝服，你瞅瞅我，我瞅瞅你，老头儿说："咱俩，谁先杀死谁呀？是你先杀死我呀，还是我先杀死你呀？"老伴儿说："那还是你先杀死我吧，我也不敢动手呀，另外，我也没杀过人哪，好歹你年轻时，是打仗的英雄，你拿杀人也不当回事。你还是把我杀了吧。"

老头儿说："不行，你看我杀敌人行，一眨眼的工夫我就杀一二十个，可是杀自己的人我怎么能下得了手啊？"

两个人说着说着，又抱头大哭了一顿。最后，老太太说："哭也无用。还是你先把我杀了吧，杀了我后，你再自刎，我在这等着你，还不行吗？"

两个人合计好了，老头儿把钢刀一举，说声："夫人，你先走吧……"

刀刚要落下，外面有人说："阿玛，住手！我回来了。"老人家回头一看，蒲察世杰领着一个瘦小的人进来了。蒲察世杰问怎么回事，听父亲说过了，气得他哇呀大叫。跟着进来的人说："这样吧，你们二老不用担忧了，这回我要豁出我的性命，进宫去，我把海陵王杀了。"老人家说："那可不行，那不成了我们蒲察家不忠不孝了吗？这万万使不得。我们俩老了，死就死了吧，你们去投奔完颜雍去吧。"

蒲察世杰说："不！咱们怕啥？咱不是有打王鞭吗？拿着它，咱们可以上殿讲理呀！"这句话，提醒了两位老人家，说："对呀，打王鞭回来了。"

"好哇，这回有办法了。"老王爷想去上殿。

蒲察世杰说："你不能去上殿，你俩已成罪人了。我上殿，我去见他。海陵王不开面，我就一鞭子把他打死。就凭我的力量，可也不能把我怎么的。"他把二位老人安顿到卧房里后，向父母介绍说："这是我结拜弟兄，他叫突里叶，是最讲义气的人。"这时，突里叶跪倒在地，口称："义父义母在上，小辈在下叩头。"

说话简单，第二早上海陵王上朝，等着消息，蒲察老夫妇俩是不是死了。房门官进来启奏，说："外面，蒲察世杰前来见驾。"

"啊？"海陵王吃惊，又一想，也许他儿子回来报丧来了，"让他进殿。"

蒲察世杰进来了，把手中的打王鞭往空中举了三举，这就表示，只要他带着打王鞭，就不需拜君哪。按正理，皇上都应当先拜这把打王鞭。

他这么举了三举不要紧，海陵王赶紧站起来了，他不是为了人，是为了这把鞭子，这把鞭子是他爷爷留下的，那谁敢违背。金太祖留下的打王鞭，仅有三把，且有神威。

海陵王站了起来，说："蒲察爱卿，你有何本奏，可以慢慢讲来。"说完，他坐下了。蒲察世杰说："启禀我主，不知我父母犯了什么罪，你赐死？"海陵王说："你还不知道吗？你妹妹将我的腿砍伤，犯上之罪，应该是祸灭九族。我念你家是世代功臣，又有打王鞭，我才免于在大庭广众之下斩首。我让他们自己想办法，愿意死可死，不愿死，也可苟延残喘活着。"

蒲察世杰说："是这样，那么我问你，我妹妹因为什么触犯了你呢？是她自己找上去的，还是因为你有了邪念？"海陵王说："这是我的事情，我看中她了，我就可以封她为妃。别说是你的妹妹，你没看看，满朝文武，谁家的女人长得好看，我不是都领到宫里了吗？"

蒲察世杰一瞪眼说："那不行。别人家的行，我们家的不行。你不知道吗？我们家是世代忠臣。请问，你把我的妹妹用乱箭射死了，那么你该当何罪？你害了一个无辜少女。作为一国之君，你应遵守祖传的王法。你连王法都没有了，要你这个昏君干什么？你有什么用处？"他三说两说，一气之下，一步蹿上去了，一把将海陵王的脖子挽住了，举起打王鞭就要打。

蒲察老人知道儿子去了，要出事，他就赶去了，喊道："逆子，你给我住手！"蒲察世杰举起的鞭子，没能落下。

老人家命令儿子："你给我下来！"

蒲察世杰说："我不能下来。阿玛，你不知道，我要一下来，他就会发圣旨，祸灭咱们的九族。没别的，我要逼他认罪，他不认罪，我就用打王鞭将他打死。"

他阿玛一听这话，可也对呀，就这机会，为什么不逼着海陵王发一道赦旨呢？他就借托说："你这孩子大了，我管不了你了。你不许伤害龙体。"

蒲察世杰听明白了，他阿玛默许了。这时，他举起钢鞭，严色厉声地问海陵王："昏君，你是要活，还是要死？今天，我可以把你打死，因为我手里有打王鞭。我把你打死了，鞭子去三节。这鞭子一共九节，我们家可以打死三个昏君。"

此时此刻，海陵王虽是皇上，但他也害怕呀，蒲察世杰那么大的力量，拿他像抓个小鸡似的。他没承想蒲察世杰蹿上来，落在他的手里了。纵有再大的能耐用不上了。

卫士们看海陵王被蒲察世杰按住了，就要上去动手。蒲察世杰说："你们慢动手，你们要敢动手，我鞭子下去，就要他的命。"他逼着海陵王说："你告诉卫士老老实实的，咱们有理讲理。"

"不许乱动！"海陵王命令卫士。卫士们悄手蹑脚地回去了。蒲察世杰说："没别的，你赶紧写个认罪书。你要承认不该害死我们家的蒲察阿里，这就是你犯下的第一条罪。"海陵王只得认罪，说，"行行行，好好好，我答应了。"他身为皇上，认了罪了。"你要写上，本来应在打王鞭下打死你。""好。"海陵王把这条也写下来了。

蒲察世杰又说："还有，对我家的行动，你得下一道圣旨，免去死罪。"海陵王一条又一条认了下来，亲自写在纸上，作为圣旨发下去了。

这才免了一场灾难，蒲察世杰松开了海陵王，下来了。他下来，回身给海陵王跪下了，叩头认罪。海陵王心里话：行了，我也将计就计吧。安慰了他几句，便打发他回去了。一场争斗，就这样结束了。

刚一散朝，肖裕说："启禀我主，我有本奏。"海陵王说："你说吧。"肖裕说："蒲察世杰，这样一个英雄豪杰，我看是不是留到宫内做个一等卫士，来保护君王。你看怎么样？"

海陵王心里话：那哪能行呢？我要让他当卫士，早晚还不得吃他的亏吗？但是他又一寻思，对呀，我把他笼络过来之后，我给他高官厚禄，他不就成了我的人了吗？不然的话，也挡不住这小子背叛呐，想到这，说："好！依卿之奏。"

蒲察世杰当即被封为一等卫士，他还疑疑迟迟的。他阿玛示意应顺水推舟，不应一硬到底。蒲察世杰就当上了一等卫士，虽说官不算大，却是个要害职衔，可以随便出入宫中。这还不算，给他的父亲和母亲，官升了一级。

过了十多天，外面传来了一些很不好的风声，不是这个地方造反了，就是那个地方的兵们逃跑了。海陵王苦思苦想：我要不把他们镇压住，我坐不好天下，我也平不了南宋。怎么办呢？他想不出办法，把肖裕又找来了，问："当前咱们的国家内部这么乱，怎么办呢？"肖裕说："我也看到了。依臣之见，应当迁都，咱们应当搬到幽州去。到了那里，往南能控制，往北也能控制，地利最佳。这是我的第一个计策。第二个计策要集中天下的兵力、财力、物力，一举伐宋。咱们如果把宋朝平了，统一了天下之后，你的威信高了，军威大了，谁还敢造反呐。我主啊，你要是不实现这两条，要稳住江山，那是很难呐。"

"好！"海陵王很聪明，一点就透，认为只好这样，与其零打碎敲，不如这样提纲挈领。他下定了决心：就这么办。

海陵王第二天上朝，跟群臣们说："太祖建立天下的时候，上京惠宁府还能够治住漠北这一带。现在不行了，我们国家到了淮河了，汴梁到了我们手了，北宋已经灭亡了。他们跑到南宋去了，成立一个小朝廷。这样的话，我打算迁都燕京，不知群臣意下如何？"他这一说，一些老臣不表态，想不通。

其实，海陵王这个决策是对的。国都迁到北京一带，有利于兴国安邦。可是，一些老臣故土难离，太祖建都之地，随便离开，那不是忘了祖宗了吗？这些老臣们，像以完颜寿为代表的也讲了一些道理。这就在朝中形成了两种议论。而完颜寿是几代的老臣，已经封王了，他上朝都不用跪拜。因为政见不一，所以头一天不欢而散。

到了晚上，完颜寿带了几个人，就去见徒单太后去了，将皇上要迁都的事说了一遍。徒单太后一听说要迁都，心里也不高兴，说："好吧，见到皇帝时，我再跟他说一说。"完颜寿以为，这回就可以解决好这件事了，自认为是一心为国，执意坚持。

海陵王这个人心狠意毒，心想：我迁都，他们就阻拦，他们始终是明面恭维我，暗中反对我。我要坚决除掉他们，不除掉，我的大计不能实现，我也总是坐卧不安。

完颜寿听了徒单太后那么一说，知道了她的态度，心里也就更有底了，认定这回不能迁都了。第二天上朝，他带着几个人还是坚持不能迁都，理由是：迁都到了汉人的中心地，金国就会灭亡了，要变成汉人的江山，无法保护金国的家风。

海陵王一看，完颜寿还是阻挡，脸一沉，说："你当真敢阻挡我迁都吗？"完颜寿倔强："臣，我不同意迁都。""你果然反对我迁都吗？""希望我主再三考虑，咱们的家祖，咱们的祖坟都在漠北一带，怎么能够随便迁都？"

"你只知其一，不知其二。你敢阻挡我迁都？"海陵王叫道，"来人，把他给我绑下去。"没容分说，把一个王和两个将军就都绑下去了。那时，只要被绑了，就要抄家。两个将军斩其个人，完颜寿是满门斩首。这把满朝文武吓坏了，几次保本，保不下来，他们都被绑赴法场。

完颜寿气不长出，面不改色，两只眼呆呆地瞅着木叶山，那里是太祖的坟地，掉了几滴眼泪，心想：咱们完颜氏的江山，想当年太祖爷南征北战，东杀西砍打下的江山，没承想在海陵王的手里将要丧失。他一声没吱，全家等着问斩。

这事惊动了蒲察老人家，他回到家里，心情难抑。蒲察世杰问他："阿玛，怎么回事？"老人家把完颜寿一家被绑赴杀场的事说了一遍。蒲察世杰说："不要紧，咱们有打王鞭怕啥？"

老人家摇摇头说："这打王鞭的用法你哪里知道？它只能打现在的君王一次，不能打第二次。"蒲察世杰想了半天，一拍大腿，说："想要救完颜寿，我倒有一条妙计。"他这么一说，老王爷特别高兴。

不知他想出了什么妙计，且听下回分解。

第十六章 | 老国公解救完颜寿 海陵王迁都扮孝子

上回书说到，蒲察老将军为解救完颜寿一筹莫展，知道自己的打王鞭只能用一次，再不能使了。除了打王鞭能救他，再也想不出别的办法。

蒲察世杰说："阿玛呀，我想到一个人，这人要能请出来，保证能救完颜寿老王爷。"他阿玛急问："谁呢？"蒲察世杰说："提起这人，你不是不知道。他就是完颜吾诃里老国公。"

"啊？"一提到这人，蒲察老将军眼睛当时就亮了，说，"他不是出守汴梁了吗？"

蒲察世杰说："阿玛，你不知道。他是出守汴梁了，但他年岁大，愿意回到故土，所以已经回来了。"

完颜吾诃里是谁呢？他是阿骨打的最小的弟弟，在当今的文武众臣中他是最大的辈分了。他曾在十四五岁的时候，就跟着哥哥阿骨打打天下，也是一员功绩显赫的小将，现在已经八十多岁了。这老人家，银髯飘洒在胸前，虽是八十多岁的人了，身子骨还比较硬朗。北宋被灭了之后，他怕新收复的地方出乱子，始终镇守在汴梁。打那以后，不管是太宗，还是熙宗，直到海陵王，谁也不敢惹他。他可以不上朝，他要是上朝，当皇帝的也得离开宝座，下来迎接他。

海陵王杀了熙宗的事，老王爷不是不知道，当时老王爷想：熙宗这人到后期，天天喝酒，光顾吃喝玩乐，不务正事，而完颜亮呢，要文有文，要武有武，办事很精明的，就这样了吧，所以他没怎么管。

海陵王非常害怕完颜吾诃里生气，他要杀皇上易如反掌，那谁敢惹呀。因为什么呢？他手里有一道铁牌、一道铜牌、一道金牌。他把铁牌一举，可以斩平民百姓，随便杀；他把铜牌一举，满朝文武都得听他的；他要把金牌一举，不管是哪个皇帝，说让退位，就得退位呀。

蒲察老将军得知完颜吾诃里在京，心上的乌云散了，赶紧备好了车，爷俩就奔向了国公府。他们到了府上，家人报告："外面蒲察老将军，前来拜见老国公。"老国公一听说蒲察将军来了，多年不见的人了，很高兴，请了进来。蒲察老将军进来，向老国公行了叩拜之礼。老国公看座。

没等老国公问，蒲察老将军又站了起来，说："我这次来拜访老国公不为别的事，法场上正绑着一个人，就要开刀问斩，我叩请老国公是不是管一管。"老国公忙问："那是谁呢？"蒲察老将军告诉他："完颜寿。"老国公很惊讶："是完颜寿？"蒲察老将军说："是完颜寿。"

论起来，完颜寿是老国公的侄子。想当年他阿玛，跟吾诃里是兄弟，一起出生入死，几辈子的老臣，他们家是世代的王爷，哪能随便就杀呢？老国公问："因为什么？"蒲察老将军把怎么怎么回事一说，气坏了老国公："好啊，这种混账的东西，我满以为他能成为一个圣明的天子。回来后，我才知道，他杀了多少忠臣良将，今天我一定跟他算这笔账！"但是对于迁都一事，老国公还是赞同的。他说："至于他想迁都，我看这还是对呀，因为什么呢？我在汴梁住了很长时间，我看到如果南方不去及时管理，恐怕是天下安定不下来。"蒲察老将军对迁都也没有意见，两个人的看法是一致的，只是不能因为意见不同，主张分歧就杀人。

事不宜迟。老国公吩咐备车，赶紧去法场。他们刚一出门，就听法场上"咚咚"两声炮响。会宁府不大，全城都听到了炮声。只要三声炮响，人头就落地了。

老国公快马加鞭到金銮宝殿门前，房门官老早地请安，单腿着地，头也不敢抬，像接皇上一样。不用传禀，老国公直接进了金銮宝殿。门上未传禀，身边的太监告诉海陵王："我主，老国公来了。"

海陵王大吃一惊，说："啊？他来干什么呢？"他赶紧离开龙案，下了三个台阶，站在那里。

老国公见了海陵王，点了点头。海陵王单腿朝地，口称："迎接祖王。"亲自把他让到龙书案旁，给他单设了一个龙墩，他坐下了。

海陵王站起来说："老国公，你老这么大年纪了，怎么不在府上将养身体，亲自到殿上来，有什么事？何必到殿上来，招呼一声，我去就可以了。"

老国公说："你现在是当今的万岁，我哪敢随便请你啊？"他说着说着，就从怀里掏出了家法，那是个一尺多长的柞木板子，上面写着："上打龙凤，下打群臣，有敢违反家法的，打死勿论。"

海陵王当时就跪下了，得拜家法。他知道是有事。拜完之后，海陵王说："祖王，有什么事，你只管吩咐吧，你说说，是为什么事来的？"老国公问："你五朝门外绑的是谁？"海陵王一听明白了，说："绑的是我叔父完颜寿。""噢，"老国公追问，"你为什么把他绑上？"海陵王说："他不让我搬京城，我一气之下，想吓唬吓唬他，我怎么敢杀他呢？"

老国公说："至于搬到幽州，我倒也同意，因为我从汴梁回来，所以深有体会。不过，他想不明白，就是有点儿说道的话，你也不应把他们全家都给抓来了。"

海陵王不敢怠慢："我这是吓唬他，我不敢，我不敢。来人，快去给完颜寿老王爷松绑。"老国公没直接说一句，海陵王吓得就把完颜寿和他的一家人全放了。

完颜寿回到殿里，一看老叔父在那里，两眼垂泪，赶紧给叔父见礼，然后谢主隆恩。海陵王站在一旁说："我本来想斩你。但考虑到你家是世代的功臣，我把你绑起来，不过是想吓唬吓唬你。以后，迁都的事，用不着你乱一提些不三不四的问题，扰乱人心，制造困难。不信，你问问老国公，咱们迁都幽州对不对？"

老国公跟完颜寿说："孩儿呀。"完颜寿赶紧跪下，说："叔父有什么话，只管吩咐。"

"咳，"老国公说，"你呀，没出门儿，不知道关里什么情况。咱们的疆土已经到了淮河以南了，如果京城还在这里，鞭长莫及呀，迁都是对的，这是关系国家兴亡的大事，不可短见。"完颜寿听了，连连点头，表示听他老人家的话。

老国公的话又转向了海陵王，严肃地说："不过，我听说，你最近杀了不少忠良，这个账，早晚我要跟你算！"

海陵王连说："是，以后有什么事，我去启禀国公，孙儿再也不敢了。""就这样吧。"老国公说完就回府了。

老国公回府后，完颜寿回过头给海陵王跪下了，求道："我主啊，我的年岁大了，六十来岁的人了。我想到一个边塞之地，修行修行就得了。"海陵王问："那好吧，既然这样，那你想去什么地方？"完颜寿说："我要去塞州城。"

塞州城，距京城很远，海陵王更高兴，心里话：去远点儿更好，你要走了，我也省点儿心。就这样，完颜寿领着一家老小去了塞州。以后，完颜雍去塞州，是他迎接的。这是后话不提。

再说决定迁都之后，让谁去修建京城呢？海陵王一寻思，就让肖裕前去。这是个重任。肖裕一听这个圣旨，把他乐坏了，心想：这回我发财的机会可到来了。他领了圣旨，不日前行。海陵王命令看库官，让他按照修两京的计划，该用多少，简直是随便取呀。可惜，祖孙几代积累下的国库，这一下子拿去就有二分之一呀，谁不痛心。虽然众臣对迁都认为可行，但是拿去这么多的金银，却不高兴。

当肖裕带着一车车的金银要启程的时候，海陵王说："朕修中都也好，修汴京也好，我不是为了自己如何。我想，在我们这一代留下高大宏伟的建筑，是关系到子孙后代。咱们就是花几个钱，那又算得了什么呢？我又不是为了自己作威作福，不信，你们前来看看我的衣裳。"说完，他就掀起龙袍，果然他的衣服，左一块，右一块，打着补丁。

众臣们一看，倒吸了口凉气，说："哎呀，当今皇上，还能穿带补丁的衣裳！"

海陵王叹了口气："咳，我什么时候不是想着百姓？我所想的，是为子孙万代造福。"

话要简单。肖裕带着一车又一车的金银，到了幽州城，他就作威作福起来。首先，他就派人到关里的各州、府、县，抓百姓修京城，谁要是误卯，轻的打一百鞭子，罚他做苦工，重的就杀头。其次，他把活计分成上、中、下三等，上等的是那些手艺人，待遇稍好一些；中等的是稍有些手艺的，待遇不上不下；下等的都是苦力，从早干到天黑。

据说南方，有这么一百棵香柏树。这香柏树做柱脚，不但抗腐烂，而且冬天能发出暖烘烘的香气，夏天能发出凉爽的香气。这一百棵香柏树，动用十几万人，从南方搬过来。修完了第一个大殿，这个殿的龙和凤都是用金子包着的。在史书上记载，修这个殿的时候，那金粉洒的满地都是，满地皆金呐，挥霍浪费极了。这个大殿修完了，肖裕就请海陵王看。海陵王听说大殿修完了，十分高兴，连夜前去视察。不看则已，一看急眼了。他把肖裕叫来："我给你拿那么多的钱，你就修成这样啊？你看看你修的这殿，要高不够高，要大不够大，论气派那更是谈不上了。我让你修的是飞龙走凤，雕龙玉柱。你看看你修的什么样子？"肖裕一听这话，吓得他心惊胆战，赶紧跪倒，说："臣没修过这样的宫殿，还希望万岁开恩。"

肖裕领了这项工程之后，别人瞅着眼红，有些视财如命的人，更是垂涎三尺。这时候，有个左丞相叫张浩，再加上右丞相张通古，这两个人，赶紧跪倒，说："启禀我主，肖裕这个人外表忠良，内里奸诈。据说，国库的金银不知让他贪污了多少。启禀我主，应严加考究。"

本来海陵王就很生气，一听这个更急了，一怒之下，便叫道："来人，把肖裕给我打入大牢。"这一下子，肖裕的一切都化为泡影。把他打入大牢之后，一翻他的家，哎呀，凡是金銮殿有什么东西，他家就有什么东西。光抄出的金银珠宝，要修几个大殿，都用不完的。因此，海陵王一声令下，就把肖裕斩首了。然后，就命令左丞相张浩，右丞相张通古监修。

这两个人，把关里各路的能工巧匠，以及平民百姓，集中了几万人，营建中都的工程。这个中都的工程，气派很大，完全按照汴梁城的式样进行修造的。

当时的耗费相当大，从南方运来一车木头就要二十多万两银子。拉一车东西，得用五百多人。宫殿，能够用金的地方，都用黄金包上，是五彩雕绘。那用的金银，挥洒的就如同落雪一般，可以说一个殿，就可花费几十万、几百万，乃至上千万两银子。实际上，监修官张浩和张通古，并不是什么左丞相、右丞相，因为他俩修中都有过功，才给他们这个名誉职衔，称起来倒也好听。

中都的规模是：一面九里，四九等于三十六里的城墙。正门，叫作宣曜门，中间雕着龙，两边配着凤，龙是用金的，凤是用银的。东面是太庙，西面是尚书省。通天门，高有八丈，红色大门有五个，都是金钉、银铆。南门叫作丰宜门。西门，叫作颢华门。北门，叫作会城门。内殿，一共是九层殿，共有三十六个殿。中间是皇帝的金銮殿，后面是皇后的正位，东面叫内省，西面叫十六位。两面的十门位，就是嫔妃住的。建成燕京，就光用人工一百二十万，那死的人就不计其数了。怎么能不耗费人力、财力呢。那雕刻绘画，真是栩栩如生。一共修了一百一十多个大小建筑。到了天德三年时，又往前修了三里，外城是七十五里，有十二个门，规模可算是浩大。

修完了宫城，海陵王一看，不禁赞道："这回可够气派了！"他高兴了，就选择良辰吉日，举行迁都。这一迁都可不要紧，原来会宁府那地方，大臣、文武百官不用说了，就光平民百姓就迁出了有三分之二呀。人们携男抱女，迁了一年多，才迁利索。

老国公，有暖车，慢慢地护送到中都，安排了银安宝殿，皇上是什么样的待遇，他差不多是什么样的待遇。

唯独有一位太后，被扔在了上京。她是谁呢？就是徒单太后。海陵王的父亲有三个老婆。死了一个，就剩下了两个。徒单太后是大妃，海陵王的母亲是二妃,她是渤海后裔,叫大氏。在海陵王没当皇帝之前,大氏和徒单氏姐妹两个非常和气。尤其是大氏这个人,知情达理,对徒单氏特别恭敬,每天三省。徒单氏对大氏呢,也是格外的亲切,姐妹俩,像亲姐妹一样,哪天不见一面,都想得慌。

海陵王当了皇帝后,不管怎样,徒单氏是嫡母,大氏是正宫。这一来,大氏对徒单氏更加恭敬,就跟海陵王说:"你虽是我的亲儿子,但是我是庶出,徒单太后在我之上,她是你的嫡生母亲。今后,你对待她,要比对待我还应重视。"海陵王满口应承,一一照办。

以后,大氏在上京会宁府死了。她死之前,再三嘱咐海陵王:"我不行了,我走了以后,你对徒单太后更应恭敬,加倍孝养。如果你对她不孝,我死之后也不能轻饶你。"海陵王嘴上答应的很好,可是他心里想:她凭什么得到我亲生母亲这样恭敬呢?她没儿没女的。大氏活着,他不敢对徒单太后有什么两样,可是大氏去世了,他忘了眼泪长流跟大氏的保证,说的一样,做的又是一样。

海陵王对徒单太后恨得了不得。这次迁都,他把徒单太后扔在了上京会宁府。他还怕徒单太后同那些被杀的老臣家族勾搭起来,形成一股势力,把他反掉。临走时在徒单太后的周围布置下了他的心腹之人,监视她的行动。

徒单太后在海陵王搬到中都以后,心里琢磨:海陵王不知什么时候派人来,一下子就会把我杀死。她每天提心吊胆的,每次中都来人都把她吓得够呛。她的处境,怎么能使她安心呢?

还有一件事,当海陵王迁往中都,他走的时候,一寻思:我如果不把会宁府这些宫殿全部夷平的话,那么,这些老臣还得怀念着故乡,一怀念故乡就得恨我,恨我就得要反我,而反我,我这皇帝就当不成。他就指派他的心腹之人,动用了几万人,毫不可惜地将会宁府的宫殿全部夷平。同时,把所有的老王爷的坟墓全部夷平了。石碑砸碎,分不清谁是谁家的坟墓了。所以,后世在上京一带,连古迹都很难找到,可见当时海陵王手段之毒,这且不说。

海陵王到了北京之后,群臣有不同的看法,那些名利之徒感觉满意,吃得也好了,住得也好,真是如同上了天堂,过上了安适的生活。那些真正想到建国的老臣想的不是这样,他们认为搬到中都是可以的,是国之大计,但是怎么能这样挥霍呢?过去住草房,不是一样能把国家兴旺起来吗?现在,虽说国家好了一点儿,可没有到太好的时候,本不该这样的奢华，心里很不得劲儿。还有一件事，群臣也有想法，不免就有议论，就是徒单太后没来，感觉到海陵王确实是不忠不孝，他不应当把太后扔在上京会宁府。

这消息传到了海陵王的耳朵里了，他一琢磨：这第一件事好办，不管怎么样，我让你们住得好了吃得好了。唯独这第二件事说不出，这要长期下去不是显得我不孝吗？当皇帝的不孝，大家对我就不满意，不满意，他们串联反我，一反我，我的皇帝又当不成了。他总是担心他的皇帝当不成。

海陵王寻思来寻思去有办法了，正赶上徒单太后生日的前四个来月，这天上朝他的眼泪围着眼圈转，就要掉下来了。他当演员行，能够说笑就笑，说哭就哭。

群臣一看，皇帝这样，就赶紧都跪下了，说："我主有什么不高兴的事情，或是我们有不忠的地方，请我主指出。"海陵王说："我不是责怪你们，我是责怪我自己呐。"群臣吃惊地说："当皇上能够这样，可真不错啊。那我主心里有什么事，能不能告诉我们呢？"

海陵王说："可以。我的亲生母亲死了之后，我对我的大母亲比亲生母亲都孝心，我愿她老人家百年长寿。这次迁往中都，我特为这事给她跪了一宿，请其前来，可是她老人家说啥也不来。我搬来后，日夜想念她老人家，打算赶紧派人把她老人家接过来，再过四个月就是她老人家的生日，我要给她办寿。"文武百官一听这话，都很高兴，一致称好。

话要简单，海陵王派人准备好了香车，一路行住安排得井井有条，就去上京接老太后去了。到了上京，房门官一传禀，说："启禀太后，恭喜太后，贺喜太后……"太后就怕听这话，她以为海陵王来杀她，吓得她一哆嗦。传令官说："海陵王亲自派他的宫女、太监接您到中都去享福。另外，听说四个月后给您老人家办寿。"去吧，不去不行啊，太后的心里揣着个小兔子，不知道怎么回事，只好收拾收拾行装，就赶紧上路。

当太后走到丰台的时候，海陵王听说了，他也不坐龙辇。骑着马就直接迎上去了。离太后有十多里时，他下马了，徒步前去迎接太后。离有五里地的时候，海陵王说："把我衣服脱下去。"大家不知怎么回事，就把他的上衣脱了。他光着膀子，往前走。他还叫人去砍两把条子来。这条子是满族人的家法呀，谁要犯错误了，就用手指粗的柞木条子抽。大家不敢违旨，砍来了两把。他就把这两把条子，背到自己的脊背上，一步一步地去迎老太后。

当海陵王来到了太后的轿前，他双膝跪倒，两眼流泪，说："太后在上，不孝孩儿完颜亮来接您老人家。"老太后一看这样，赶紧下车。海陵王真是眼泪长淌，怎么扶也不起来。他说："孩儿实在是不孝，我不应该把您老人家扔在上京会宁府，我到这儿来享荣华富贵。每次想起这事，我连觉都睡不好。今天，我见到了您，没别的，您当着文武百官抽打我吧。因为什么呢？我要不孝，全国百姓都跟着我不孝，那我们的国家就不好治理了。您一定要体谅孩儿这片心，狠狠地打我吧。"

老太后上前把海陵王扶起来，说："我有你这样能为国操劳，又对我孝敬的儿子，我怎么能打你呢？我喜爱还喜爱不过来哪！我能打你吗？"随即命令左右卫士，"来人，把这条子，给我扔了！"卫士们把条子扔得远远的。感动得老太后，亲自给海陵王披上衣裳。娘俩，坐着一顶轿子，回到了中都京城。

这一来，海陵王杀忠良，欺兄霸嫂等丑事，掩盖了不少。

老太后被安排在延寿宫。海陵王极尽孝心，一天一小省，三天一大省。小省就是每天早晨到母亲那儿走一趟，给她问问好。大省呢？就是到了三天，到母亲那里叩头，请安。他这个举动，赢得了人心，大家感到海陵王还真是不错。

这天，海陵王同群臣正在讨论国家大事，就看见一个从河南来的传递文书的飞报官，带着奏章上了金銮殿。海陵王接过奏章一看，上面写的是：河南有一个乡，一个头目，违背朝廷，公然造反，带领一万多人，杀向中都。

"啊？这是谁呢？"海陵王一看，匪首姓张，名锷。这群土匪，一路上，走到哪儿抓到哪儿，走到哪儿抢到哪儿。为什么张锷突然就反了呢？事有来由。原来张锷是河南商丘地带的一个乡痞，平素他也是个无赖，耍大钱的，说打硬要，谁也不敢惹他这个穷光蛋。他自己不知耻地说："想当年，宋太祖赵匡胤就跟我一样，他也是说打硬要。怎么的？你们今天慢待我，就是欺君犯上。"因为惹不起他，怎么办呢？有人出主意说："这么的吧，就让他当个头儿吧，或许还能有些好处。"就这样让给他个头儿当。

正赶上张浩修金銮殿，督促张锷他们运木料，让他们在一个月之内保证运到。张锷带着两千多人运木头，离一个月仅三四天工夫，赶上了下大雨。瓢泼大雨下个不停，平地上水涨有一尺多深，别说是运木头，就是人也走不了。这把张锷急坏了，一点招儿也没有，这雨一连下了十几天。

天，开晴了，张锷的期限也过了。那时，有这样的章法：延期一天，杀头目；延期两天，杀第二个头目；延期三天，杀所有的头目；延期五天，所有的民工们一律活埋。他们耽误十天，那还了得，不敢走了。

张锷领着这些民工住在店里，一点招儿也没有。有心进京吧，那肯定是死，有心回家吧，也得死。怎么办呢？造反？造反，也没有钱哪，买不起兵器，愁得不行。

说来也巧，就在那天下黑，跟他们在一起住店的有二十辆马车。这二十辆车拉的都是金银财宝，是给皇帝进贡的。皇帝的集办人员打算把这些贡品充实到新修的宫殿里去。车上的东西，尽是翡翠、玛瑙、金的、银的，全是好玩意儿。他们摸透了底细。

张锷召开头目会，大伙儿合计："怎么办呢，咱们是要死，还是要活？要死，咱们就去中都，或者是回家，这都是死路一条。要活，没别的，大家商量商量，咱们把这二十车金银财宝劫下来。劫下来就够咱们置办兵马，买粮草和刀枪，咱们就可以起义。起义后，咱们回头，先占领汴梁，就称帝。咱也不归宋，咱也不归金，咱们自己成立个国家。大家一听，也有道理，一致响应。一夜之间，将护车的几十人杀得干干净净，把这二十辆车就推进了山里。

这时，他们有了钱财就立上旗号了，叫作大楚。这下子不到二十天的工夫，就招收了七八千人。凡是来的人，每人都发衣服、发武器、发粮食，吃的那就不用提了。在山顶上，修起城墙，能攻能守。张锷成了山寨大王，他寻思：我当了大王也不行啊。两边来攻我，宋朝打我，金朝也打我，我先打谁呢？哎，海陵王在京城待的不久，我何不先把中都夺来呢？我先不去夺汴梁。我把中都夺下来，再把山海关一守住。那时我再对付南宋易如反掌。南宋，如中弹之鸟，没什么力量。这样，张锷领着兵马，浩浩荡荡地进军中都。

海陵王看了这个奏章之后，大吃一惊："啊？这可怎么办？"一万多兵马，又来得这样突然，非同小可，立即召集文武百官商讨怎么办。

文武百官一致主张："兵来将挡，水来土掩，咱们派大将去消灭他们。这是一帮土匪，消灭他们也倒容易，别看人多，人多也是乌合之众。"一商讨，派谁去呢？有人提议派蒲察世杰，海陵王准了，就把他找上殿来。

蒲察世杰心里想：海陵王你一意地修京城，一意地杀老臣，你不好好练兵，怎么能行？闹事造反在后头呢。果不然，后来反海陵王的也有二十多家。这在本书后半部提到，金世宗征南，金世宗征西，金世宗征北，三路征讨，才打下了铁桶一样的江山。

海陵王把蒲察世杰找来之后，当即授给他一把督元帅的金刀。他只好谢主隆恩，接着在校场上点齐了两万多人马，带领十八员战将，迎面向张锷匪兵进发。

大军靠近了张锷屯兵的土丘上。巡官前来报告："将军，距张锷匪军还有二十里。"蒲察世杰来个出其不意，本该安营扎寨，但他没这么做，他把马鞭子一举，命令："众三军继续前进，不得停留！"大家听了一愣，可是军令如山，谁敢不依啊！这两万多大军，像潮水一般地推进，不用多时，就把张锷匪军围上了，围得水泄不通。

中都发兵，张锷不是不知道，他经常派人出去打探，他听说蒲察世杰带两万多兵马向他杀来了，没怎么在乎。张锷初生牛犊不怕虎。按正理，他的队伍应分成前锋营，四外加强防范。他没有这样做，队伍缺乏严密的组织，老牛赶山似的往前推。到了土丘山，张锷下令停止行军，准备埋锅造饭。他的通讯官来报告："蒲察世杰的兵马离咱们只有二十里了。"他满以为，朝中的兵马不会马上来。他同军师商量："咱们等蒲察世杰部队营房安排好了，刚埋锅造饭的时候，咱们一万多兵马就杀过去，给对方来个措手不及。"他们是这样安排的，哪承想蒲察世杰连安营也没安营，他哪知道二十里地，对于金人来说那算得了啥呀。

蒲察世杰的大军，光是战马就有五千多匹，这些骑兵杀进去，一个能顶十个。围住了张锷匪军，这么一打，张锷受不了，他的兵马太弱了，就像群羊遇到了一群狼似的。杀了不到两个时辰，把张锷杀得狼狈而逃。蒲察世杰带兵在后面紧追。张锷带着残匪，啥也不顾，金命火命都不顾，就顾自己的命，往前跑去了。

张锷似有所择，一跑就跑到双岔山。双岔山这个地方很险要，两山夹一涧，中间只可并排走五六匹马，人多拥挤那是万万不行。在没进双岔山之前，他就想：我往哪儿跑呢？我投奔南宋不行，因为我公开说了，我要先灭金后灭宋，我当天下的皇帝。他知道，南宋也不会留他，肯定得杀他。他又一寻思：有了。听说契丹要造反，我何不去投奔契丹呢？这双岔山，正是契丹镇守的地方，那有十一个部。这么一来，他才奔双岔山去了。

契丹不知来的这帮人是干什么的。张锷大老远地打出旗号，一半是契丹的旗，一半是白旗。契丹以为是投降的兵，抱以同情。他们也早有反叛之心，认为海陵王很不得人心，怀着恢复辽国的念头，便把张锷领来的部队迎接到双岔山里了。

蒲察世杰领着兵马一到山下，山上早就有准备，马上就放下滚木礌石，别说两万人马，就是再多也休想前进一步。那真是一夫当关，万夫莫开。蒲察世杰只好得到一些马匹，投降的匪兵两三千人，打着得胜鼓回到朝廷。

海陵王得知张锷让契丹接过去了，恨得不得了。同时，海陵王得知，这个张锷的父亲是仁宗的妹夫。他一寻思：这一定是南宋搞的鬼，南宋叫张锷造反不成，又联合契丹对付我。他越想越恨，越想越愁，越想越觉得事关重大。于是，他决定把在朝的契丹人都除尽，省得留下后患。另外，把老赵家的和宋王有关同赵杰一块儿来的这些人，统统斩尽杀绝。海陵王一气之下，采取秘密行动，抓了契丹人和老赵家的人，一共一百三十多人。当这些人被绑赴法场的时候，被老国公知道了。当时，海陵王也考虑到老国公会前来作怪。有人给他出招儿，说："你应这么办，这么办……就把老国公支走了，当他来时，你把人也杀了，他也不会把你怎么的。""好吧，此乃上策。"海陵王便照此行事。

这天，老国公听到家人来报：说海陵王抓住一百三十多契丹人和老赵家的人，已经绑赴法场。老国公气坏了，他心里话：好啊，你这小子，你一点儿不考虑咱们的江山如何。你想想，凡是在咱们朝廷的赵家人，凡是在咱们朝廷的契丹人，都是忠心耿耿的，人家为咱们金国出了很大的力量，你不问青红皂白就斩，忙叫道："来人，给我备车，我要进金銮殿。"

没等老国公起身，房门官进来报告："启禀老国公，当今皇上派人来，接你上殿商议国家大事。"老国公高兴了，心想：大概是要斩这一百多人，想跟我商量商量，应该不应该斩，便把气消了。他想：我这孙子还不错。他就跟着来接他的人走了。正值深秋，天气比较冷了，车上的帘子挡得严严实实的。他上了岁数，车子摇摇晃晃的，他坐在车里迷迷糊糊的，不知不觉地睡着了。不知什么时候，老国公醒了，睁开眼睛一看，还在车里坐着呢，忙问："现在到金銮殿没有？"实际上到金銮殿用不了一个时辰，可走了四个时辰还没到。他纳闷，问宫里的太监："怎么的，为什么现在还没到？"太监们跪下了，说："启禀老国公，前面的道太泥泞了，我们是绕道而来的。"

当老国公到了殿上一看，一百三十多人是一个没剩，全部杀了。海陵王把老国公接进宫里，一拍桌子，说："来人，把接老国公的人全都拉下去，每人重打一百大板。"其实人拉了下去，不是真打。海陵王看看老国公又说，"我让他们尽快把老国公接来，为什么这么晚才接来，现在才接来，我把人都斩了，这可怎么办？"

老国公一听，这点儿鬼把戏，他看得明白。他把银须一甩，气得哆哆嗦嗦，圆睁二目，指着海陵王骂道："好你个无道昏君，完颜氏怎么出了你这么个败家子！你屠杀了多少宗室？你把自己的姐妹、姑嫂、婶娘，纳进宫去，任意玩乐。你前前后后杀了多少忠良将士？我要你有什么用？"他举起家法，劈头盖脸就朝海陵王打去了。

不知海陵王的性命如何，且听下回分解。

第十七章 老国公殿前死难 萨里虎假意降辽

老国公举起家法，劈头盖脸朝海陵王打去。

老国公是八十多岁的人了，海陵王正当三十多岁壮年，左躲右挡。最后，老国公的几板子打空了，老国公见自己年迈力弱，不能惩治海陵王，便怒火填胸，一头撞向殿柱，立时气绝身亡。可惜，老国公年轻的时候驰骋在疆场，同阿骨打一同打下了江山，老了就这样死在了金銮宝殿。

海陵王又憋气又窝火，正在这时，探马来报："启禀我主，契丹反了，自立了后辽，由窝斡称为辽帝。"这窝斡是谁呢？他原来是灭亡的辽国天祚帝兄弟的孙子，这个人三十来岁，铁打的一样，力大无穷，漆黑的脸膛，扎拉挓挲的胡子，两只大眼睛滚滚乱转，别说是在契丹，就是在金国来说，他也数一数二的人物。窝斡智谋过人，他本来早想反金，曾几次组织契丹剩下的十一个部起义，可是就没找着机会。这次，虽收了张锷这帮人，也没想马上就起义。当他听说，海陵王杀了在中都的一百多契丹人，这可把他气坏了，立即传出木牌，召集十一个部的勃极烈，痛诉海陵王怎么样杀了契丹人。这时，人人义愤填膺，个个摩拳擦掌，一定要杀向中都，活捉海陵王，马踏大金国，恢复辽国政权。

窝斡这一号召不要紧，十一个部落集齐了三四万人，就这样，他们浩浩荡荡地杀出来了。他们直接进军中都，到了对马山口，还想前进。这时军师耶律说："不能前进了。再要前进，恐怕误入埋伏，咱们就在这扎下营吧，四下设上埋伏，再给大金国去上战表。做好一切准备，咱们跟金兵打一仗。这么办，这么办……"窝斡一听觉得很对，就按军师的意见在四周山口做好了军事部署。

海陵王一听说契丹反了，号称八万大军，杀向了中都，不禁吃了一惊。派谁挂帅出征呢？合计来合计去，选定了副元帅肖途。肖途平素间谈兵书战策，那真是头头是道，排兵布阵也是可以的。

海陵王把他召到了金殿，说："朕这回派你去，你到那里要见机行事。我估计，他们不会有八万大军，一共十一个部，顶多有两三万人，我给你三万精兵，你去一举给我消灭契丹，一直打到他们的老家，活捉窝斡，把他拿到京城，我要就地正法。"

肖途很高兴，这回升到左副元帅的职务，挂着黄金大印，就在校场上点齐了三万兵马。肖途这人有五十多岁，让他儿子当了先锋官。这爷俩带着三万大军就浩浩荡荡地出发了。

离对马山四十里地时，肖途一想，前边的地势不太熟悉，敌情也不怎么了解，他知道兵书上写得明白，知己知彼，才能百战不殆，不能贸然前进。他叫道："来人，赶紧安营扎寨。"部下安营的安营，扎寨的扎寨，放马的放马，做饭的做饭，在一个山岗上，旗幡招展。都军大帐设在中间，四周左一层，右一层都是军帐。另外，在大营的四外又布置上鹿角，三步一岗，五步一哨，戒备森严。

肖途命令："没有我的命令，任何人不得随便闯进我的营帐。"大军没有往前进。这时，窝斡问军师："怎么办，金兵来了，不往前进怎么办哪？"军师笑了笑说："我略施小计，就能够把金兵引到咱们的埋伏圈。"窝斡问："你有什么计策呢？"

军师说："金兵不是不来吗？不来，咱们就出去挑战去，只打败仗，不打胜仗，打一仗就败回来，连败七八仗，最后咱不出去了。这样，肯定使他们骄傲，这样引诱不出十天，保证他们得一举进攻。只要一进咱们的包围圈，就可以把他全军消灭。另外，对马山这个关口咱们让给他们，让给他们一个空关，咱们倒退四十里。金兵一进来，咱们把他们团团围住，金兵里无粮草外无援兵，几万人还抗得住咱们打？"军师说完，窝斡一听对呀，这个办法很好，就采纳了。

第二天，窝斡派了几个能征善战的战将，前去金兵驻地挑战。肖途一看敌人来挑战，心里就琢磨：他们怎么竟敢来挑战呢？不管怎样，我先派几员战将同他们对付一阵子。肖途派出三千人马，拉开阵脚，双方就厮杀开了。

肖途派的主帅是谁呢？是他的侄儿肖恩。他也是一员战将，手使一把大砍刀，长得五大三粗。他领着人马就冲进了窝斡的阵营里去了。这一厮杀，双方都有所死伤。打了没到半个时辰，就看契丹兵的阵脚乱了，旗帜也乱了，调转头就往回跑。

肖恩得胜回来了。肖途当然要把他记上功劳簿。

第二天，契丹兵又来挑战……

就这样，七天，肖恩打了七个胜仗。肖途得意了，赶紧上京城报捷。海陵王一听，很高兴，打发人来犒赏三军，又给肖恩记功。肖恩就飘飘然了，就对契丹兵有点儿不在乎。

这天，窝斡自己带两千人马挑战来了。肖途一听窝斡来了，求胜心切，他想：这回得我出去迎战，我现在是临时的都元帅，只要能把窝斡擒住，功劳就大了。回去之后，我就是真正的都元帅。

肖途亲自备马，披挂整齐，领着几员大将就出去了。来到阵前，他一看，对面来的一帮战将，个个都是高头大马，两边雁字排开，当中一杆龙旗。看窝斡，身穿龙袍，黄盔黄甲，手拿一把大刀。那时金国很少使锤，一般都是使刀和枪。窝斡把大刀一横，双手一拱，说道："来人可是肖将军？末将盔甲在身，不能施全礼。另外，我已经是辽国的当今万岁，更不能给你施礼。念咱俩旧日曾在一朝称臣，如果你是识时务的，没别的，你跟辽国也有着直接的亲属关系。想当年在辽国时，咱们是辈辈有亲，现在，你应当思故国念故主，回到我们辽国来。你来，我们辽国不会亏待你，请你相信。"

肖途听了，嘿嘿一阵冷笑，说："窝斡，你不识时务，你上不知天时，下不知地利，更不知道人和。想当年，天祚帝胡作非为，造成万民涂炭，金太祖完颜阿骨打率领女真人起义，没出几个月，直捣辽国的黄龙府，结果辽国亡了。金国顺天应人建立了大金国，这是天意。对我来说，应择明主而奉之。你这是逆天下之道而行。今天，不用多说，我一定要拿你的首级。"说完，他一抖长枪冲了过去。

两个人交战了几个回合，窝斡用刀一拦说："住手，我有几句话，想跟你说说。"肖途说："有话，请讲。"窝斡说："你既然是金国的都元帅，你是万军之长。我呢？是我们辽国的当今万岁，我言而有信。前几次我都没打过你。这么办，明天我出我的倾国之兵，你出你的倾营之队，咱俩好好对战一下。明天这仗，谁死谁活，咱们可以见分晓，你看怎么样？如果我要败了，我情愿低头认罪，我认绑，你把我绑到京城，杀剐存留任你，随便。如果你要败了的话，那么，对不起，你就应该老老实实，我封你为当朝宰相。不知肖元帅，你可愿否？"

肖途能听得下去这话吗？忍气答应："好吧，明天咱们决一雌雄。"这两个人说完之后，各自打马回营了。

话要简单。第二天，肖途留下一万人马，带了两万人马，杀向了对马山口。对马山口有个城，叫对马城。这个城不大，住有七八百户人家吧。肖途一看城墙上，都挂着辽国的旗帜，还有一些号炮，戒备是比较森严的。古城外，有一万多人马，在那里摆开了阵势。肖途看去，心想：你不是有八万兵马吗，怎么只出来一万多呢？

这时，肖途手下的谋士告诉他，说："看起来，敌人有诈。"肖途问："什么诈？"谋士回答："他号称八万，最低来说他能有三万人马，为什么他才出来一万人呢？"

肖途就乐了，说："你知道吗？他才十一个部，他现凑也凑不了三万，我看他的兵顶多还有三四千人。我往多估计，他是一万五，这不出来一万多了吗，家里也就剩不多少。"他不听啊，骄傲了，打了七仗了，七仗都胜了，被胜利冲昏头脑了。

两方交了手，打起来了。那当然是了，一万人是打不过两万人呐。打了不长时间，契丹是丢盔卸甲，扭头就往城跑。肖途乘胜追击，领着兵马就追上去了。他手下的谋士告诉他："不要往前追，再往前追，恐怕要上当。"肖途不听，带兵一直追到城里，到城里一看，这一万多兵马早走了，是一座空空荡荡的空城。房子是有，屋里摆设照常，就是没有人，连个百姓也没有。肖途知道上当了，赶紧掉回头，命令："撤兵！"那叫两万人哪，怎么能马上撤呀，城里的想出来，在城外的人一时又得不到命令，乱了营了。

正在这时，四面的战鼓响了起来。这一响，从八道沟里，冲出了八路兵，那真是一个个像猛虎下山似的，把两万多金兵围得水泄不通。契丹兵不打，死死困住。

可惜呀，肖途的两万人马，在万般无奈的情况下，突了几次围也突不出去。突一次，兵少一些，突一次，兵少一些，突了几次围，这兵马就剩下了七八千人。再加上临时抓来的兵，枪法不高，士气也不是那么高，看谁强盛，为了保命就降谁，这一迟疑又投降了三四千人。最后，肖途只剩下了三千多人。外面那一万多人，想要增援，说什么也打不进来，人家早有安排，再加上挖了一些陷马坑，下了绊马锁等，他们都不知道。结果，有的被抓，有的被杀，就剩下三千多人，狼狈地逃回中都。

海陵王一听禀报，这回他可不急了。他一看不行啊，契丹兵这样凶，对金国的威胁很大。这回他傻眼了，召集满朝的文武议论怎么办。经过商议，决定再次征讨。

第二次，海陵王派布萨挂帅前征。这人是谁呢？他姓夹谷，名布萨。

想当年他的爷爷是完颜阿骨打手下的一员偏将。老夹谷立了很大的功劳，布萨挂将军衔，是中都的一个都尉。这个人很有韬略，是金国一个数得着的英雄。据说，他在平定会宁府北部一些没归顺的民族来说，他是首当其冲的。北部那些少数民族一听说布萨，没一个不胆战心惊的。

海陵王从满朝文武中，选来选去，就选到他身上，就派他来了。布萨来到海陵王殿前，跪爬半步，说："我主，我生为金国而生；死，为金国而死。我死不足惜，但是我有两个条件，我得说明白。"海陵王说："你说吧。"布萨说："军队我得亲自挑选，这是一，二我要五万兵马。"

海陵王听了晃晃头。因为什么呢？海陵王有打算，他打算征集天下的兵丁伐宋，这是主要目标，对契丹不想动用过大。他想：不管契丹反了也好，还是哪处流寇反了也好，就是反了一百处，我不在乎，只要我征集兵马一举灭了南宋，天下统一，那时我就是名正言顺全天下的皇帝了。到那个时候，不管是契丹还是流寇，我回过头来再剿灭，都是易如反掌。

海陵王瞅瞅布萨，说："这样吧，我给你两万人马，五万是不行。两万人马，能胜那是最好的了，不能胜，只要你能够把契丹的兵给我打回去，不让他出对马山口。你再把肖途给我救回来，把剩余的兵马给我领回来，你能镇守住对马山口，这就算你有功，你看怎么样？"

布萨点点头，心里话：海陵王胸有全局，还真有点儿雄才大略。暗暗赞佩。

海陵王对群臣说："我为什么这样安排呢？我意思不在契丹，不管契丹怎么厉害，他只是区区的一部分，我的志向是伐宋，统一中原和南方，省得总是牵肠挂肚。我统一了之后，回头我再治契丹和流寇，易如反掌。"他的主张，得到了群臣的拥护。

这样，布萨带着二十四员大将出发了。到了对马山口，他一看，突营是突不进去，可突击契丹的兵营呢，又救不出肖途，想要兜后路呢，过不去对马山口，人家把得牢牢的。那滚木礌石堆的像山似的，就是一个劲地滚，滚三天四天也滚不完。那堆积的石块放下来，可堵住山口，怎么能通得过呢？

这天，布萨召集文武官员来商议如何解救肖途。这时，就从武官的战将中出来一员小将，躬身施礼，说："元帅，末将倒有个计策，不知可行否？"

布萨抬头一看，这小伙子长得很英俊，个头挺高，虎头豹眼，天庭饱满，地阁方圆，确实是一表人才。他身披锁子连环甲，腰扎着英雄带，都是白色的。这人是谁呢？他是瓜尔加氏，叫萨里虎。小伙子今年才二十岁。他的爷爷，想当年也是和阿骨打同时起义的人，也是功臣之后。小伙子从十几岁，就跟他父亲学得一身武艺，他们瓜尔加氏专门使的大棍。这小伙子没参加过什么大的战斗，自小就学习了一些兵书战策，曾经向金兀术探讨过、拜求过，金兀术老元帅曾教过他行军布阵之法，还教过他一些新的武艺。因此，他也是出名的战将。

萨里虎对元帅说："依我之见，要用大批的兵马去攻打不好办。我愿带二百多人，杀进重围，择其薄弱处攻之，杀进去给肖途元帅送信，然后来个里应外合，你看怎样？"布萨元帅听了，说："你这个想法倒是对路，可是就凭二百多人，能杀进去吗？"萨里虎说："攻他的薄弱点，我想我能差不多。即或不成，死就死我一个人，不至于伤了更多的将领。"

布萨元帅不肯答应。但萨里虎苦苦哀求，说："只有这招儿可行。不给里边送信，里边不知外边的情况，不能做到里应外合的话，要突破包围，那是不容易。"实在没别的法子，布萨就答应他了，说："你可以去试试，能进则进，不能进则退，不要乱动，以免兵败受伤。"

这样，萨里虎就挑选了精明强干的近二百人，择其薄弱的东北城角冲了过去，一阵厮杀，二百来人伤了三个两个的，敌人死了一二百人，眼瞅着快杀进城里了，敌人就包围上来了，他想前进一步，根本不可能了，这就又杀了出来，又杀死敌人一百多，可自己只伤亡了四五个人。终于，萨里虎回营。

布萨一看，很高兴，说："你回来了，斩敌杀将那么多，就算你立功。"萨里虎还是不甘心。

这时窝斡已经回去了，留下一个大元帅叫耶律元洪。这人是满脸挓挲胡子，作战非常勇敢，也很有智谋。

萨里虎没攻进城去，还是不死心，他请求布萨，要在晚上袭击，得到了批准。就在第二天晚上，静悄悄的，人都穿上软皮靴子，马摘去铃，偷偷地从西北角摸进去了。进去一看，兵都不动，都睡着了，他心里话：这回行了。走来走去，他看到前面有个大帐，里面点着蜡烛，不看则罢了，一看可乐了，正是契丹的领兵元帅耶律元洪，案前摞着兵书，左右都是武器，有一个侍候他的人半睡不睡的样子。萨里虎高兴了，心想：好啊，真是踏破铁鞋无觅处，得来全不费功夫，没承想我还碰着他了，我要趁他迷糊劲儿，一刀把他杀了，然后我闯进城里，岂不功也成了，名也就了，我信也送了，我把他元帅也杀了。想到这，他就不顾一切地冲了进去，哪承想一到大帐门口，就觉得头一晕"扑通"一声掉进陷坑里。不一会儿，四处上来人，拿着挂钩铁齿把他搭上来，五花大绑，推到中军帐里来了。

耶律元洪得意忘形，哈哈大笑道："小娃子，你还是不行。今天，我把你抓住，我为什么要活抓你呢？我看你是个英雄，文才出众，武艺超群。没别的，海陵王是暴虐无道，他杀人不眨眼，荒淫无度，你还保他干什么？你信我的话，你投到我的帐下，我不失你的官爵，妻财子禄都可以赏给你，你看怎样？"

萨里虎能听那么，瞪着大眼睛，破口大骂，口口声声骂他是叛匪，只说："你既然抓住我了，你就杀了我得了，来个痛快的。你别看我才二十岁，再过二十年还是一条好汉。"

耶律元洪看他这样强硬，叫道："来人，把他送到城里。"所说的这个城，是对马山口里有个城，耶律元洪的家也在这里。萨里虎被送进去了。

布萨得知萨里虎落入了敌手，再不敢出兵了。耶律元洪的高招儿，使得布萨无计可施。这样，两军对峙起来，谁也没动兵。

再说，耶律元洪回到家去了。夫人迎接他。他很高兴，不禁自夸起来："今天，我的仗打得好。"夫人问他："你哪场仗打得好？"耶律元洪说："我抓住一个小英雄，是金国的一个著名的小英雄，叫萨里虎。"夫人又问："谁？"耶律元洪说："萨里虎。"夫人说："噢！……"

一宿无话。第二天，耶律元洪又要回到军中，再三嘱咐手下人，要好好看着被俘的小娃子，先不杀他。上路前，耶律元洪还跟夫人说："这小娃子，是个人才，可是我怎么劝他，他也不投降。"夫人说："我就不信，他萨里虎是铜心铁胆。你走了之后，我来审讯他，我劝劝他，或许能行。"耶律元洪乐了，说："可也备不住，你是个妇人家，话软心柔，兴许能把他说动。那好吧，既然这样，你抽空可以劝劝他。如果你能把他劝过来，这可是一个顶天白玉柱，架海紫金梁啊！"他说完，就回到前线军中了。

再说耶律元洪的夫人。耶律元洪身下，就一个姑娘，没有儿子。这姑娘，是他的续房夫人带来的。老夫人送走了丈夫，回到房中闷闷不乐，两眼垂泪，叫姑娘伊里哈看到了，就问："额莫啊，你每次送走我父亲，虽说不怎么高兴，可也没有像今天这么愁，不知为什么？"

老夫人看看没人，就把门闩上，问女儿："你今年多大了？"姑娘奇怪："你还不知孩儿多大？我今年不是十七岁了吗？"老夫人说："你不知道，你不姓耶律吗？"姑娘当时就纳闷了，问："我怎么能不姓耶律呢？"老夫人又说："你知道你现在的父亲不是你的亲生父亲吗？"姑娘百思不解，说："额莫，你是病了，还是糊涂了？"

"没有糊涂，"老夫人说，"孩子，你坐下，我给你讲讲咱们家的历史。咱们娘俩，根本不是契丹人。"伊里哈说："我怎么不是契丹人呢？"

老夫人说："想当年，你的亲生父亲叫完颜阿鲁。在太宗的时候，他是一员战将。因为防备契丹造反，太宗的时候打发他到这地方来，当一个边关的都尉，另一方面是训练契丹兵，那时契丹兵不懂兵法，一方面唯恐这帮人反叛。哪承想，来了不到三年，窝斡把他看成是眼中钉，恨不能一下子把他除掉。因为什么呢？你的亲生父亲这人，对待咱们大金国是坚贞不二。就在一个漆黑的夜里，他出去散散步，一个暗中监视的人拿出刀子就要杀他，你父亲武功超群，反而把敌人杀退了。第二天，窝斡假惺惺地来看一看，口称喝酒压惊。你现在的父亲耶律元洪也来了。他们在酒里下了毒药，你父亲喝了酒不到三天，中毒而亡。这时候，他们就上了一个假的奏文给金太宗，说你父亲喝酒过多，醉死了。太宗不分青红皂白，就说以此为鉴，下令金国不许喝酒。发送之后，封他为国公。那时，你在我的肚中才三个月，耶律元洪产生邪念，看我有几分姿色，强制地把我抢到他的家里，非要跟我成亲。我有心自尽，随你父亲一块儿走吧，但是已有三个月的身孕，我不知道是男是女，如果我这么一死不就断了完颜阿鲁的后了吗？我左想，右想，我怎么能为你父亲报仇啊？这时，我就拿定了主意，我就忍辱吧，就同他结为夫妇。十月怀胎，孩儿呀，我生下了你，我一看是姑娘，心里有点儿不痛快。姑娘终究是姑娘，什么时候能替完颜阿鲁报仇呢？就这样，你到了七岁的时候，我感到你除了长得好看，体质也很好，我请了一些师傅让你学武艺。我让你学武艺为什么呢？为的就是为你父亲报仇。"

依里哈瞪着两眼，听得出神。老夫人继续说："孩儿，你知道抓住的这个萨里虎是谁？他就是我的娘家侄，他的名字还是我给起的。你父亲死时，他才三岁。那时，我回上京会宁府探亲，看到了他特别惹人喜欢，我才给他起的名字。咱们姓完颜，你呢？应当是阿骨打的孙女。"

伊里哈难受了半天，瞅瞅她母亲，说："额莫，你说的这些可都是真的？"老夫人说："是真的，我还能跟你说谎吗？"

这时，伊里哈给她母亲跪下了，痛哭着说："如果是这样，我一定替父亲报仇，杀死这个敌人。"

老夫人说："那不行。你光杀死他不行，你还得想想咱们怎么能够把萨里虎救出去？你看怎样？"伊里哈说："好。"娘俩合计了一番。

就在半夜的时候，伊里哈去了关押萨里虎的地方，叫开了门。狱头一看是元帅的姑娘，当然是不会怎么提防，更不敢拦挡。伊里哈说："我阿玛在前方没回来，走时让我监视萨里虎。我来看看你们看管的怎么样？"狱头说："启禀小姐，没事，我们一定要加强防范。"

"不。我要亲自检查。"伊里哈硬气起来。狱头不得不放她进去。伊里哈进去一看，这小伙子，那长得真是仪表非凡。别看头发已经披散开了，被打得遍体鳞伤，可仍显得那么镇定而有骨气。

萨里虎在被抓到这里之前，耶律元洪先用甜言蜜语劝他，劝不动，就下令给他上刑，鞭抽棍打，任凭怎么软硬兼施，他也不投降。即使这样，耶律元洪还是不让下死手，因为他看这小伙子真是出色的英雄，一旦能争取过来，将来好利用他。

伊里哈端详了萨里虎一阵，打心里佩服，便当狱官说："我要到他跟前，跟他说几句话。"狱官答应了，痛痛快快地打开二道小门。伊里哈走到萨里虎的身边，问道："这位壮士，你叫萨里虎吗？"

萨里虎抬头一看，原来是个姑娘，穿一身契丹的服装，从脸面上看，长得很俊美。他没吱声。伊里哈又问："你是不是被俘的将官萨里虎？"

萨里虎把眼睛一翻，反问道："你问这个干什么？我既然让你们抓来了，还有别人吗，我不是萨里虎又是谁呢？"

伊里哈试探地问："你能不能归顺到我们这边来呢？"萨里虎嘿嘿一阵冷笑，说："我不知道你是谁呢？"她说："我是当今的元帅耶律元洪的姑娘，我叫伊里哈。"

萨里虎一听，说："你这可真是南不南，北不北，你是契丹人，为什么叫我们女真人的名字呢？"其实，这个事姑娘不知道，她就认为伊里哈是契丹人的名字，便"啊"了一声，心想：我额莫说对了，到现在我还是女真人的名字。

伊里哈同他说："我额莫要亲自审问你，你能不能跟我去？"

萨里虎不买这个账："要审问，你就让她到这儿来审问，要我跟去是不行。"

伊里哈把眼睛一瞪，说道："来人，把他给我拽出来。"上来四五个大汉，把萨里虎塞进了木笼囚车，拉到元帅府去了。萨里虎一直被带到后边，伊里哈吩咐狱官，"你们都回去吧，明天打发家人把他送回去。今天，劝劝他，看他能不能投降。"狱官们哪里知道这里有鬼，估摸是老元帅布置的计策，也可能让夫人劝劝，就走了。

外人都走了，老夫人又把侍候她的人也打发下去，说："你们都回去睡觉吧。你们把他给我绑到这个桩子上，我今下黑要审讯他。你们老元帅说过，能劝则劝，不能劝就不劝。"

当屋里只剩下他们三个人了，老夫人站起来了跟姑娘说："孩子，你把你哥哥的绳子解开。"萨里虎糊里糊涂，说啥也不让解，说："不解。你这样说法不行，谁是她的哥哥？我是金国的大将。"老夫人说："不管怎么样，我给你解开绳子吧。"这次，萨里虎没吱声。姑娘上去，给他解开了绳子。老夫人轻声慢语地说："那么，你能不能听我说一说？"萨里虎说："可以。"老夫人说："你还记得不记得，你有一个姑姑住在北国？"萨里虎说："知道，我听母亲和父亲说过。"老夫人说："那么，你知道你的姑父叫什么吗？"萨里虎说："我知道，我的姑父姓完颜，和当今的皇帝是一辈，他叫完颜阿鲁。"老夫人说："噢，那你知道你姑父是怎么死的吗？"

萨里虎毫不犹豫地说："我知道，他是喝酒过多而死的，醉死的。"

老夫人掉泪了，说："孩子啊，你不知道，我就是你的姑姑。"

萨里虎一听这话，两眼一瞪说："你不是我的姑姑，你就算是我的姑姑，我也要把你当作仇人看待。你竟然跟敌人的元帅结婚了，你知不知羞耻，你还是不是女真人？"

萨里虎不听则已，一听他的姑姑嫁给了敌人的元帅耶律元洪能不急吗？他便破口大骂："你不配是一个女真人，你也不是我的姑姑，今天咱俩是一刀两断，任杀任剐随你的便吧！"

老夫人点点头，连声道："好。你骂得好。你越是这样骂，我心里越高兴。可是孩子，你只知其一，不知其二呀！你说你姑父是喝酒而死，你可知道，他真的是喝酒而死的吗？"萨里虎听这话，没吱声。

老夫人又说："我是你的姑姑，我并没有忘记我是女真人。你哪里知道？你的名字都是我给你起的。"老人家指着女儿说："这个孩子，是你的亲姑舅妹妹，她叫伊里哈。想当年，你姑父为了大金国，忠心耿耿保卫着北国边疆，给他们训练了强壮的兵马，同时监视了他们的一举一动，这样才稳定了北国，安定了契丹人的生活。所以说，在北边，你姑父建立了不朽的功勋。正因这样，一些谋反谋叛的契丹人，恨你姑父如眼中钉肉中刺，恨不得一下子将他除掉。"她把完颜阿鲁被害的事情，从头到尾一说，"我当时是想尽忠尽节，可是我当时怀着你妹妹，我也不知是男是女，一心等这孩子长大之后，替父报仇。生下来虽是一个姑娘，但我没忘掉报仇，没有灰心，她七岁的时候，我就叫她学武艺。现在，可以说她满身武艺。这样，我就准备着，一旦有时机，我就会告诉她替父报仇。这不，今天我听说你已经被绑了，我知道之后，我才打发你妹妹将你救出来了。"

萨里虎一听这话，眼中含泪，扑通一下子就给姑姑跪下，说："姑姑，你做得对，你想得好，你没有忘掉你是女真人。孩儿我，对你有些冒犯，请你谅解。"

老夫人颤颤巍巍地将自己的侄儿扶起来。萨里虎说："现在，事不宜迟，咱们赶紧想办法，怎么能够给城里送信？怎么能够杀死耶律元洪？怎么能够让咱们逃出去？"

老夫人说："这样吧，你们一切都听我调遣。这事，我在心里想了十六年，今天终于要实现了。"老人家思忖片刻，又说，"没别的，还是把你送回监狱里去，你就假意投降，好解除他们的疑惑。解除了耶律元洪的疑惑，他一定重用你。在重用你的时候，你就赶紧结交女真人。"老夫人告诉他，这里面有许多的女真人，哪个将领是女真人，并告诉他，"这些都是当年你姑父的部下。他们给人当差，受人监视，你可以暗中活动。有什么事情，我可以给你出谋划策。当你在女真人里组成了可靠的队伍之后，我想办法给城里送信。你不能去，你行动不便，虽说你投降了，但还在受监视。"

这一说，萨里虎很高兴，姑娘又将他送回了狱中。在此期间，元帅耶律元洪回来了，老夫人便跟他说："这小子太倔强，可也不是那么强硬了，我跟他讲了讲，咱们可以放长线钓大鱼，我看他慢慢地会向咱们契丹投降的。"

耶律元洪乐了，便说："好啊，你是女真人。你们女真人说话，可能他会信，他要是投降了，我可以启奏窝斡皇帝，将来可以封他为大官，比我还要强啊。"

再说，伊里哈自从见到萨里虎之后，也不知怎么了，就觉着，一天看不着他心里就是个事。老夫人也看出了这情形，心里话：好啊，你要真的能同萨里虎结为夫妻，我死了也瞑目。就这样，伊里哈每天装作检查监狱为名，暗暗地给萨里虎不是送吃的，就是送喝的，同时告诉狱卒："不许怠慢他，将来说服他投降之后，就是咱们契丹的一员大将。"狱卒哪敢不听元帅女儿的吩咐呢，照办不说。

　　日子一长，有点儿露马脚。耶律元洪有个儿子，前房留下的儿子，叫耶律珠，今年二十二岁。这小子不务正业，虽说会点儿武艺，可也不怎么样。因跟人家干仗，被捅瞎了一只眼睛，直到现在还未婚配。他知道伊里哈不是自己的亲妹妹，也不是父亲的骨血，便看中了伊里哈，老是跟父亲咯叽："父帅，你把伊里哈给我当媳妇吧。"

　　耶律元洪不准，骂道："混蛋！她虽是带来的，叫耶律伊里哈了，不管怎么也是你的妹妹，允许那样吗，啊？！"

　　耶律珠发现伊里哈跟萨里虎，天天总是那么密切，心里就吃醋了，心想：好啊，你看上了萨里虎了，怪不得你那么献殷勤。

　　伊里哈对萨里虎含情脉脉。萨里虎对伊里哈呢，因为是出于姑舅妹妹这种感情，所以对她也很好。可能耶律珠就起了醋意，心里嘀咕：你看中了帅气的小伙子，好，我让你看中，我要在我父亲的面前禀一禀，我叫你们人财两空。

　　这才引出，萨里虎差点儿没被耶律珠害死。萨里虎大闹契丹营。

　　欲知后事如何，且听下回分解。

第十八章 | 萨里虎敌营娶表妹
完颜雍走马救肖途

话说耶律珠，眼见妹妹伊里哈同萨里虎的感情一天比一天亲密，不由得怀恨在心。

这天，耶律元洪从城外回来，很高兴。老夫人见他这样高兴，便问："元帅，今天怎么这么高兴啊？"

耶律元洪兴致勃勃地说："咳，你不知道，咱们的军队，简直是铜帮铁底，被困的肖途想逃出去万万不能，布萨的军队又攻不进来。他们的粮食越来越少，眼瞅着就要断绝了，咱们很快就要取得胜利了。契丹王窝斡就会把大金国灭掉，辽国就又可以复兴了，这不是最令人高兴的事情吗？"

老夫人支吾着："噢，难怪元帅这样高兴。"

耶律元洪问："还不光这个，我问问你，萨里虎有没有回心转意呀？"

老夫人说："看样子他有些回心转意，这是伊里哈常常给他送饭观察出来的。"提到这儿，耶律元洪说："夫人，我想跟你说一件事。"老夫人说："什么事，你只管说吧。"耶律元洪说："萨里虎这个人，要才有才，要能力有能力，如果他投降咱们，我想把姑娘嫁给他，你看怎么样？"

老夫人一听，心中暗想：看来这孩子有救了，便假意吃惊地问："老元帅何出此言？萨里虎虽然有降意，但也不能先提婚姻之事。"老元帅哈哈大笑说："夫人言之差矣。像这样年少有为的小英雄是难得的人才。我不是把姑娘随便给他，他要真的投降了，咱们结这门亲事还是不坏呀。"

"咳，"老夫人打个咳声，顺势说，"姑娘虽是我生的，做主还得由你，那就由你酌量办吧。"耶律元洪很高兴，一宿无话。

第二天，耶律元洪正回营。耶律珠慌慌张张地撺出来，跪下来对他说："孩儿有机密的事情向父帅禀报。"耶律元洪问："什么事情？快说。"

"这不是说话的地方。"他领着父帅到林子里。

耶律元洪觉得有些小题大做，有什么事竟这样机密。到了林里，耶律珠上前又给父亲跪倒，央求道："父帅，我有一件大事，要当你说一说，不知你能不能够相信？"耶律元洪不耐烦地说："你说吧。"

耶律珠向父亲说："自从你抓到萨里虎之后，我妹妹伊里哈，天天给他送饭送肉，跟他眉来眼去。这还不算，我还看到母亲和伊里哈同萨里虎经常在一起鬼鬼祟祟不知唠些什么。他们都是女真人，如果串通一气的话，来一个里应外合，破坏了咱们的军队，岂不出了大事。孩儿我是为契丹国着想，我们不能不防备呀。依我的意见，赶紧把萨里虎杀掉，免得以后出什么事情。"

耶律元洪想了想说："好吧，你先不必声张，今天夜间我回来再说，看看他们什么动向。"父子俩说完话，耶律元洪就回到兵营去了。

在耶律珠跟他父亲说话的时候，就在树林子里有个放马的老家人，他是女真人，原来是完颜阿鲁手下的家人。自从阿鲁死了之后，瓜尔加氏嫁给了耶律元洪，他心里很不高兴，感到这个瓜尔加氏是个水性杨花的人，但也没敢表现出来。这天，他在林边放马，蹲在树林子里解手，听到耶律珠跟他父亲谈话，全明白了。老家人索性把马赶回来，一个个拴在槽子上，看没什么人了，就悄悄来到瓜尔加氏的卧室。

老家人问："萨里虎是不是你的娘家侄儿啊？"瓜尔加氏不得已反问道："你怎么知道？"

老家人说："我知道，想当年老将军在世的时候曾经提过，他的名字还是你给起的。"

瓜尔加氏说："如今，是他不是他，我也不管了。因为我已经嫁给耶律元洪了，属于契丹了，有关两国之争，没法过问了。"

老家人一听这话，圆睁二目："夫人，你说什么话？咱们是女真人。自从辽国灭后，咱们对辽国的百姓天高地厚，可不像辽国那时候对待咱们那样。既然这样辽国人应感恩戴德才是，偏偏他们几个头目贼心不死，想要灭掉金国，难道说你忘了吗？这是国之大事。再说，你难道不记得，咱们的老将军阿鲁是怎么死的吗？"

瓜尔加氏看看老家人，半天无言，因她害怕，不知老家人是真心还是假意。她只好说："老家人，你不要说这些话了，乱说没什么好处，事情已经过去了，我们也只能这样了。"

老家人一听这话，气得咬牙切齿，站起身来直接奔瓜尔加氏撞去，说："我呀，本来是等待有朝一日，回到女真国去，不承想你是死心塌地跟了耶律元洪。这样的话，我活着也没什么用处，我就跟你一块儿死吧。"

旁边的伊里哈赶忙拦住老家人，说："老人家息怒，咱们有话慢慢讲。"

老家人这一撞，瓜尔加氏明白了：噢，他这是真心呐。她把老家人扶起来，让他坐下，眼泪唰唰地掉下来，说："我呀，没承想还能遇到你这样忠心耿耿的人。"然后，她就把过去的事，怎么怎么回事，她为什么要苟延残喘地活着，就是为了报仇，一一都说了。

当老家人听到母女俩怎么和萨里虎定的计，他乐了，说："好啊，既然这样，那我是冤枉了你们。"说完这话，就要跪下认罪。瓜尔加氏忙拦住说："咱们都是女真人，由于在人家的矮檐下，互相不通气，怎能怪得。"老人家说："你可要知道，我在树林子里听到了耶律珠跟耶律元洪说的话……"他就把他们怎么说的，又怎么计谋的说了一遍。瓜尔加氏一听害怕了，吓得浑身哆嗦："啊呀，这可怎么办呢？"

老家人说："不要紧，这两天晚上，你们千万不要说出真话。你们可以找萨里虎，跟他暗里说明白，伪装行事。原来不是计划让他投降吗？就叫他赶紧投降。这样，就能稳住耶律元洪，然后咱们再想办法动手。"

瓜尔加氏一听，说："好啊，我何不就耶律元洪偷听之时，将计就计呢。"

老家人放心了。在他走时，瓜尔加氏告诉他："不论如何，你要及时通递情况。有什么事，我好找你。"老家人应下便去了。

再说耶律元洪回到兵营。到了晚上他就回来了。他为了保密，告诉周围的人谁也不许说他回来，并警告："谁要是乱说，透露我回来了，我就要谁的命。"耶律元洪探察家里人，谁跟他一条心。

夜深人静了，耶律元洪悄悄到了他家的北窗下，看屋里点着灯，听瓜尔加氏正跟姑娘在闲谈："孩儿呀，有件事我想跟你说说，不知道你愿意不愿意。"姑娘说："什么事？额莫只管说吧。"瓜尔加氏说："今天，你阿玛回来了，想要把你许配给萨里虎。我当时不同意。他说只要萨里虎投降，这门亲事就定下来。依我心里话，我是很不愿意的，但又觉得萨里虎又挺好，我不知你是怎么想？"

耶律元洪在外面听得清清楚楚，他寻思：好啊，这回我看看你们说些什么。

伊里哈不满意了："额莫，你这话不对呀，咱们是契丹人，怎么能嫁给女真人呢？"她生气了，"孩儿我认死不嫁！"

瓜尔加氏说："你应当好好想想，你不该辜负了你阿玛的一片苦心哪。"伊里哈思忖了一阵，说："这样吧，如果萨里虎真的投降咱们，跟咱们契丹一心一意，那么，我的婚事，可由阿玛和额莫做主。要是萨里虎不投降，孩儿我认死不嫁。"

外面，耶律元洪一听，禁不住欢喜：噢呀，我的姑娘真是好样的，耶律珠净胡扯淡。他又一想，可也别大意，我明天下晚再听听，看看怎么样。他就到另外的房子里睡下了。

第二天下晚，耶律元洪又在窗下偷听。

瓜尔加氏说："孩儿，你不是说今晚把萨里虎叫来吗？那怎么还没去呢？"伊里哈说："我打发人去了，一会儿就能回来。"不多时，萨里虎被绑着押进来了，气呼呼地坐下。瓜尔加氏告诉姑娘："伊里哈，你给这位英雄解开绑。"

伊里哈说："没关系，解绑就解绑，我想他也不敢怎样。"说着，她把自己的柳叶刀抽出来，照萨里虎的前胸比量一下子，喝道："萨里虎，你要知道，姑娘我可不是省油的灯。你手无寸铁，你动一动，我就要你的狗命！"

耶律元洪在外面，暗暗点头，心想：真不愧是我的女儿。萨里虎被解开了绑绳，瓜尔加氏说："萨里虎，你知道吧，你的命在我们的手里。另外，你还要知道，海陵王荒淫无道，常言说：识时务者为俊杰，你该选一条出路。现在契丹王英明，老元帅耶律元洪也是独一无二，你应该投降这里。你要投降，可以享不尽荣华富贵。"萨里虎不吭声。

瓜尔加氏又进一步跟他说："你没看出来吗？我的姑娘天天给你送饭送酒送肉，这你也不会感觉不到。耶律元帅和我对你也很器重。没有别的，你真要是诚心诚意投降，我愿意把我的姑娘许配给你。"

说这话时，姑娘假装很生气地说："额莫，你不要随便说话嘛。"

瓜尔加氏说："那没什么，我说的是他真正能投降，咱们也是难得这样英俊有为的年轻人。"

萨里虎低下头，说："这样吧，如此大事，再容我好好想一想，你看怎么样？"瓜尔加氏说："好。既然这样，那你今天就不用回监狱了。"接着，她吩咐家人："来人，在东间安排一个住处，让这位年轻的将领到那儿去就宿。"家人照此安排，她又派了几个武士在外面严加看守。

耶律元洪一看不错呀，也没有什么大不了的事情，一寻思明白了：耶律珠求过我，他想要伊里哈，我没答应，他是不是从中挑拨呢？又一想，不能麻痹，明天下晚我再听听。

到了第三天晚上，耶律元洪又在窗外听着。瓜尔加氏和姑娘正在屋里坐着，娘俩唠嗑。他听夫人说："孩子，阿玛和额莫，可是为你着想啊，萨里虎这小伙子确实是不错，你还是回心转意，答应这门亲事吧。另外，我白天又问了问他，他觉得自己是女真人，有点儿背叛行为。今下晚，我再跟他讲讲，我想他会同意的。他要是投降，等你阿玛回来，再让他们爷俩见见面，事情不就妥了吗。"

伊里哈听她额莫这么一说，不加反驳，实际也就表示同意了。瓜尔加氏打发人，将萨里虎请到这里。这回，萨里虎穿上了衣服，神态也好，见了老夫人深深地请了一个安。姑娘也不像往常拿刀那样逼人了。耶律元洪在外面估摸：有门儿，有门儿。

瓜尔加氏语重心长地说："我对你说了吧，咱们都是女真人，你是个孩子。你想想，我为什么一心一意嫁给耶律元洪了呢？我觉得，无论是在什么地方，只要是我们能够升官，又发财，能够有妻财子禄，那就行呗。你所要求的是什么呢？你在金国，无非就封你一个将军的职衔，如果你到我们这里，我想不失为一个元帅，你好好想一想。"

萨里虎说："既然是这样，明天见元帅时我再做定夺。"他又转而提出了条件："不过，我有两个条件，我要提出来。第一如果对我不重用，我可以随时回金国去；第二如果让我再杀女真人，那我不干，我可以保护契丹国，但我不能出征。"

瓜尔加氏掂量一阵说："你提的这两个条件，事关重大，我不敢答应。"耶律元洪听夫人不敢答应，在外面就着急了，忘了自己是在偷听，不由得喊道："可以答应，可以答应。"屋里，姑娘"唰啦"一声，抽出刀来。

耶律元洪说完，后悔了，觉得自己多余吱声。事已至此，他便硬着头皮，笑哈哈地进了屋里。瓜尔加氏早知他在外面听着。耶律元洪进来，萨里虎低头不语，老夫人和姑娘装作很吃惊的样子。

耶律元洪说："夫人，对不起。今天我回来，无意中见你屋里点着灯，也不知是谁在屋里谈话，听了半天还是你和这位小英雄萨里虎讲话，所谈的事情我都听到了。萨里虎提出的两个条件，我看不算过高吧，咱们就答应吧。"

老夫人装作挺高兴的样子，就跟萨里虎说："小将军，这样你就拜见拜见元帅吧。"萨里虎鞠躬施礼，恭敬地说："我是一个被俘的人，承蒙元帅全家这般如此天高地厚的待我，我也感动了。既然这样，我就同心同德地跟着你们打江山，建立辽国，使之中兴。"

"好吧。"耶律元洪赶忙命令家丁，摆酒设宴，并且在席上将伊里哈许配给了萨里虎。那时没有临阵收妻该宰之说。萨里虎亦高兴从之。伊里哈更是打心眼儿里高兴。

耶律元洪说："这样吧，咱们选择个良辰吉日，就给他们俩完婚。"这个决定，正合他们的心，自然听从。

一阵紧张地筹办，不过三天，萨里虎就同伊里哈完婚了。

婚后，耶律元洪带领萨里虎回到了军营。

这时，耶律珠气得了不得，几次找耶律元洪，挨了骂。耶律珠打个咳声说："我呀，倒是由于忌妒，恨萨里虎。可是父亲不应该这么毛毛草草地收了他，还把妹妹嫁给他。我看，这样下去将有大祸来临。"他又向耶律元洪进言，"依孩儿我的意见，还是要把萨里虎斩草除根，不然咱爷俩都要受害。"

耶律元洪不知怎么回事，说："伊里哈都嫁给他了，他也投降咱们了，还能有什么事呢？"

耶律珠说："你可要知道，人家是女真人呀，咱们反的是女真人，他的父亲又是金国皇上的一员老臣，他怎么能跟咱们一条心呢？再说我可听到，他跟瓜尔加氏好像是什么亲属关系，咱们哪能掉以轻心。"

耶律元洪听了，信吧没有根据，不信吧又产生一些疑虑，便说："我再试探试探，看他们有没有什么行动。"这天，耶律元洪把萨里虎找来说："我有件为难的事，打算让你去办一办。"

萨里虎忙问："什么事？父帅只管说吧。"

耶律元洪考验他，说："布萨领着兵来了，你能不能带领队伍，将他的前营取来呢？"

萨里虎推辞说："不行。我不是跟你们讲了两个条件吗？这实在困难，我是不能去的。"耶律元洪说："那么，还有另一件事麻烦你。"萨里虎问："什么事？"耶律元洪说："你带领一批人马，去北国，保护窝斡，征西去。"

萨里虎说："这倒行，我可以去征西，那我得挑选能听懂我说话的人。"

耶律元洪说："那么把我手下的女真兵调给你行不行？这就是原来阿鲁部下的女真兵，他们也是一支强兵。"

萨里虎一听，心中暗暗高兴，哪承想耶律元洪是在试探他。

"既然这样，那我甘愿领兵去征西。"萨里虎痛快地答应。

耶律元洪心中暗暗叫苦：我儿子说的恐怕不错，要不怎么一给他女真兵，他就这样的高兴呢？他又假作掩饰地说："好吧，我再考虑考虑，看看什么时候起兵为宜。"他把萨里虎安排在营里，自己回家去了。

瓜尔加氏对报信的老家人很信任，就把他留在院里，明面上是听从使唤，侍候自己，实际上是让他观察情况，通风报信。

瓜尔加氏见耶律元洪回来了，接他进屋，让他进餐。耶律元洪一边喝酒，一边来气。

夫人说："元帅今天为什么来气啊？"

"别提了，"耶律元洪把萨里虎谋反，假意投降，想带女真人如何如何，说得一针见血，"这不，我已把萨里虎软禁起来了。这还不够，我听说你跟他定的策略，想要谋害本帅，是有这个事吗？"

瓜尔加氏一听这个，心里咯噔一下子，猜测着：莫非我们合计的事露了。但她面不改色，气不长出，说："我想萨里虎不会这样。因为什么？我跟他谈了多少次话，说我跟他有什么密谋，那你是冤屈我了。"

耶律元洪半天没吱声，然后说："真的也好，假的也好，今后你不许跟萨里虎来往。"

他姑娘听这话不干了，她说："要真是萨里虎叛了咱们契丹国，那我活着还有什么用呢？我到营里去问问他，他要真有反叛之心，没别的，我可以亲自结果他的性命。好歹我俩夫妻一回，他不能提防我。"

耶律元洪听了姑娘的话，犹豫不定，说不信吧，人家说的在理，信吧，耶律珠又说了那么一番话，再加上萨里虎专门要女真兵，就允道："那好吧，你可以去探一探，然后我再做定夺，杀剐存留咱们再说。"姑娘说："好吧。"

第二天，耶律元洪回到了营盘里跟萨里虎说："孩儿，你要去征西了，你岳母和你的妻子很惦着你，让你回去一趟。"

萨里虎很高兴就回去了。简短些说，娘俩把耶律元洪说的什么事一告诉，萨里虎一听后悔了，说："是有这么回事，一听他给我女真兵，我是很高兴。"

瓜尔加氏一看可不好，这事已露了马脚，想收回说不要女真兵，恐怕不行了。她说："事不宜迟，咱们得赶紧起义。"然后，她又跟姑娘说，"你呀，是契丹元帅的姑娘，出出进进的，人们不注意你。明天，萨里虎在家里不动。你呢，赶紧到肖途被围的南城，在城外你就围着城看。如果有人问，你就说是探听敌情，看看他跟萨里虎有没有联系，暗中你射进去三支箭，告诉肖途，布萨已经出兵了，让他里应外合，在北城给他们开辟一条道路，让布萨从外面攻，让肖途从里面往外打。这样，里外夹击，就可能把耶律元洪的兵力干掉。之后，我们母女，再加上萨里虎，想办法把耶律元洪杀掉。"

这是他们三个人设的计。本来，第二天瓜尔加氏想打发姑娘告诉耶律元洪，说萨里虎没有别的想法，哪承想耶律元洪回去后越发的不放心，就在布萨加小心的时候，耶律元洪率领所有的部队将布萨的军队团团围住了，足足打了一宿，将布萨的兵打败了。布萨吃了败仗，跑回去了。

第二天晌午，姑娘到营一看，才收兵。耶律元洪挺高兴，正打着得胜鼓回来了，开了庆功宴。姑娘对耶律元洪说，萨里虎没那么回事。耶律元洪说："不管有那事无那事，反正敌人已经撤了。城里被困的肖途，想往外逃也逃不出来了。"

正在这时，蓝旗手报："启禀元帅，布萨的兵又返回来了。"原因是什么呢？布萨一寻思：我被打退了，这要一回去，我的性命难保，海陵王要归罪我白浪费了军队，要杀我的头。所以，他又硬着头皮杀回来了。

这时，耶律元洪一看敌人回来了，没容分说，带上所有的兵马出去迎战。双方在对马口展开了一场鏖战，杀的双方都有损伤。但耶律元洪占了优势，眼看布萨的兵狼狈而逃。就在这时，见从西面杀过来一队人马，队前有一个人骑着白马，穿着白盔白甲，小伙子长得挺英俊。他后面是五员战将，领着两三千人马。这股兵，来势甚猛，没容分说就冲进了耶律元洪的队伍里了。

耶律元洪正沾沾自喜，没加小心，他的兵马被杀得大败而逃。布萨呢，这时也收住了阵脚，他在纳闷：这兵是京城派来的？一看又不像，那么这是哪来的兵把我给救了呢？他扎住了营，看败阵的耶律元洪率领着部队往他驻守的北城逃去。这北城是在马谷山口的里面，他进去后，再有人往里进的话，滚木礌石就下来了。耶律元洪退守到马谷山口的里面，追兵就不敢进了。只得封住谷口。

还没等布萨明白过来，这两三千兵就把南城打开了，肖途这才出来了。肖途一看，马上坐的不是别人，正是完颜雍。他想：我怎么叫完颜雍给救出来了呢？完颜雍在马上，肖途赶紧下马，跪倒在地说："参见王爷。感谢王爷救我出来。"

完颜雍在马上说："肖将军，别来无恙吧？我完颜雍本来想同你一起进京，无奈海陵王恨我入骨，我不能回城。没别的，你回去之后，多带人马，守住马谷山口，保住咱们大金国的江山。我呢，也不能够进城，你回去之后，给徒单太后问安，给老臣们问安，你代我警告海陵王不要为非作歹，如果他能公正严明地治理国家，我完颜雍一定在他手下称臣。我不会有三心二意的。他也不要老是在抓我，使我没法立脚和生存。"肖途只好领命，同布萨合兵，这才回到了京城交职。自此之后，耶律元洪不敢出马谷山口了，因为外面属朝州的地盘，被完颜雍的兵把守着。完颜雍的兵太厉害了。

暂不提完颜雍，再说萨里虎和瓜尔加氏。当耶律元洪回来后，气得了不得。加上耶律珠总是添油加醋，耶律元洪就想：这是不是萨里虎、瓜尔加氏和她的姑娘互相串通引来完颜雍把我打败了？自此，他对瓜尔加氏、萨里虎提高了警惕。

就在这时，耶律珠更加设法接近伊里哈，跟她说："你不该跟萨里虎死皮赖脸缠在一起，你没看出来吗，最近老元帅就要把萨里虎杀死。"

伊里哈听了这话着急，对母亲说："怎么办哪？咱们现在是性命难保啊。"瓜尔加氏一时拿不出主意。

耶律元洪对瓜尔加氏一天比一天疏远了。越想越感到她不可靠，她从中起的坏作用很大。同时，他对萨里虎也加了戒备，更谈不到对他如何重用。

这天，萨里虎对瓜尔加氏说："姑母，看起来咱们三个人性命难保啊，不然的话，耶律元洪不会对咱们这么冷落。"

三个人正合计时，老家人进来禀报："可不了得了，耶律珠和耶律元洪两个人合计好了，今天晚上假装摆宴，把萨里虎灌醉，当场毒死，然后把你们娘俩拘禁起来，逼出口供。"瓜尔加氏一听这话，十分着急，心想：这可怎么办呢？

萨里虎眼珠一转，说："姑母，我倒有一个计策，不知行不行？"

瓜尔加氏忙问："什么计策？"

萨里虎沉稳地说："耶律元洪今晚请咱们时，咱们就装作去赴宴。在宴席上，就看你有没有胆量，能不能替我的姑父阿鲁报仇？"

瓜尔加氏说："我十几年来想的就是要杀死耶律元洪，替你的姑父报仇，我哪有不敢的道理？"

萨里虎说："好。既然这样，就好办了。我这里有一包毒药，你能不能在给耶律元洪敬酒时把它下在酒里，将他毒死？至于杀耶律珠，那我是易如反掌。"

瓜尔加氏一听，果断地说："行。只要是我的姑娘有着落了，只要是我把耶律元洪杀了，我死也心甘情愿。"

萨里虎说："那不至于，如果把他们父子俩都除掉之后，那我就可以带走女真兵，回金国去，在万岁驾前我原原本本地一说，就会得到海陵王的嘉奖。到那时，我们就可以回家了。"

"好吧，"瓜尔加氏说，"既然这样，咱们就豁出命来，探一探虎穴，要把我们的仇人杀死。"

欲知后事如何，且听下回分解。

第十九章 | 德都妈妈深山里收徒
夹谷姑娘为金国尽忠

完颜雍自打从上京会宁府逃出之后，五兄弟加上他和完颜万隆，被冲得五零四散，只剩下完颜雍和完颜万隆没有走散。他俩走了一阵，完颜雍一看，前后左右都是大森林，想走也难走出来了。这叔侄二人，已经到麻达山了。

完颜万隆跟完颜雍说："咱们往哪儿走啊？"完颜雍瞅瞅山势，瞅瞅水流，说："往东走吧，那是上京会宁府，我们是自投罗网；往西走是什么地方，不知道。不管怎么样，往西走或往西南走，我想离上京会宁府越远，咱们就照此方向往前走吧。"

他们手里没有弓了，也没有箭了。要说射箭，完颜雍在金国来说，那是数一数二，可是手里既无弓也无箭，拿什么射呀？刚走时，还能找到吃的，这时连吃的也没有了。在这原始森林里，除了树，连山果都不长。这样走了三四天，粒米没进。

完颜雍说："万隆啊，看来咱俩已到了山穷水尽的地步了，如果再这样下去，不要说是饿死，就是冻也把咱们冻死了。"正值寒冬腊月，他又说，"我已经不行了，不如把我的衣服脱下来，给你穿上。我死了之后，你把我的头割下来，献给海陵王。我想，你拿着我的头回去，还可得到高官厚禄，然后你再等待时机，杀掉完颜亮。"完颜万隆哪能这样做呢？他说："你别争，我也别争，明天咱们再说吧。"两个人，你靠着我，我依着你，好在还有火石和火镰，捡了些柴火楂子，点着火，烤着度夜。趁着暖意，完颜雍就迷迷糊糊睡着了。

到了第二天早晨，完颜雍睁眼一看，可把他吓坏了。他看到完颜万隆的衣服留在身边，还留下一份血书，上写：我主，赶紧往西南走。我死了之后，阴魂不散，一定保佑你平安地逃出虎口。完颜雍看后，心疼得跺脚捶胸。走出不到半里，见到完颜万隆赤条净光，活活冻死了。完颜雍哭得死去活来，寻思：我活着还有什么意思，不如死了得了。但又一寻思：我不能死，要死了，像万隆这样的人，像一些受害的老臣，怎么给他们报仇呢？为了他们，拼我这条命，我也要爬出去。完颜雍想到这里，捡了些乱柴棵子，将完颜万隆的尸体掩盖好了，做了一个记号，跪下去，恭恭敬敬地给他磕了三个头，并祈求他保佑自己，脱离这险恶的虎口。

完颜雍冻得难忍，含着眼泪，将完颜万隆留给他的衣服穿上。因饥饿走不动，他就连走带爬，爬来爬去，爬到一堆软草窝口，躺在里面，想动也动不了。不一会儿，他听到喳喳的声音，心里害怕，细看来了一头母鹿，还领着一个小鹿崽。这头母鹿到了完颜雍跟前，闻了闻他，又绕着他走了几圈就走了。不大一会儿，它又回来了，叼着一个既不像蘑菇，也不像猴头的奇物。它把这奇物往完颜雍的嘴里拱。完颜雍吃了，感到香甜可口，于是精神大振，就像吃饱了似的，浑身有劲了，也不怕冷了。

这头母鹿向他点点头，用嘴咬着他的衣襟，引他往西走。说也奇怪，吃了那物，鹿跑多快，他就能跑多快。跑到一个大石砬子，鹿撒开了他。然后，鹿就返回去了。完颜雍很高兴，对这头鹿深深地请了个安，说道："你把我救了。我若真正得了天下，告诉家人一定要祭祀你。"当时，就封它为"抓鹿妈妈"。

这样，完颜雍就又走了，走来走去，走到一个地方，怎么走，四面都是顶头风。完颜雍猛然想起老猎手们讲的"逆风口"。人们一旦到这里面，一是被冷风吹死，二是迷路，冻饿而死，可把他吓坏了。四周一看，到处是荒凉一片。在老林子里走，好像还有点儿依靠，一出了老林子，四外一个人影没有，都是矮草棵子和塔头甸子，更是给人一种无路的茫然感。完颜雍坐在那里思忖了半天，感觉到很吃力。他想：不是说天无绝人之路吗？我死无所惧怕，可是大金国的江山，不是白白断送在完颜亮手里吗？想到这儿，一咬牙，暗下决心，不管怎么样，我还得活下去。走不动，他就往西爬。爬来爬去，抬头一看，可把他吓坏了，前面就是立陡悬崖的大石砬子。正要爬回去，突然，有三只老虎直接向他扑来了。完颜雍一看，心想：我的命这回算完了。他眼瞅着老虎扑过来，利爪将搭在他身上时，他一咬牙，就跳下了悬崖。他刚醒过来，迷迷糊糊的不知所措，只觉得身下软软乎乎的，睁眼一看，原来是一只大蟒。这只大蟒，有大缸一样粗细，他正好掉在大蟒背上。

大蟒伸开身子，他骑在大蟒的背上连动也不敢动。大蟒爬了好久，才爬到山碴子顶上。他下来，面前是一条毛道儿。他估摸，有毛道儿，就会有人，沿着毛道儿就一步一步往前爬。爬来爬去，他来到一条小河，小河对岸，有一间小茅草屋，矮矮的屋子，还夹着障子，远远能听到一两声鸡叫声，完颜雍高兴了。他这一高兴，一步也走不得爬不了了，两眼一黑就什么也不知道了。

当他醒过来，躺在炕头上，地上点着一盏狍油灯，屋里静悄悄的，只见一位老太太坐在他的跟前，他出于感激，想起来给老太太行礼，可是手无缚鸡之力，只好躺在炕上掉了几滴眼泪，给老太太点了几个头。老太太说："这位壮士，你不要着急，你已经累得不行了。千万不要乱动，好好养着。"说完，老太太端碗米汤，完颜雍一看这米汤，那简直就如看到鲜汁美味似的，恨不得一口喝下去。老太太不急不忙，偏偏那么一匙一匙地喂，吃得他甜嘴巴舌的，再想要吧，老太太不给了，他不好意思再要，接着便睡了一觉。

到第二天早晨，老太太给他熬的小米稀粥，弄了点儿咸菜，让他吃早饭。饭后，他还是坐不起来。老太太说："你不要动，在这好好养病，这段时间，你要听我安排。"其实，完颜雍不是病，而是长期饥饿受冻，身板异常虚弱。在炕上躺了三天，总算复原了。老太太天天给他做点儿饭。完颜雍几次问老太太贵姓，想要告辞，可是老太太却不让他走。老人家说："你现在体格不怎么太好，再说你想去的地方离这儿又很远，如果你身体不强壮起来，你是走不了的。"完颜雍听这话觉得在理，也只好吃住下来。

从这以后，他就注意老太太。老太太白天在屋后搬石头，一百多块石头，从东头搬到西头，又从西头搬到东头。到了晚上，他一睡觉，老太太就出去。两三天了，他觉得这老太太不是一般人，像有什么不寻常之处。

这天，他假装睡觉，当老太太走后，他悄悄出来。他走到屋后，一看，在一棵松树下有一个石头香炉，香炉里插着一支点燃的香，老太太从树上取下一张弓，又取下三支箭，倒退着跑回二三百步，"嗖"的一箭，正好射在香头上。完颜雍看着，心中叫好，不禁倒吸了一口凉气。之后，又见老太太从树窟窿里拿出两把刀来，在月亮底下闪闪发亮，老太太舞将起来，见刀不见人，像一片刀山似的。完颜雍不由得喊了一声："好！好刀数！"他赶紧上前跪倒，称道，"我不知老妈妈有如此神功，使我大开眼界，我从来没见过这样的武功。"老太太乐了，说道："你出来，我知道，知道你在后边跟着我。你，我也知道是谁。你想要得天下，安天下，你没有真正的武功不行啊。没别的，你在这多住些日子，我教给你箭法。你的箭法，在金国来说虽能数得着，但是没有达到神箭的程度。另外，光会箭，没有防身之术，没有武功也不行。我要教给你招数，同时还要把我老头子活着时的几本兵书战策教你，这样你就可以得天下，无往而不胜了。"

完颜雍一听这话，"扑通"一声双膝跪倒，叩认师父。从这开始，这位老太太就教给他怎么样射箭，教给他怎么样舞刀。白天练功，晚上在灯下亲自教给他兵书战策。这样，完颜雍在这住了十来个月，练得刀法非常纯熟了，箭术也更精了。这天，老太太说："你可以下山了。实不相瞒，以后不用找我了。我教下你这么一个徒弟，我就走了。你不是问过我吗？我叫德都妈妈。"完颜雍牢牢记在心里。老太太又说，"没有别的，除了我给你两把宝刀和一张宝弓，我还有一条狗送给你。不然，你出山是很难的。这条狗，叫亚里虎，它能够带领你出山。"完颜雍这才拜别了德都妈妈，带上双刀和弓箭，就要动身。老太太一招呼，亚里虎跑来了，这狗真大，像狍子那么高，两只眼睛像两盏灯似的，耳朵竖立着。老太太说："亚里虎，这就是你的新主人，以后时刻不要离开他。遇事时，你要多保护他。"完颜雍拍拍亚里虎的脑门儿，瞅瞅老太太。德都妈妈告诉他，可以走了，并给他带了许多路上吃的干粮。完颜雍含着眼泪，拜别了德都妈妈。亚里虎在头前走，他们就出了山口。回过头一看，那间小屋起火了。德都妈妈站在山顶上，望着完颜雍渐渐地离开了山口。

放下德都妈妈不说，再说完颜雍。亚里虎领着完颜雍走了七天七夜，才走出了山口，再一看就是大平原了。平原上有些树林，但没有山里那样茂密。又走了一天多，来到一个山岗，过了山岗有十几户人家，进到屋里一看，却一个人都没有。亚里虎闻闻这个，闻闻那个，最后亚里虎就叼着完颜雍的衣角，来到正中间的三间小草屋里。进屋一看，这小草房收拾得倒很干净，再细瞅，发现好像是女人住的屋子，衣服和衣柜都是女人的用物，可墙上却挂着一些武器，在炕头那面墙上还挂着一把宝剑。完颜雍不看这把宝剑则已，一看这把宝剑不由得愣了一下子，"啊？这不是我和夹谷姑娘订婚的那把宝剑吗？它怎么来到这里呢？"他心里便暗暗吃惊，心想：难道这里是夹谷姑娘……他想到两个问题，莫不是夹谷姑娘死了，或是她改嫁了。"唉，走吧，"他拍拍亚里虎，"咱们往前走吧，不要在这里待着了。"亚里虎偏偏不走，一说走，它就"汪汪"叫唤，趴在地上不动弹，完颜雍也纳闷：每次叫它走，它顺头顺尾的，在头前领路，为什么这回让走也不走了呢？无奈，就只得停步。

那时有那么一个规矩：到了谁家，拿米领肉，你可以做饭，吃完了不用谢主人就可以走。出门之后，男的扔乌拉草，女的扔把干草，往西走扔在门西，往东走扔在门东，往南走扔在门南，往北走扔在门北。但不许拿人家的东西。完颜雍饿了，找出一些肉，又找出一些稷子米，随便熬了点儿肉粥。吃完了，狗也喂饱了，收拾了炊具和餐具，又跟亚里虎说："亚里虎呀，咱们也吃过了，这回咱们该走了吧？"可是亚里虎还是不走。一直到了掌灯的时候，完颜雍一看也不能走了，分不清路了，赶紧出了西屋，到外屋找了一个木头墩子坐下。

过不一会儿，柴门外人喊马嘶，院里进来了一帮人。接着有三个人推门进来，拿了一些刚打的野味。这三个人穿着狍皮衣，分不出男女。这时完颜雍赶忙站起来，说："主人回来了？对不起，我来打扰了。"

这三个人愣了一下子，有一个人说："不知来客人了，如知道应早点儿回来招待招待。"完颜雍这才听出，是女人的声音。这使得他更不得劲儿，心想：我觉得这屋子不像男人住的，果然住的是女人。另一个人，紧走了几步，到了完颜雍的跟前，她细细打量，便问："你是不是完颜雍？"这女人的问话，更使完颜雍大吃一惊，既然人家已认出自己，就点了点头。这个人把完颜雍领到了里屋，脱下了外衣。完颜雍一看，不是别人，正是他的未婚妻夹谷姑娘。夹谷姑娘和完颜雍意外相会，两个人抱头痛哭。夹谷姑娘问："你怎么走到这里来了？"完颜雍从头到尾说了一遍，然后又问夹谷姑娘："老夫人可好？"他这一问，夹谷姑娘的眼泪"唰"的一下子掉下来。原来自夹谷姑娘同完颜雍订婚之后，完颜雍走了，完颜亮就率领他的军队，把夹谷姑娘住的屯子整个给围住了，屯里人死伤过半。夹谷姑娘的母亲，死于混战之中。夹谷姑娘没办法，女扮男装逃出来了。随她出来的有五六十个女人，到了这里，她将母亲的灵牌一供，便到处打听完颜雍的下落。有的说，他回到了上京会宁府被海陵王害死了，还有的说，他已经跟五兄弟集合到一起，又起义了，也有的说，他同契丹人打仗，让人家绑去了。说法不一，均令她牵肠挂肚。

夹谷姑娘见了完颜雍，又高兴，又难过，高兴的是终于见到了自己的丈夫，难过的是两个人都受了几次磨难，死里逃生。夹谷姑娘问完颜雍："你打算怎么办？"完颜雍说："我还是想尽办法投奔到双雄山去。因为我们在失散时说过，不论是谁，只要是有一口气，就必须到双雄山集合。我们的人，如果活着的话，一定会到那里集合。"夹谷姑娘说："你去的双雄山，我倒知道，距这仅有二三百里地，不算远。可是，你孤身一人到那儿去，如果见到那五兄弟还好说，如果见不着，再遇上意外祸患怎么办？我看，你不如暂时先在这住着，好好练练武艺，好好修养修养，然后我再派人去打听五兄弟的下落。"完颜雍听她说的是理，只好采纳。

这样一来，两个人草草地供上了夹谷姑娘母亲的灵牌和完颜雍父母的灵牌，他们就在灵牌前结为夫妇。日子过得倒很消停，没事时，他们就带领一帮女人进山狩猎，或是两个人在一起研究兵书战策，或是练习武艺，同时派人去探听五兄弟的下落。

其间，被海陵王迫害的人，逐步地靠拢过来，由五十多人发展到二三百人，亦显得很有气魄。虽然队伍中女的不少，但是他们夫妻俩按照兵书战策进行训练，个个都是精明强干。这时，人一多，风声就大了，一来二去就传出去了，越传越大：完颜雍在屯子里，招兵买马，积草存粮，打算要夺海陵王的江山。这样传来传去，传到完颜兖的耳朵里去了，那完颜兖他能放过吗？这天，他派兵把这小小的屯子围得水泄不通。多亏这二三百人武艺超群，大兵几次要攻进屯子都未得逞。好虎抗不住一群狼。三四万人围住了屯子，寡不敌众，有天大的本事也不行。完颜兖哈哈大笑，心里话：踏破铁鞋无觅处，得来全不费功夫，没有白费我几年来的跟踪尾追。可是包围了一个多月，没拿下屯子。

这时屯子里已经没有什么吃的了，人死的有一半了，这可怎么办呢？三万多人马摇旗呐喊，天天不是把这家的房子点着了，就是把那家的房子点着了，最后的一百多人，只在两幢房子里维持着。夹谷姑娘心头沉重，如果再有三四天，就得全军覆没，完颜雍也得被俘，全屯所有的人谁也别想活。到了第二天，她跟完颜雍说："夫君呐，咱们让人家包围到如此地步，再想逃是逃不出去了，你看怎么办？"完颜雍说："这样吧，看来我是活不成了，你们不如把我绑着献出去，你们还可以有条活路，不能因我一个人，牺牲一百多人呐。"夹谷姑娘摇摇头说："不行。你若一死，谁还能平了海陵王呢？谁还能把大金国重新振兴起来呢？你看看，四外的农民不断造反，契丹又虎视眈眈地在北面要进攻，金国几乎是四面楚歌。当今，能消灭海陵王只有你，没有别人。为妻我有一条妙计，不知你同意不同意？"完颜雍问："贤妻，你有何妙计呢？"夹谷说："明天深夜，我带着二十几个贴心的人，我穿上你的衣服，装作是你，往东边突围。当我一发动突围，完颜兖的兵马肯定要去抓我。这时，你可以带领四五十人，穿上女人的衣服，你就赶快往西逃。我带的这些人能征善战，能跑则跑出去，咱们到双雄山会师。你呢，不要打仗，穿着我的衣服跑出去。你看怎么样？"完颜雍一听这话，自己倒不要紧，夹谷这是送死，他说啥也不干。

这时，村外号炮连天，眼瞅着要攻进村了。夹谷说："不行了，现在不容细论了。"她就招呼人来，把完颜雍按到炕上，将他的衣服强扒下来。夹谷没容分说，穿上完颜雍的衣服，骑上他的马，临行前对他说："咱们双雄山再见吧，如果我死在阵里，也不算白死，我为金国尽忠了。"她说完，打着马，领着这二十多人就冲出去了。

敌人一看，"完颜雍"冲过来了，那还得了，完颜兖指挥重兵将夹谷团团围住。夹谷不吱声，杀倒一片，又围上一片，最后身中了七八处箭伤，再加上刀砍，她已奄奄一息了。她看西面的人马翻腾一阵子，连西面的人马也都围上来了，想到完颜雍大概是跑出去了。她又咬紧牙，用最后的力气，又杀死几个敌兵。就这样，夹谷死在了敌军之中。这时，完颜雍逃出了虎口，往前跑。跑来跑去，跑进了一片树林里。四五十个女兵跟随他。见后面的敌兵也不追了，完颜雍说："咱们歇歇吧，再看夹谷能不能出来。"哪承想，夹谷已经死在乱军之中了，敌兵将夹谷剁成烂泥一样。完颜兖赶来一看，便大骂："你们这些混账东西，为什么把他剁得这么零碎？最低应把他的脑袋给我留下来呀？"兵士们这才知后悔，拿什么东西去见皇上呢？完颜兖说："好了，把他的破烂衣服捡起来，以报当今万岁吧。"就这样，完颜兖打着得胜鼓，拿着完颜雍的破烂衣服，凯旋了。

完颜雍盼着夹谷，从早晨盼到下晌，音信皆无。太阳偏西的时候，从远处跑来两匹战马，来的人见了完颜雍号啕痛哭。这是夹谷领的那二十多人中仅跑出的两个人，诉说了夹谷姑娘怎么样英勇杀敌，又怎样死于敌军之中，并说完颜兖拿着夹谷姑娘穿的衣服回去报功去了。完颜雍一听这些，顿时号啕大哭，朝着夹谷姑娘死的方向跪下去，叨咕着："你呀，夹谷，你是为大金国的命运替我死了。我实在是无以为报，从今以后，我除非不得天下，若得天下，我永远把你当作正宫。我再不封皇后，你是我唯一的皇后。"完颜雍登了九五之后，单设了一个正宫。但这宫始终是空着，供奉着夹谷姑娘。每半个月，他就来到正宫住一宿，直到临终。当他死的时候，嘱咐后人，"任何人不得与我陪葬，只有将夹谷姑娘的灵牌与我陪葬。"这是后话，暂且不提。

完颜雍哭得天昏地暗。大家劝他："你要是想为夹谷姑娘报仇，要想拯救大金国，你应当保重身体。"他听了这话，才咬着牙站了起来，他想，不管怎么样，还得奔双雄山。他们刚要启程，见前面尘土飞扬，跑来一帮人，旗帜上写着"大金国"三个字。敌兵又追上来了。完颜雍说："看起来，我命难保。"但他要死拼一场。这些女将们，也都个个弓上弦，刀出鞘，准备迎敌，不知来的这帮人是谁。

欲知后事如何，且听下回分解。

第二十章 | 胡兰塔智救完颜寿 完颜雍占据朝州城

完颜雍领着这四五十人，正准备迎战。这帮人到了跟前，他一看，高兴了，谁呀？原来是那五个兄弟带着大队人马赶来了。完颜雍迈着大步迎上前，五兄弟见是完颜雍，一齐下马，跪下说："参见王爷。"五兄弟见完颜雍安然无恙，高兴得了不得，便说："咱们赶紧回双雄山吧，我们就是来接你们的。"完颜雍这才长出一口气，几次出生入死，孤身逃险。五兄弟率领着一千人马，保护着完颜雍来到双雄山。五兄弟命令兵卒，杀牛宰羊，大摆宴席，欢迎完颜雍。席间，大家都说各自的遭遇。

原来五个人，再加上完颜万隆，这几个人跑出之后，分成了三帮。别人不理，单说胡兰塔。他糊里糊涂跑散了，没了追兵，回头一瞅，完颜雍也没了，完颜万隆也没了，前四个人都没了，就剩下他一个人。往哪儿走呢？他就信马由缰地往前走，走累了，他就进到一片树林里休息，饿了又没什么吃的。这时，他见有一伙人也进入林子歇歇，他们拿出了酒呀肉呀，又喝又吃的。他寻思去抢点儿东西吃，又一想不大好意思。正寻思中，听到那里有人说："要有个人给我挑东西多好，省得咱们走路这么累。"胡兰塔凑到跟前问："各位，你们到哪儿去？"那人答道："我们上朝州城。"胡兰塔接着说："你们东西多，挑得很累的，能不能让我给你们挑挑，只要供我饭吃就行，我也不要钱。"那人说："好啊，那你就先吃饭吧。"胡兰塔便大吃二喝，饱吃了一顿。用过了饭，又走路。胡兰塔个头大，有劲儿，两个人抬的东西，不够他一人挑，他说："你们就在后边走吧，东西都由我一个人挑吧，只要能跟上就行。"他挑起了重担，没走三步，"咔嚓"一声，扁担折了。胡兰塔说："不行，不行，这扁担不行，得换上大扁担。"换了两三个都不行。他说："这样吧，我自己找扁担吧。"他见有一棵小树，他去了一较劲儿将树拔出来，打了枝丫当作扁担。那些人见他的神力，无不吃惊。前头的两个人对话，一个说："看来，这人有大用处。"另一个问："有什么用？""咱们到了朝城就能有大用。"

这帮人是谁呢？是海陵王打发出来的，明面上是给完颜寿拜寿，送寿礼，暗中想把完颜寿一刀杀死，斩草除根，以防完颜寿对他不利。一个头目说："如果把这小子弄过来，让他给完颜寿上酒，即使完颜寿身边有多少卫士，恐怕也不是他的对手。利用他把完颜寿刺死，你说那该有多好。"另个头目应道："对呀，你这招儿真高。"计议已定，他们对胡兰塔是倍加款待，不光喝酒吃肉，又给他拿银两。

又走了三四天，胡兰塔问他们："你们这是往哪儿去？"头目说："实不相瞒，我们是奉皇上的命令……""啊？你们是奉皇上的命令？"胡兰塔吃惊地问道，不由得生气，受皇上的命令没有好道，就说："我不给你们挑了，我还有要事去办。"头目劝阻："别别，你知道我们上朝州干什么吗？"胡兰塔问："你们干什么？"头目说："朝州城里，有一个海陵王的叔叔，叫完颜寿，他要在那里独立为王，想把海陵王杀了，还想把完颜雍也杀了。"胡兰塔一听，杀海陵王他不以为意，杀完颜雍他从心里不高兴，问："真的吗？"头目说："真的。他要去朝州城自立为王，这不我们假装给他拜寿，去除掉他。"头目为什么说完颜寿要杀完颜雍呢？因为胡兰塔走路时，时而叨念完颜雍怎么好。他虽没说海陵王怎么不好，但是只说完颜雍好。头目问他："你认识完颜雍吗？"他说："不认识，我听人家说的。"头目为了把他圈住，才这么哄骗他。胡兰塔来了莽撞劲儿说："好吧，我随你们走，这样的人要他也没什么用。"头目进而又说："这样吧，大哥，到了朝州城，你若能一手把完颜寿除掉，到了朝廷你要当多大官就能当多大官，要多少钱给多少钱。"胡兰塔说："我不要官，也不要钱，可有一样，杀好人就不行。他想杀完颜雍，那我就不答应。"两个头目，以为说好了，暗自高兴。

话说到了朝州城，一传禀，说当今万岁派人前来给王爷拜寿来了。完颜寿心中高兴，就大开仪门，张灯结彩，敲锣打鼓迎接圣旨，王爷亲自迎出府外，朝圣旨三拜九叩，将圣旨接到了正厅。胡兰塔心里总是按捺不住，见完颜寿五绺长髯，和蔼可亲，不像那种奸诈的人。头一天，举行的是便宴，胡兰塔的身份低，不能陪席，接近不了完颜寿，弄不清他的为人。夜间，胡兰塔睡不着，总觉不是滋味，心寻思：他们让我去杀完颜寿，我还不知其人，怎么胡乱下手。他要于当晚出去看看，弄个明白。

半夜时，胡兰塔靠自己的武艺高，就进入了王府。过了几层房子，一看后面掌着灯，从空缝往里一看，正是完颜寿和他的夫人，老两口正在唠嗑。完颜寿说："明天是我的寿辰，当今万岁还派人来祝寿，给我送寿酒和重礼，看起来完颜亮还没忘记我。"夫人说："不过，有一件事还值得王爷注意。"他忙问："什么事情？"夫人说："海陵王这人阴险毒辣，他明面派人给你祝寿，这里面是不是有什么花招儿？"他说："不能，不能，他不会有什么坏道。"夫人说："他可不像完颜雍，如果像完颜雍那就好了，那人是大仁大义，不必提防。可对海陵王，不能不防备。"完颜寿打个咳声说："我现在找完颜雍也找不着，不知他的下落，听说他被杀了，又听说他逃跑了。可惜，在我们金国来说，他是要文有文，要武有武。可是，我见不到我那侄儿，他若能代替海陵王治理金国，我死也瞑目。"说完之后，老两口哭一阵子。完颜寿说："既然皇上送礼祝寿，我明天接下了吧。"

胡兰塔听了这一席话，心里"咯噔"一下子，没吱声，回到住处，一宿没睡，心想：我多亏去探听探听，若不探听清楚，这不是把好人杀了吗？人家恨的是海陵王，处处怀念的是完颜雍，这不是和我一样吗？我怎么能除老王爷呢？还是装不知道。第二天早晨起来，两个头目给胡兰塔换上了新服装，让他捧着拜盒、寿桃和寿面，直接奔完颜寿的府上来了。

完颜寿府上这时大开仪门，将各个府上的大小官员都请来了，给他拜六十大寿。席间，肉山酒海，热闹之极，就不用说了。正在大家高兴之时，两个头目给了胡兰塔一个眼神，他领会其意，一下站到完颜寿的身旁，说道："我给老王爷敬酒，祝老王爷长寿。"他笨嘴笨舌说完，就斟上了一盅酒。按照事前应下的暗号，胡兰塔一摸刀把，就要动手了。头目马上宣读圣旨："完颜寿触逆君王，应就地正法……"随着喝令胡兰塔："给我动手！"就把刀抽出来。完颜寿当时吓坏了，往后一退，卫士们往前一上，胡兰塔吼道："都不要动！请老王爷放心，我是来保护你的。"那两个头目一听说他是来保护完颜寿的，好生不解，又命令胡兰塔："赶紧给我动手，杀了他。"胡兰塔说："我不是杀他，我要杀你们俩。"手起刀落，两个头目的脑袋落了地。

这时，朝州城一阵大乱，胡兰塔抢开大刀，凡是跟头目一块儿来的，三下五除二杀了一半，另一半抱头鼠窜地跑掉了。老王爷这时才喘过一口气。胡兰塔回来，对完颜寿说："老王爷受惊了。"他就把半路怎么上当，怎么知道王爷是好人，一一这么一说。完颜寿将他这位救命恩人，请到堂子里说："是你救了我的性命，我永远忘不了你的大恩大德。不过，我们不能在这里待了，海陵王要派兵围剿我，他这回更有话可说了，我杀了他的钦差。"胡兰塔也感到给老王爷惹祸了，不免后悔：我一个人受累不要紧，我怎么给老王爷惹下大祸了呢？我这也太鲁莽了。无奈，他跟老王爷说："这样吧，老王爷你可以同我一起到双雄山去，暂时避一避，等兵马招齐了，我们再找到完颜雍，咱们再把朝州城夺回来。"完颜寿也觉没别的办法了，只好这样了，便连夜打点细软，集合起五六百人，跟着胡兰塔一同奔双雄山去了。到了双雄山，正好那五个人也到了，一同见了面。

完颜雍一听说完颜寿在这里，便问："那么，老王爷在什么地方？"萨里虎说："老王爷到来后，总是闷闷不乐，就好像落草为寇似的，违背了朝廷。"完颜雍点点头说："老王爷对金国向来是忠心耿耿，这不应怪他，不知他现在在哪儿呢？"萨里虎说："在西山有个城，叫突里城，这是突里花镇守的城市。突里花的父亲同老王爷结拜过兄弟，他到那里去看看，好在那个小城太偏僻了，海陵王也没大照顾，他饮酒去了，今晚上才能回来。"完颜雍同萨里虎说："这里看来也不是我们长住久安的地方。"萨里虎说："是。因为我们没有见到你，所以我们不敢离开双雄山，你来了咱们好共同计议。我看，咱们先把朝州城占据，因朝州城后面是大石砬子，左右和正面三面环水，只要把水上把住和后面山卡住，谁也别想攻进来。咱们占据了朝州城，一切都好办。城北面过了石砬子，山连山，茫无人烟的地方，是极好的战略要地。"完颜雍听了，以为此计可行。

晚上完颜寿回来了。完颜雍一看叔父回来了，赶紧倒身下拜。老王爷一看是完颜雍，真是老泪纵横，一见他惊喜交加，说道："孩儿啊，没承想，我在这能看到你。我日日夜夜想念你，有了你，金国才能有希望。我怕你有个三长两短，那金国不就在海陵王手中葬送了吗？"爷俩谈唠了一宿。第二天，萨里虎推让完颜雍为一山之王，完颜雍转让完颜寿。完颜寿说："这不行，你是嫡系，我只能扶帮你的朝纲，不能当王。"完颜雍只得听大家的决议，做了一山之王。

完颜雍已经学了许多兵书战策了，会许多武艺了，又有胆略，不像以前那么软弱了。完颜雍说："咱们现在第一件大事就是先取朝州城，得到了朝州城，我们就有了立足之地了。光在山上，不是长久之策，且名不正，言也不顺。"他又说，"咱们分三路进攻朝州城。胡兰塔你到过朝州城，你对朝州城很熟悉。你驾着十条船从东面进去，假装是从北面过来的贩卖皮货的老客。"他进而部署，"亚胡和索里，你们两个人从西边进去，当夜深人静的时候行动。"然后，他又告诉果塔里，"你们进去后，如果得手，打个信号箭。"他又对萨里虎说，"咱们俩带领所有的人马，从后山进去。"萨里虎说："后山不行啊，那里太陡。"他说："咱们准备好吊索，他们不会有什么防备。等看到信号时，咱们就绳索齐下。再说朝州城也没有多少兵马，我们就可将其包剿。"完颜雍刚布置完军事行动，大家都磨刀霍霍，准备大举进攻，大杀一场。

正在这时，山下来人报告："禀王爷，山下有一员大将要见王爷。"完颜雍纳闷："谁呢？让他上来。"当这人上来，一看是石古乃。完颜雍见了，十分亲近，便问："你从哪来？"他说："从朝州城来。"原来完颜寿到了朝州城后，石古乃就投到完颜寿的帐下。因石古乃的母亲去世，他回去奔丧，正在这时完颜寿逃出了朝州城。当石古乃办完了丧事，回到朝州城一看，完颜寿没了，驻防的军队换人了。他心里很不高兴，知道完颜寿被逼出去了。石古乃见了城守尉，问道："不知寿王爷哪里去了？"城守尉打个咳声说："别提了……"就将事情说了一遍，石古乃一听很不高兴，跟城守尉说："我跟你说实话吧，见不到寿王爷，我是不能去朝州城待着。我出去，还要把老王爷接回来，他是到了岁数的人了，没个立足之地，他往哪里去？依我说，应把老王爷请回来，加强城防。如果当今万岁派兵攻打朝州城，那么我们就以死来保卫寿王；如果不来攻打，我们可以去他的帐下称臣，你看怎么样？"城守尉本来是完颜寿手下的人，他说："光这么不行，听说寿王爷到双雄山去了，双雄山的五兄弟，再加完颜雍王爷也都在那里，咱们是派人同他们说一下，要干咱们就大大方方地干，就跟海陵王对峙。咱们不侵犯他，也不许他来侵犯咱们，这样逐渐兵便多了，战将也多了，咱们的力量就大了。你光把寿王爷请回来，人单力薄能行吗？"两个人一合计，很好，石古乃便带着使命，来到双雄山。

完颜雍听了这话，半天没吱声，寿王爷也没吱声。完颜雍想：我如果回到朝州城，这不是自己家跟自己家闹对立吗？弄不好，双方争斗，恐怕都有损伤。所以，他不打算回朝州城。寿王爷说："你们商量商量，看看应不应当去？"这时萨里虎说："两位王爷，咱们打开天窗说亮话，咱们都是受海陵王迫害的，他不但迫害咱们这些人，还有一些老臣被他杀的杀，斩的斩，他的罪恶数不胜数。听说他最近搬到了幽州城，他把徒单太后扔到上京会宁府，这也不像话呀！这样无道的昏君，我们保他有什么用呢？趁这机会，咱们应当找个立足之地。朝州城，城池很坚固，四处土地也非常肥沃，咱们为什么不以这为立足之地？有了立足之地，我们再从长计谋，再图大业。你们看怎样？"

完颜雍听萨里虎这么一说，有点儿动心了。可是完颜寿考虑到自己在海陵王手下称过臣，海陵王曾经想害他还没能害了，出于一种君子心理，有些犹豫。正在这时，朝州城的城守尉又打发探马来报告："海陵王又发来了一万多人马，企图包围朝州城，把朝州城的人，看成没一个好的，要大举屠城。诚望完颜雍王爷赶紧出兵营救。"

形势逼人，不去不行了。完颜雍下令：用三天时间进行整备，把所要带的东西全带上，然后一把火将山寨烧掉，咱们破釜沉舟，攻打朝州城。这一声令下，兵卒们都高兴，因为他们都是平民百姓，被逼上了双雄山。不出三天，整点兵马，足有三千人马，便浩浩荡荡地杀向了朝州城。

完颜雍头三天就派出了探子，探听会宁府方面的情报，每天报告敌情，知道敌兵距朝州城还有二百多里。双雄山距朝州城一百多里。完颜雍听了报告，决定："事不宜迟，我们必须星夜赶奔朝州城。咱们把城墙守住。"仅用了一天一宿，完颜雍的全部兵马赶到了朝州城。城守尉打开城门，将完颜雍的兵马迎进城里。又过了两天，海陵王的兵马到了，傻了眼，没有渡船可用了。为了防备敌兵渡船，完颜雍在城里挑了五六百水兵，能潜几个小时没问题，他们每人带着苇子管，管的上端漂在水面通空气，便于潜水。

海陵王的军队由都军完颜思恭率领，征讨朝州城。原有的船找不到，就命令伐木造船。船造好了，就要强渡，部下要用大船。完颜思恭说："不，先用几条小船试试。"这几条小船，进水不久，就翻了，一百多人丧生了。完颜思恭不敢进攻了，有心回去又不敢回去。后面山上，完颜雍派有精兵把守。这一来，无计可施，包围了半个多月，攻不进去。海陵王才颁发圣旨，撤兵了。

这会儿，文武官员再三劝完颜雍，应去朝州城登基，重起国号。完颜雍说啥也不干，说："天无二日，人无二主。我虽被海陵王迫害了，但他是当今万岁，又是我的叔伯哥哥，我不能这样做。"文武官员还是苦苦恳求，他仍不从："你们再让我登基的话，我愿自刎以谢天下。"文武官员只得依他。

完颜雍不登基，海陵王也不来骚扰，他们就在朝州城养精蓄锐。有一天，完颜雍要检查一下兵马训练得怎么样。那时训练兵马，专以打的方法训练中路兵。他们把兵马编成路，三百人一个路，一共编了十二个路。正值秋天，天高气爽，他就带领军队行猎。他带领三个路九百多人去围场打猎。绕进了北山。一看北山，是山连山，岭连岭，确实是一个极佳的天然围场。打了一天，猎兴未尽。完颜雍命令：就地搭帐篷，明天再继续打猎。白天打了不少猎物，晚上燃起篝火，他同兵士们一起烤肉，吃着手扒肉，又边歌边舞。

直到半夜，完颜雍才回到他的中军帐，刚一坐，蜡烛"呼啦"一下子就灭了，便叫人再点，连点三回，灭了三回。完颜雍心中有点儿犯疑：这是吉兆？还是凶兆呢？不知从什么地方来位道装打扮的青年人，躬身施礼："王爷，我家师祖请王爷到洞里，有要事相商。"完颜雍不自觉地站起来，骑上备好的马。道童赶着马，飞也似的走了。

约莫过了半个多时辰，来到一处青松翠柏，清幽雅静，鸦雀无声的地方。道童将他引到一个洞里。洞中有两个老头儿，一个是和尚，一个是老道长，正在那里下围棋。两个人对弈，正难解难分。完颜雍也会围棋，站在一边看着。道童说："禀祖师，请的王爷已到。"老道长就说："请客人，请客人。"道童领他进到屋里。完颜雍察觉这两个人，非同一般，有仙风道骨之气。老道长站起说："今天请你来，有几件事想要告诉你。"完颜雍站起问："不知这位道长，尊姓大名？那位法师，在下怎么称呼？"这时老道长哈哈乐了，说："我姓丘。"他一说姓丘，完颜雍猛然想起来："你是不是七大仙人之一，丘处机老祖师？"那人笑着点头："正是，正是。"完颜雍赶忙欲参拜，丘处机老道长说："免礼，免礼！"又接着说，"你这次来，没别的，我有一个徒儿，他叫仲道子。他在尘世当中，要辅佐一位贤圣的帝王，江南江北我寻遍了，觉得只有你，才可以治理淮河以北的地方。今天将你请来，我把徒儿荐举给你，他可以辅佐你，立天下，扭转乾坤。"完颜雍高兴了，问道："不知你的高徒在何处？"丘处机说："你稍等，我们去去就来。"这两个人就走了。

完颜雍等了一会儿，两位老人仍未回来。这时他站起踱步，见北墙上有两幅画。一幅画上面画着一条大河，上面有两个人，一个黄脸穿着帝王的衣服，一个白脸穿着帝王的衣服。隔着河，两个人互相打，有些不分上下，但白脸吃劲，黄脸的显得从容。他看不大懂。他又看那幅画，是一幅圆形的壁画，画中有位大汉，穿着大袍，系着黄带子，一个手擒着一个小人，一个是黄脸的，一个是白脸的，看样是要往地下摔。他也没看明白。再走到西墙一看，有这么一幅字画，见上面写着：勿南征，平北患，施仁政，广财源，瑞贤才，却艰险，前程可观，逢凶化吉。他觉得这言词，玄奥不凡。

这时，洞外两位老神仙哈哈大笑，领着一位二十多岁道装打扮的年轻人进来了。丘处机说："徒儿过来，你参见王爷，将来你们要共打天下，共得江山。大金国还有中兴之势。我希望你们俩共同合作。"又同完颜雍说，"我的徒儿叫仲道子，他学了兵书战策，可以帮助你立天下。"完颜雍感到高兴，当即跪下，问："我想问问，大金的天下今后会怎么样？"丘处机没说什么，只是告诉他："你不是看过墙上的画了吗？我就不细说了，那上边已告诉你了。"完颜雍就未深问，然后他说："今后，只要大金国能够振兴，百姓能够太平幸福，而我将来若有了权，一定在京城里广修寺院，供奉你们二位祖师。"老和尚也乐了。丘道长说得很直率，指给完颜雍说："这位就是元悟长老。他是唐三藏的徒孙，在金国来说亦是著名的。"

丘道长和元悟长老给完颜雍讲了许多处世之道，天也快亮了。完颜雍还想说什么，丘道长说："以后，我们还有见面的机会。"丘道长还告诉他，"我徒儿，还知道有七个英雄，在吕山那一带，他能替你找回来。"说完，递给他两部奇书。当完颜雍走后，再回头一看，两个老人就像两只小鸟似的飞跃在石碴上面，转瞬就消失了。

正在人们找完颜雍，怎么也找不到，急得不得了时，他回来了。他把所经历的事，向完颜寿和诸英雄们说了一遍。说完，他就介绍仲道子。仲道子参见了完颜寿。大家都很高兴，便大摆宴席，欢迎仲道子的到来。仲道子问道："我们这里，有没有走路最快的人？"答说有，他就掏出一封信，说："赶紧拿我的信到吕山去，把吕山七雄请来。"完颜雍遂问："这吕山七雄都是谁呀？"仲道子笑了笑说："这七个人，你大概也不是不知道，都是被海陵王逼出去的。"完颜雍又问："都有谁呢？"仲道子说："一个是迪古乃，这人不但武艺好，还是飞毛腿。第二是完颜宏，第三个是莫彦，第四个是可喜，第五个是冯王普，第六个是四娘，第七个是三姑。这后两个是女英雄，她俩的丈夫都死在契丹人的手里，是从契丹跑过来的。这七个人手里，拥有五六百飞虎兵。这飞虎兵蹿房越脊，翻山越岭如走平地。"说过之后，就派石古乃去下书。石古乃是个粗鲁人，他对这七雄不怎么服，因他的武艺是超群，他心想：这七雄怎么个厉害，我倒要看看。这才引出石古乃初会七雄共保金世宗。

欲知后事如何，且听下回分解。

第二十一章 | 海陵王设宴伏杀机 完颜雍乘机取辽阳

话说石古乃日夜兼程来到五雄山。远远看去。山上戒备森严，旗幡招展，山下有一座大院，门前站着八名大汉把守着门口。

石古乃上前，施个军礼说明来意。正在这时，从院中走出一位小头目，一见石古乃立即跪倒口称恩人。石古乃愣了一愣才认识，原来在三年前他病倒在小店被石古乃赠金医病才得活命，石古乃赶忙扶起说："什么恩人，那是小事一桩，烦你进山禀报山主就说石古乃求见。"这小头目忙派人护送到了山上，石古乃一看，有一座小山包，山顶上有幢楼。到山上，他就敲门。出来人一问，石古乃说："我是来下书的。"那人将他引进去，将信交给山主。迪古乃一看是仲道子来的信，就接待了他。随后，迪古乃就当山上的人说："这样吧，你们先走，我后尾随你们。我这人腿快，你们骑马也赶不上我。"这句话，石古乃听了，不满意了，说："既然这样，咱俩一块儿走吧，让他们先走，你看好不好？"迪古乃一听，便答应说："那更好。"他就愿跟人比腿快。这些人整顿好了东西，就启程投奔完颜雍。

他们骑着马，走了一天多，迪古乃和石古乃说："咱俩也该走了。"两个人一下山，就互相较劲，比了起来。半路上，迪古乃说："我到这庄里有点儿事，你先走，我后赶你，你看怎样？"石古乃说："那怎么行？你也赶不上我。"迪古乃不以为然地说："能赶上，你先走吧。"石古乃自己就加快速度往前走。天黑了，到住店的时候了，他想：我得停下来，要不迪古乃赶不上我。他进了店门，安排了房间，开门一看有个人在那儿坐着，细端详，吃一惊："这不是迪古乃吗？"迪古乃说："我绕道来的，我以为你早在这店里等我呢。"石古乃这才对迪古乃的神腿暗暗佩服。

石古乃领着这吕山七雄回到朝州城，完颜雍的势力就更大了。这一来，海陵王那边就知道了，可又不好攻打，犯了大难，就找肖玉问："这可怎么办？"这肖玉原叫肖老三，也叫毕天士，曾是宗本家将，因害宗本而被提拔。肖玉想了半天，说："我主啊，要动武力消灭完颜雍不那么容易，我倒有个计策，保证不用一兵一卒，取完颜雍项上之首，易如反掌。"海陵王高兴，忙问："爱卿，你有什么计策，说说我听听？"肖玉说："完颜雍死把着朝州城不放，咱们也攻不进去，你在明天早朝时，向文武百官下个保语，痛哭流涕，你说'我呀，对待我的兄弟完颜雍实在有些过分，主要是怀疑他夺我的江山，可是经过几年来的观察，他不是这样。我们是手足之情，慢慢地，我也忍心不得，加之长久不见，我很想念他，我决心恢复他的赵王官职。我要请他回来，同我见面'。"海陵王问："这怎么办呢？"肖玉说："你请他到京城，他恐怕不敢来。你把他请到东京辽阳去，明面上不设一兵一卒，暗中多设刀斧手。席上，你也采取古人的摔杯号令，刀斧手马上就会把他剁如烂泥。这岂不去一大患。"海陵王说："不行吧，他如果不来又怎么办？"肖玉说："你不是当今万岁吗？你可以给他下圣旨，如果不来，更说明他是抗旨不遵，咱们再讨伐他时也省得朝臣议论，讨伐就名正言顺。他如果要来，咱们不就如探囊取物了吗？何乐而不为呢？"

海陵王一听，点点头说："也对。"叫人拿来文房四宝，就唰唰地写了一道旨意，大意是这样的：朕，我自从登基以来，对你有所不信任，总害怕你与我二心，曾派完颜充几次捉拿你，愚兄我深感心中有愧。经过多年观察，你并没有反叛之心，我更觉内疚。我的年龄也大了，接近四十了，每天想起我们的手足之情吃不下饭。没别的，我还封你为赵王。由于你对愚兄有些看法和疑恨，恐不能来到京城，希你到辽阳来。这旨意写得很恳切，打发两个人送去了。到了朝州城的河东岸，摆船的问他们："你们是哪儿来的？"差使说："我们是上京会宁府前来送圣旨的，请寿王和赵王赶紧来接圣旨。"摆船的不敢怠慢，摆他们过去了。

完颜雍和完颜寿同文武官员正讨论怎么样练兵，听到京城来道圣旨，完颜雍一时不知如何是好。拿不定接好还是不接好。完颜寿也不敢定夺。仲道子对完颜雍说："你现在没有称王称帝，还是金国的臣子，海陵王毕竟是当今万岁，圣旨应接过来，看其中说些什么。"完颜雍只好这样，大摆香案，文武官员都到河沿接圣旨去，把送圣旨的人迎进了王府。在香案前，文武官员朝拜完了，差使打开了海陵王的圣旨一读，完颜雍听了未表态，完颜寿也未表态，只将圣旨供了起来。然后让两个差使休息，等候定夺。

差使走了，文武官员未散，完颜雍问，究竟去好还是不去好。文武百官异口同声地说："不能去，去了就会上当，他将你骗到辽阳，企图达到他害你的目的，决不能去。"完颜寿二心不定，说："咱们从长计议，如果不去，那不是抗旨不遵吗？违旨不遵，他更名正言顺地讨伐咱们，这对咱们也不利。"面对利害，说法不一，有的说去，有的说不去，但说不去的居多。完颜雍问仲道子："先生，以你所见，如何是好？"仲道子未吱声。大家又争论一阵，仲道子才说话："好，这正是好事。王爷，你要想忠于大金国，要成大业立大事，这是一个极好的机会。依山人我的意见，你应当去。"他这一说，官员们都炸了，都说："你这不是把主公往火坑里送吗？"仲道子说："我略施小计，不但会安然无恙，而且还会稳稳当当地把辽阳拿到手。"大家一听，都笑了，心话：你这不是吹牛吗？辽阳在金国是第二大城市，若真占据了辽阳，那即如虎添翼。好倒是好，哪能那么简单，况且辽阳也是重兵把守。完颜雍在犹豫，仲道子说，"如按我的意见去做，一定会稳稳当当地把辽阳拿到手，那样就可以施展我们的宏图了。到了辽阳我们的势力才能大起来。"完颜雍半信半疑，又问："那怎么答复呢？"仲道子说："你可以给他写信，也写你的思念之情，日子可定在三个月之后，就说你和寿王爷的身体不适。"完颜雍再问仲道子："先生，此招能行吗？"仲道子说："你要成大事立大业，你就应相信我。"完颜雍写了一封回书，也有自己的打算，如果不去叫抗旨，他更会名正言顺讨伐我。我去多带些兵马，也不至于受他欺侮。信写好了，交给两个差使拿走了。完颜雍问仲道子怎么个办法，需带多少兵马。仲道子说："你去，我可以跟去，另外再带两个勇士就可以了。"完颜雍问："人这么少，能一举成功吗？"仲道子说："能。你不必着急。我自有办法。"

这个时候的金国，因为海陵王准备伐宋，准备打辽国，加之许多地方的农民起义此起彼伏，所以就加重税收、炼铁、征兵买马，弄得百姓流离失所。贫穷的人们想往大城市去，在那讨饭吃，好混日子。辽阳城里，这样的人就很多。

仲道子选了一千多人，都是些精明强干和有特长的人。五兄弟和吕山七雄，这十二位大将，每人领一百来人。练什么呢？只练短刀和三节鞭，这短小的兵器藏在腰里，谁也难以发现。这一千人多训练的，跳上跳下、摔跤格斗、躲闪腾挪，这些功夫练得滚瓜烂熟。同时，仲道子派人把辽阳城的大小街道画下来，掌握得了如指掌。

这天，仲道子把这些人召集来说："你们要保完颜雍王爷，现在正是你们出力的时候。"众将士的誓声如雷："我们一定除掉海陵王，为大金国尽忠。"仲道子吩咐："你们从明天开始，陆续进辽阳城。每天进城四五十个人，都穿着破衣服，沿街乞讨，藏好兵器，但是每个人的外衣里都穿上软甲。"将士们个个精神抖擞。仲道子把十二位英雄叫到跟前，对迪古乃和石古乃说："你们俩，就担当来回传递消息的任务。你们俩走得快，专门给我报信，听我指挥。我指挥的地点，在古楼子的东北角，在那处一是僻静，二是方便。保护完颜雍的是胡兰塔和麻吉达，你俩看我行事，我站起来一挥手，这时你们要警惕，护住完颜雍，到必要时听我口令。"胡兰塔和麻吉达穿上两层软甲，外罩软袍。还给完颜雍精制了两副软甲，给寿王和仲道子都特制了两副软甲，穿在罩衣里面。准备工作，都就绪了。

海陵王看过完颜雍的信后，问肖玉："他为什么不马上来，偏要等三个月之后呢？"肖玉笑说："他肯定是有所准备，否则他就会现在来。我主放心，咱们要派两千人，城里一千人，城外一千人，重兵把守。四门边上挖出深壕，完颜雍来前，士兵都埋伏好，他要带兵来，给他分散到各处，围歼。"海陵王一听，采纳了此计，次日就挑兵选将。两方都在做准备，针尖对麦芒，眼看就要有一场恶战。

转眼之间，三个月到了。正值冬月三十，完颜雍去和海陵王会面。在海陵王的两千兵派去之前，仲道子早将一千人化装潜入了辽阳城。每天，化装讨饭的人，从东门进去一拨，又从西门进去一拨。辽阳太守纳闷：流民怎么来这么多呢？没办法就开粥锅吧，东西南北设了四个粥锅，安排就绪，天天按时放粥。仲道子派了四五十辆大车，明面是赶集，卖柴草、皮张等，暗中带来些牛肉干、猪肉干等一些好吃的东西。这一千人不吃好不行，明面是喝粥，暗中吃发给的好食品。海陵王派入辽阳的军队，他们是了如指掌。迪古乃得到了情报，撒腿就跑，及时给仲道子禀报。仲道子也把中军帐转到了离辽阳城不远。海陵王派的兵，有多少人，用的什么兵器，谁带领的，仲道子每天都掌握得一清二楚。朝州城一共有三千人，又调城外一千五百人，城中只留五百人。完颜雍以为不可，说："城里兵这么少怎么行呢？"仲道子说："朝州城咱们不要了，咱们要辽阳，有了辽阳就好办了。"后来，城里的五百人也调到外面保护仲道子，这五百人多是老弱病残的人，只有一百人是武艺超群的人，让他们来回报信。快到日子了，仲道子把兵安排到城外，凡是海陵王埋伏兵力的地方，都被假装要饭的人掌握了，也按照对方的布置，在深夜偷偷挖下战壕，军队躲在那里，准备劫杀他们。对方出来一股兵力，他就有对策，制服对方，使之无计可施。

日子到了，海陵王便起驾前去南京。海陵王手下有肖玉和群臣跟随。群臣心里忐忑不安，知道海陵王笑在脸上，恨在心上，不知道是什么伎俩。他让谁去，谁敢不去。到了辽阳，将太守的衙门，做了当时的行宫，等待着完颜雍的前来。有一天，海陵王接到东门的禀报："启禀我主，完颜雍前来见驾。"海陵王问："他带多少兵马？"回说："没带多少人马，只带五十个跟随，都是些老弱病残的。"海陵王又问："还有谁？"回说："还有他手下的军师仲道子。"海陵王问肖玉："这个仲道子是谁？"肖玉说："他是丘处机老祖师的关门弟子，这人足智多谋。"海陵王又问："他来是什么意思呢？"肖玉回说："来者不善，善者不来，请我主赴宴的时候，要看我的眼神行事。"海陵王领会其意，又对下面的人说："派人去接完颜雍和寿王爷。"派出一些官员，打着旗帜，便出去迎接。

完颜雍到了行宫的外门，赶紧下了马，寿王也下了马，仲道子也下了马，把五十多人留在外面，只让胡兰塔和麻吉达跟随进去。进到宫里，左右的卫士，威严站立，完颜雍坦然地走进去。一见到海陵王，完颜雍、完颜寿赶忙跪下去，匍匐在地参拜当今万岁。海陵王见此情形，眼泪"唰"地掉下来，说："叔父、兄弟，你们别来无恙。我前两年就惦着要见你们，今天终于见了，真是幸事。"参拜完了，分别给完颜雍和寿王爷看座。海陵王一看，还有三个人，便问："这三位都是谁呀？"完颜雍站起来说："这两个人是我随身的使唤人。"海陵王问："那位呢？"完颜雍说："最近从山里回来的仲道子先生。"海陵王又问："啊，知道知道，莫非你就是丘处机祖师的关门弟子吗？"仲道子上前打千道："我正是仲道子，参见我皇万岁。"胡兰塔和麻吉达站在两旁像两座铁塔似的，一跪拜，就像倒金山断玉柱似的，说话的声音嗡嗡直响："启禀我主，参见我主。"说完便站到完颜雍那边。海陵王一看，这真是威武的勇士，心里暗暗地打怵。回头再看他的勇士，比这位二勇士可差得太远了。参见完后，稍叙几句，海陵王说："请到会馆休息吧，明天咱们大摆宴席，好好叙叙家常，我好加封与你。"完颜雍拜辞海陵王，来到会馆。仲道子经过观察，看出会馆各处所设都不一般。仲道子将完颜雍和寿王爷刚安顿下，就听外面喧闹一片，围上了一帮要饭的人。

要饭的人吵吵嚷嚷："听说朝州城的城主来了，能不能帮帮我们，可怜可怜我们流离失所的人。"完颜雍发愣，仲道子说："你不必着急，我到外面看看，给他们点儿散碎银子。"他说着，就揣了些碎银子出去。到了外面，仲道子被要饭的人围上了，这个喊："帮帮我吧。"那个喊："可怜可怜我吧。"仲道子说："这是王爷住的地方，你们不要乱闹，如果让我帮也行，到东面的广场去，我换个地方给你们。这地方不许乱闹。"卫士以为这样也好，皇帝有旨，任何人不许到这儿捣乱，他领走更省事。仲道子就把这帮要饭的人领到东面去了。这帮人其实都是他手下的兵，迪古乃和石古乃二人也在里头。仲道子说："你们都辛苦了。每天下晚，你们在古楼的东北角等我，有什么事，我和你们面商。"迪古乃等人说："好吧，就这么办。"仲道子又嘱咐："从现在开始，咱们的据点，要看住他们派来的兵。他们如果有行动，你们马上同他们厮杀，并往西门靠近，有人从西门接应你们。五百人要杀出西门，另五百人将北南东三个门把住。然后，我就可以派兵进来，将他们的两千人马斩尽杀绝。"仲道子这样安排好了，又给每个人一些散碎银子，要饭的这个叫他："老爷。"那个叫他："善人。"纷纷都跪下给他磕头，仲道子摆摆手回来了。巧妙的计策无懈可击。他回来将这个消息悄悄地告诉给完颜雍。

第二天，在太守府里摆上了御宴，摆上了二十多桌。仲道子往两侧一看，就觉得人头簇簇，知道这两旁埋伏着武士，一旦令下，就会行动。别说是一个完颜雍一个寿王，就是十个也难逃他的罗网。海陵王说："咱们今天是家宴，不要有君臣之别。为了使兄弟你心安服，我先加封与你，我封你为赵王，一同和我回到京城，共商国家大事。在我的龙位旁，专给你设一席，你上朝不必行汉礼，宫内外你可以任意行走，你可以骑马进宫进殿。"完颜雍假装谢谢他，这就摆开了宴席。兄弟之间叙述了一番，太祖怎么艰难困苦，南征北战，灭辽建立天下。海陵王两眼垂泪。

酒过三巡，肖玉站起来说："今天是我主万岁和赵王兄弟俩能够相聚到一起，还有老寿王在场，这真是天大的喜事，为臣要敬各位一杯。他说完就把一个很薄的酒杯递给海陵王，海陵王知其暗号，他刚要一端杯，仲道子一看气氛不对，就说："这样吧，我也没什么敬献的，我们王爷愿意回敬万岁一杯。"他说完之后，就把这个酒杯交给了完颜雍，完颜雍接过杯高高举起，献给海陵王。海陵王手里有一个薄杯，完颜雍又敬了他一杯，他怎么办呢？他心里明白，到时候了，你就是给我几个酒杯，我也该摔了。他接过酒杯，"咣"的一声摔了，两边的卫士"嗖"地上来了，直奔完颜雍去了。完颜雍一见不好，往后一撤，又喊寿王："不好，赶紧躲，我们中计了。"寿王气得咬牙切齿，抽出了刀，就迎着武士砍去，没容分说砍倒两个人，接着就奔海陵王去了。海陵王身边的四个卫士，当时就把寿王乱刀杀死。完颜雍紧往后躲。仲道子命令胡兰塔保护完颜雍，并命令麻吉达去抓住海陵王，拿他做挡箭牌。胡兰塔拼死保护完颜雍，身上挨了数刀，头部也受了伤，满身是血，严密保护着完颜雍。

这时，麻吉达一个箭步蹿上去，如抓小鸡似的，将海陵王抓住，呼道："你们谁敢动吗？你们再动，我就一刀将海陵王宰了！"说完他紧攥着海陵王，刀就按在了他的脖子上。海陵王吓坏了，忙喊："别别，不要动手！这是我们兄弟之间赴宴，怎么能像鸿门宴呢？马上住手！住手！"他这一说住手，谁也不敢动了。仲道子告诉胡兰塔，保护完颜雍出去。

这时，肖玉一看势头不好，溜出去，告诉都元帅完颜充："赶紧动手，把所有城门给我把住。"他们一动手，装作乞丐的那一千人，脱下了破衣服，拿出了短兵器，同对方交起手来。仲道子训练的这一千人，都有捆打捉拿的灵巧功夫，个个精明强干。对方是作战的方式，一齐攻，一齐打，射箭也来不及。东西南北四个城门，展开了守与攻的恶战。海陵王着急，我们兵怎么上不来呢？肖玉和完颜充都着急，不知怎么回事。不一会儿有人来报告："可了不得了，仲道子那边的叫花子都是兵，在四门和我们打起来，人家是越打越胜。"一听这个，肖玉傻了，海陵王也傻了。

麻吉达，没撒开海陵王。他们有多少卫士也无济于事，干瞪眼。仲道子的兵越战越强，步步紧逼完颜充的兵。他们的败兵跑向西门，仲道子的兵也跟到西门。肖玉等暗自高兴，以为到了西门，有他的陷阱。哪知，出了西门，仲道子埋伏的兵立即冲出去，没等对方的伏兵发觉，他们以迅雷不及掩耳之势压倒了他们的伏击，展开了一场白刃战。外围的散兵，被打败了，狼狈地向西逃跑。仲道子的五百兵将，将东西南北四个门都把住了，海陵王这时更感到坏了，此举无望。

在这紧要关头，胡兰塔想一刀将海陵王斩了，完颜雍说："不行。还是应放他回去，他仍是当朝的万岁，我不能做不忠不孝的忤逆之人。不管怎样，就是我死，也不能杀他。"然后他又向海陵王说，"我并不是要夺你的天下。你应回去躬身自省，把后宫中凡是咱们的家属和与咱们有亲戚的美女放出来，把祖灵重新修起来，你不应将上京会宁府夷平，还要对徒单太后好好侍候。我呢，实不相瞒，我就不走了，就镇守辽阳。你放心，我决不会反你。只要你当一天皇帝，我不反你。没别的，你下旨吧，把你的兵全部撤出去，我可以保住辽阳城。"

肖玉低着脑袋，完颜充低着脑袋，没有招儿，海陵王在麻吉达手里抓着呢？谁敢怎么的呀。

海陵王告饶了，说："我可以下圣旨，御弟你放心吧，放开我。"麻吉达说："放你太早，你下完了圣旨，等你的兵走完了，我再放开你。你只管放心，我们不会杀你。"这时海陵王口头下圣旨："完颜兖听旨。"完颜兖只好跪下，海陵王说："将所有的兵马撤回去，把这个地方交给赵王。"海陵王又骂道，"肖玉，你这个东西，你出的好主意，回去后我一定跟你算账。"海陵王的兵马全撤回去了。

完颜雍采取仲道子的计策，轻而易举地夺取了辽阳城。他身为赵王，深得百姓的爱戴。

海陵王回到了中都，恨不得一下子将肖玉斩了。这才引起了肖玉勾结契丹造反。

完颜雍赶走了海陵王，心里又高兴又难受，高兴的是终究有了安身之处。这里土地肥沃，人民富裕，城池又大，确实是养精蓄锐的地方，他可以看着海陵王怎样治国。如果海陵王治不好，他可以帮海陵王治理。难受的是，顾虑恐有这样那样不中听的说法。

海陵王回到了中都北京，怒气难消。一天，他把肖玉叫到跟前，生气地说："好啊，你给我出的这主意，不但没成功，性命还差点儿丧在你手，我要你何用？来人，给我推出午门斩首。"肖玉吓得哆嗦成一团。这时文武百官，上来保奏。海陵王余气仍未消，说，"免去你宰相的职务，降职三级，你回上京会宁府去吧，那里有个窑儿城，你就在那儿当个城主吧。"肖玉谢了不斩之恩，窝窝囊囊的，当即收拾一下，带领家眷，就离开了中都。他心想：海陵王杀宗本，我直接给他出谋划策，现在出了点儿事，就将我贬到如此地步。他知道海陵王转眼无恩，不定多会儿看到他，找碴儿，还是要够呛。他到了窑儿城，心里总是忐忑不安，哪有心思治理政事呢？

有这么一天，肖玉吃完午饭，家人报告："启禀大人，外面有你的故友来见你。"肖玉赶忙穿好衣服，随家人出去，到门口一看吃了一惊，来的人是契丹人的打扮，浑身上下一身的文官模样，头戴一顶透梁纱翅帽，穿的绿色的布褂。从契丹辽国的服制看，这人在一品左右。肖玉不认识这人。这人的后面，跟着五头骆驼，驼的都是金银器皿、珍珠元宝、贵重皮张等。肖玉愣了半天，这人哈哈乐了，说："老朋友，不认识我了？"肖玉一听这声音，辨认出来了："啊呀，你是不是耶律朗的兄弟，耶律明吗？"这人点头说："正是。你还真没有忘故友啊。"

耶律明是谁呢？耶律明的哥哥叫耶律朗，在海陵王迁到北京之前，肖玉对海陵王就有些不满的地方，常常跟自己的挚友商量，说："海陵王这个人反复无常，你别看我现在这样，不知道什么时候，我还得受他的牵制。"这是他跟他的朋友珠展说的。珠展本身对海陵王也有些恨怨，就说："你如果想成大事，立大业，能保持为一地之王，我倒有个办法。"

　　究竟有什么好办法，且听下回分解。

第二十二章　肖玉叛金投辽　海陵设擂招帅

　　话说珠展说有一个好办法能除掉完颜亮，肖玉忙问什么办法？珠展问："节度使耶律朗你认识吗？"肖玉说："认识啊，想当年我们还在一个地方做过官呢！"珠展说："他和辽国后代耶律、窝斡有密切来往，如果你愿意的话，我可以给你联系联系。你们可以认识认识。"从这儿，肖玉是一只脚踩着两只船。海陵王如果这样下去，金国非亡不可。肖玉一听说北国又起了兵了，打了几次都没打胜仗，心里暗暗琢磨。另外，他是辽国的后代。辽国有两大姓，一是姓耶律，一是姓肖。耶律皇帝娶妻，都得娶老肖家的。说书讲古，常常说到肖太后，就是这个原因。珠展说："王院节度使耶律朗颇有大志，值得交往。"肖玉同意了，这样便同他联系上了。见面时，耶律朗对肖玉说："想要投奔契丹，咱们得里应外合，得把上京会宁府夺到手，他们就没招儿了。"耶律朗又问肖玉："你还有什么人吗？"肖玉说："我还有一个最亲密的朋友，他叫槐中。"肖玉就告诉珠展去找槐中，槐中那时在外头。珠展到他那儿一说，槐中一看自己的朋友有这想法，也就答应了。槐中问珠展："这里边，还有谁呢？"珠展说："还有耶律朗。"槐中吃惊地问："谁？"珠展答："耶律朗。"槐中一听这话，不满意了，他知道耶律朗这人不仅反复无常，而且他同耶律朗又非常不对路。槐中说："那你叫耶律朗来吧。"珠展不知怎回事，就叫耶律朗去了。耶律朗真的去了，到那儿一看是槐中，愣了。槐中当时就命令左右武士，将他绑上了，送到海陵王那儿去了。海陵王想：你们想谋叛。就把珠展也抓来了，一问这里与肖玉还有关系。海陵王心里犯嘀咕：肖玉为什么要叛变呢？先把他抓到大狱里，之后再说。这样就将肖玉找来了。

　　海陵王问肖玉："你是不是想与耶律朗同谋？"肖玉哈哈大笑说："不错，有所联系，但我主只知其一，不知其二。"海陵王问："怎么这么说呢？"肖玉说："我是想探一探耶律朗是什么心，弄清了，好一网打尽。这事刚开头，就被槐中给破坏了，事就进展不下去了。"在这之前，海陵王把耶律朗和珠展杀了。肖玉抓住机会说："这不，万岁已将他俩都杀了，这事想再深入也没办法了。"海陵王冷笑几声，说道："就这样吧，不管真的还是假的，好歹杀宗本时你帮过我。我还不能忘掉你的恩情。不过以后有什么事情，不要先斩后奏。"就这样，肖玉才免了一死。从这件事，海陵王对他有了看法，加上这次计谋失败，海陵王当然对他信不过了。

耶律朗有个兄弟叫耶律明，在外边一听说哥哥被杀了，一气之下就投奔了窝斡。这小子奸诈鬼坏，什么道都有，就是无人道；什么心眼儿都有，就是没有好心眼儿。他听说肖玉被贬作窑儿城的城主，心里暗暗高兴：如果我主得肖玉这人，岂不是如虎添翼吗？一是他足智多谋，二是金国的事他了如指掌。这样，他就奏禀了辽王窝斡，辽王一听很高兴：备了重礼，打发他来见肖玉。肖玉将耶律明让到屋里。耶律明命人把五头骆驼也赶到院里。肖玉说："莫逆之交，老朋友了，何必带如此重礼呢？"耶律明说："你有所不知，没承想，海陵王丧了良心，杀了我哥不算，你对他恩如泰山，如今也把你抛到荒郊野外不管你了，听说你生活很困难，我家主公很同情你，特意送你五垛金银财宝。"肖玉赶忙站起来说："兄弟，这可不行。你想，不管怎样，我还是金国之臣，怎么能收你们的礼物呢？无论如何，你还是将这些礼物带回去。老朋友，我们可以见见面，不过今后还希望你少来。因多有不便呐。"

耶律明听了哈哈大笑，说："虽然作为一国大臣来说，应当像你这样，我也称赞。但是你可要知道，有句名言：良禽择木而栖，良臣择主而仕，你如此下去，即使海陵王不杀你，你也没有好结果。你看没看到，现在完颜雍和海陵王的势力并驾齐驱。依我看将来金国是完颜雍的天下。你想想，你即或不投我们辽国，死保海陵王，将来完颜雍主宰天下时你又当如何？这是一。二是，海陵王迁到北京后，征兵加役，暴敛苛税，弄得天下人惶惶不可终日，各路百姓怨声载道反对他。海陵王有众叛亲离之势，他还能维持多久呢？你是一代名臣，你有萧何之能，诸葛亮之才，为什么不施展呢？作为一个大丈夫，应将自己的才能献给圣明之主。"肖玉没吱声，耶律明进一步说，"你要三思，否则性命难保。今天我就算将金银财宝拿回去了，我来了没有？肯定是来了。我这一来，消息一定会传出去。你本来就有前科，我这一来，你又串通我们辽国了。你说说，再加上海陵王那样疑心，我走了之后，你的性命能保住吗？"肖玉倒吸了一口凉气，连脊梁骨都发凉了，他是一个怕死之徒，觉得耶律明说得对呀，自感到如坐到火山口上，朝夕性命难保，便以内紧外松的语气探问："依兄弟之见，应当如何？"

耶律明一见肖玉被说动了，掏出了窝斡给肖玉的亲笔信。那信写得好，非常中肯，信中写道：我呀，并不是怀恨女真人。你呢，是辽国的后代。想当年，你的先祖辈辈侍奉辽国，我们永远不会忘记肖家，直到现在我们还是和老肖家结亲，你为什么不回来呢？即或死，也应该死到辽国，有才能，更应贡献给辽国。希望你三思。如果你来，我将如虎添翼，封你做我驾前的人，除了我，就是你。你给我出谋划策，你像我的师父一样。这一片动人心弦的奉承话，将肖玉说动心了，说："事已如此，也不得不这样了。事不宜迟。你可以先回去，我安排安排，然后你们假装攻城，我就假装被俘过去得了。""好吧。"耶律明见事已办妥，非常高兴。

耶律明回去禀报辽王，窝斡也特别高兴。选了一个日子，就出兵攻窑儿城。肖玉假装抵抗，没抵抗住，肖玉被俘过去了。他带着一家老小和金银财宝就投辽国了。到了辽国，辽王亲迎出二十多里地，见了肖玉赶忙下了龙辇。肖玉赶忙上前跪见。窝斡亲自将他扶起来，感叹道："哎呀，难得呀难得，我有了你，何愁大业不成呢？"肖玉说："不敢，不敢，我已经是罪臣，曾给海陵王出过谋划过策，也没少攻打你，只要在你身前此生亦就满足了，我也不愿当什么官。"辽王将他接去，召集文武百官，当时就让肖玉掌管军机大事。

这个消息传出之后，海陵王气得了不得，凡是与肖玉有关系的人，以及和耶律家族有关系的人，一气之下又杀了三十多口。海陵王召集百官群僚，商议征剿契丹的大事。伐契丹这事是应下来了，谁能领兵去，大家都没吱声。这时，从左边闪出一员大将，这人叫肖奕里，身高丈二，膀宽三尺。想当年他的祖父，曾随老太祖南征北战，立下了汗马功劳。他现在是朝廷的右卫将军。他赶紧上前，匍匐拜倒，口称万岁："臣不才，要领兵围剿叛逆契丹。"海陵王一看，高兴了，说："我点给你一万精骑，你不要辜负了朕对你征剿契丹的众望。"肖奕里带领十员大将，到校场上将一万大军点齐了，浩浩荡荡地向契丹进发。

肖奕里是个胆大心粗的人，虽对军事的战略战策不大精通，但他勇敢善战。军队前进，到了一个山冈，兵马都很累了，这里距契丹只有五十多里路，上了山冈后，他觉得风大，树木也多，就命令部下在山下安营扎寨。他手下有个战将叫布里花，这人足智多谋，一听在山下安营，以为不妥，他说："启禀主帅，不可以在山下扎寨，如在山下扎寨会有危险。"肖奕里哈哈大笑说："你知道什么？这距敌人还很远呢，怎么会有危险呢？"他没听这话。结果，军队在山下扎营了。布里花坚持自己的意见，又禀道："主帅啊，可不能在山下扎营，如果在这儿扎营，敌人一旦从三面攻来，前面是河，咱们只有败路，没有胜路。"肖奕里还是没采纳他的意见，仍在山下扎营。

军队安营扎寨之后，埋锅造饭，吃过了饭就放心大胆地睡了。肖奕里认为敌人仍在马谷山口一带，没有出来。到了半夜时分，就听南山上"咕咚"一声炮响，再一看可了不得了，三面的火把如海，杀声连天，加之他们没加防备，弄得措手不及。肖奕里带领着兵马死拼硬杀。北面是大江，那里人家设了战船，把去路完全堵住了。肖奕里一看不好了，他带领兵马杀到天亮，契丹兵里三层外三层，围得水泄不通。想往外冲，箭如雨般射来。这时肖奕里找布里花商议，布里花说："那时咱们在山冈上安营，不会处境这样不好。但事已至此，咱们只好突围了。而突围，应从东山沟突出去。"肖奕里一看东山沟是两山夹一涧，非常险要，如果有兵在那儿卡住，后果不堪设想，说："不能向东山沟突围，敌人若在那里设下埋伏怎么办？"布里花说："主帅你可不知道，肖玉这人诡计多端，他知道险地军队不敢走，他可能在平川地上设下埋伏，还是去这个险地好。咱们分三路，一路登山，一路往后退。"肖奕里不干，便率领所余的五千兵马，向着平地的方向往外冲。经过几次冲杀，只剩两三千人马了。不料肖奕里的战马，一下子叫绊马锁给绊倒了，契丹兵用钩杆铁齿就将肖奕里抓住了，押到了军帐。

中军帐里，中间坐的是大主帅耶律明，他威风凛凛，杀气腾腾的。在他的旁边，坐的是肖玉。肖奕里一看肖玉，气不打一处来，横眉立目，站而不跪。耶律明一拍桌子，喊道："贼徒，见我为什么不跪呀？"肖奕里一晃脑袋说："你们是叛逆之臣，我怎么能跪？"肖玉站起来，到肖奕里跟前请个安，说："肖大主帅，你一向可好？"肖奕里往他脸上吐了口唾沫，说："你这个叛徒，你吃的是大金国的俸禄，当今万岁也没亏待过你，你为什么私自投奔了契丹？你是无耻之徒。"肖玉长叹一声说："我何曾不想尽忠金国，不过海陵王是个无道昏君，朝令夕改，今天对你好，明天可能将你杀头。我不就是个例子吗？我帮他出谋划策，登了九五，结果差点儿没被他杀了。这样的人，侍奉他有什么用？你也是这样，今天你被俘了，即使把你放回去，海陵王也不会宽恕你。现在契丹皇帝窝斡英明。契丹拥有十七个部落，精兵不下二十万，将来辽国一定要征服天下，那时我们不就是开国之臣吗？像你这样的英雄豪杰到了契丹，窝斡皇帝不会亏待你的。你现在不过是右卫将军罢了，到那里我可保你官升三级。"肖奕里对金国忠贞不贰，破口大骂："你不要废话，将我杀了罢了，生，我是金国的臣，死，我是金国的鬼。"依耶律明，就要将他杀了，肖玉晃晃脑袋。肖奕里本来不姓肖，肖玉曾巴结他，认作一家子，肖奕里见肖玉是宰相，也就敷衍答应了。再说肖奕里对大金国的军事部署一清二楚，考虑到这些，肖玉说："咱们放长线，钓大鱼。我想时间长了，他会投降咱们的。"这就决定把肖奕里带回去。耶律明一声令下，军队打着得胜鼓，撤回城去。

海陵王知道残兵败将跑回来，又听说肖奕里被俘，日子一长又听说肖奕里投降了，气不打一处来，当时就把他的家族抓起来，想要问斩。老臣们都说："现在听的是谣言，还没有实据，究竟他是不是投降，还说不定。"海陵王便命："将其押到南牢。"肖奕里一家连同家奴共三十多人都押到南牢了。肖玉通过奸细知道肖奕里家族押在南牢。一天他又找肖奕里，将此事一说，肖奕里说："我不信。海陵王听说我投降你们，家人就被押，即或押起来了，我也不因此而投降。"每天给他送饭，他骂不绝口，肖玉见此，仍耐心等待。

海陵王觉得契丹总是平灭不了，心病难去。他心里有个打算，他想把契丹灭了，动用金国的力量去讨宋。他的想法是：南宋一旦灭亡了，华夷一统之后，回过头来，我收拾谁都好办，他有一套自己的宏图大略。可对契丹发了三回兵都未取胜，心里可真急了。经过考虑，他想出了一个主意，说："在八月十五，咱们摆擂台，看谁得第一名，咱们就让他为帅。天下各州府县广贴告示，凡武士们都可报名参加，先考武艺，再考策略。"这圣旨一下，各州府县都贴出来了。

在胡尔哈河有一个将军，他是胡尔汉部的一个英雄。这人姓白，名彦宫。说起来，他的家祖，本来是辽国的官员。自从太祖兴师，他归顺过来后，也立过许多战功。白彦宫家族世传的是马上刀。这马上刀，又名八面偃月刀。这种刀法，在漠北来说，可数一数二。不过因肖玉专权，他的家祖，跟肖玉有些仇，始终被排斥在外。白彦宫听说京城选主帅，感到这是他的出头之日。另外，他也对契丹如此猖狂，愤愤不平。这天，他告诉家里人，自己要去京城参加报考主帅的盛会。打点好行装，他就出发了。

走到北镇一带，快到山海关了，刚过了一个树林子，就看山头上站着一员大将。这人黑脸膛，个子高，嘴岔子也大，腰粗胳膊粗，腿也粗，真是五大三粗，站在那里如一座铁塔。他手里拿一把扎枪，枪有胳膊一样粗。白彦宫以为是劫道的，上前施了一礼，说："这位拦路的英雄请让道，我要进京去赶考。"这人瓮声瓮气地说："你进京考上了元帅，我还怎么得呀，没别的，你别去，我去。你要赢了我手头这把枪，你可以去考，若赢不了，你想去也万万不能。"白彦宫乐了，说："元帅是天下英雄共有，谁能耐大，谁能得。咱俩可到北京较量，老兄能赢过我，我心甘情愿，可你硬拦不让我去，未免也说不过。"那人说啥也不干。白彦宫问："你是哪个部落的，叫什么名字，能不能告诉我？"这人翻翻眼珠说："我是完颜部的，我叫唐括柏。"提起了唐括柏，白彦宫知道他是完颜部，那杆扎枪是横行天下，连忙躬身说："我久闻大名。"唐括柏反问："你是谁？"白彦宫答道："在下是白彦宫。"唐括柏乐了，说："好啊，我是想会会你。听说你的大刀神出鬼没，没别的，今天我们比试比试，你如能胜我的扎枪，我就不去考试了；你要胜不过我，你就掉头回去，你也别去了。"白彦宫说："既然这样，那么我就奉陪了。"

在一个山冈上，两个人就交手了，这扎枪像蛟龙出海似的，施展开了，那大刀像雪片似的，上下翻飞，两个人打得难解难分。这工夫，路上往中都赶考的人多，有的是卖呆的，聚来了十多个人。眼看到黑天了，不分胜负。唐括柏说："这样吧，天黑了，找个地方住下，明天咱们再打，咱们连走带打，你看好不好？"白彦宫一听乐了，说："还有这么同路的吗，边走路边打架？"唐括柏说："边走边打，有什么不好？"白彦宫只得奉陪。到了店里，唐括柏还很大方，自己买酒买肉，和白彦宫一起吃。两个人边走边打，一直打到了唐山一带。到了晚上，两个人还在那里打。

这时，来了一位个头不高的人，到了他俩的跟前，手使两把大锤，"叮当"左右一支，把那大刀和长枪支的一丈多远，使得他们不由得一愣，这人好大的力气。这人说话了："我跟你们俩七八天了，起初我以为你们是仇敌，可晚上你们又到一起住，在一起吃喝，你们这是为了什么？"白彦宫将其来由说给他听。唐括柏说："我是非同他比个高低不可。"这人说："这样吧，看你们俩能不能讲和，如果能的话，咱们再说另一件大事。如果不能讲和，你们谁能赢过我这两把锤，我就输，你们要怎么比就怎么比。"他俩心里发惧，那两把大锤太厉害，哪敢吱声。他俩心里敬佩，白彦宫问道："不知前来的这位英雄是哪方人士？"这人说："我告诉你们好，不告诉也好，实不相瞒，我是迪古乃。"白彦宫一听说是迪古乃，吓了一跳，这是千里飞毛腿呀。

迪古乃在辽阳，怎么到这儿来了呢？他是奉完颜雍的命令，打算到中都暗中看看，海陵王招考有没有人才。另外也担心契丹侵略金国，打探打探消息。天下人谁个不知双锤将迪古乃呢？年少时，他在家乡打虎，来了两只虎都被他打死了。正是晚上，他看山头蹲着一只虎，他将大锤抛去，叽里咕噜地滚下来了，到跟前一看，是一个山尖，被打下来。

迪古乃称赞道："你们两个人真是英雄。"然后又问道，"你们能不能听我的话？"白彦宫说："不知大将军有什么话，只管说来。"迪古乃说："咱们打契丹，不仅得打，而且还得彻底平灭。不然，咱金国不能安宁。可是，你即或领到了元帅，你恐怕也战胜不了。""这话怎么讲？""你可要知道，这次打擂，海陵王不能善罢甘休，他一定要亲自督战，他一督战，你们只有败，没有胜。"白彦宫不同意。迪古乃说："依我的意见，你们应投奔辽阳去。赵王完颜雍是天下的仁主，胸有大略，治国有方。仅一年来的时间，把辽阳治理得物阜民康，你们应当到那儿去。"白彦宫说："那不行，我们是到京城夺元帅印去。"迪古乃说："不去也行，我家主公让我带了一些玉石牌子，凡遇到英雄好汉，就赏给他一个。拿了这玉石牌子，将来到了辽阳，我们就会重用。"说完，就将两块玉石牌子给了他俩，然后迪古乃一溜烟似的没了。白彦宫一看，这人可真是一位英雄啊！至此，两个人不打了，觉得真是人外有人，天外有天。

约在八月初十左右，哥儿俩到了中都，找了一家小店住下。店小二端上了洗脸水，洗过后，就摆上了酒饭。两个人刚吃完，进来两个人，背着两件武器。头前的那人，背了一双大锤，他俩认出："这不是迪古乃吗？他怎么来了？"后边那人扛着一把大砍刀。白彦宫对唐括柏说："你看到了吗，迪古乃来了。"唐括柏说："我看到了。"在路上遇到一回，还处出一些感情，人家还给了玉石牌子，不去看吧，觉得不过意，便去见了。迪古乃见他们来了，赶忙站起来，给让座，看茶。迪古乃说："你们这次来夺元帅印你们俩大有希望。"他俩谦逊一回，说："要论武功来说，我们是远远赶不上你。不知你是不是也来夺元帅印？"迪古乃说："不是，我是来给你们送信的。"白彦宫问："送什么信？"迪古乃说："我奉我家主公之命来告诉你们一声，契丹已派十二员大将来参加比武，可能他们要扰乱你们的比武，你们要多加小心。"唐括柏问："这十二员大将住在哪里？"迪古乃说："我也不知道，据我们掌握是这个情况，请多加小心。"

迪古乃住了一宿，同他们谈了许多，迪古乃跟他俩说："你们二位去征剿契丹这是名正言顺的。不过海陵王昏庸无道，反复无常，还是我曾说的，这次比武海陵王亲自督战，对你们可不利。一旦你们遇到困难时，将事前做好的半拉红、半拉白的三角旗，在早晨摇动几次，这样就会有人来救你们的。"唐括柏问："你能否详细说说，会遇到什么困难，怎么个救法?"迪古乃说："这个我不知道，我家主公和军师就是这么告诉的。请二位多加注意。"到天亮了，迪古乃不见了，问店小二，说半夜算账走了。

比武开始了。他俩就奔赴校军场去了。校军场布置得很威严，当中一杆大旗，四外旌旗招展，右边是鼓，左边是锣，中间搭的龙台，当今万岁海陵王坐在当中，两侧文武百官侍立。就在辰时，各路参与比武的人聚齐了，在左右的考棚里等候。从来没见过这样的比武，来的观众，人山人海。到了卯时开始了，监考官宣布："现在开始比武。"号炮响了三声。教官赫明宣布："请天下举子听真，谁有多大能力可以施展出来，如果夺取第一名那就是征北的元帅。"话音一落，就跳出一个人来，这人正是唐括柏。他一下场，白彦宫就打算让一让。他一连战胜了十几个人，海陵王挺高兴。一看没人敢下场了，唐括柏说："请白彦宫下场，我想跟他比一比。"海陵王一听叫白彦宫，这人是北面的，看看他如何。白彦宫下场了，两个人比起来了，一直比到晌午。吃过了午饭又比，比到申时左右，仍不分上下。海陵王发话了："不要比了，他们俩都可以挂帅。两虎相争，必有一伤，别白瞎了这两位英雄。"

突然，从两边"嗖"地跳出来四个人，都是短衣襟，小打扮，头上扎着毛巾，喝道："慢，你们俩夺元帅印可没那么容易，要战过我们四个人，才算赢。"白彦宫不知道这四个人是哪儿来的，唐括柏也不知道，监考官也不知道。有人奏本："这几个人来路不明，不能准他们比。"海陵王说："不行，天下的人都来比，还兴许有比他们俩出奇制胜的人，但不许任何人射箭，只许比武。咱们看他们的武功究竟怎样?"这四个人同白彦宫、唐括柏一交手，还是打个平。

正在打的时候，就看从西边又"嗖嗖"地蹿出八个人，这十二个人，六个人打白彦宫和唐括柏，那六个人直奔龙棚去了，没容分说，拿出了箭照着海陵王就射过去了。就在这危急时刻，从棚里冲出两个人，大声喝道："不要动!"

欲知这两个人是谁，且听下回分解。

第二十三章 | 恶贯满盈　海陵王被杀
众望所归　金世宗登基

　　话说从龙棚里出来的两个人，正是迪古乃和石古乃。那么，这两个飞毛腿是怎么进的龙棚呢？原来，两人早早来到比武场，为了提防契丹人暗杀海陵王，他俩隐藏在龙棚两边的幕帐里。这时发现有六个人往龙棚里放箭，他们再也不能藏着了，便一齐冲出。迪古乃双锤并举，石古乃大刀封圆，挡掉了飞来的箭镞。那六人见有人破了他们的计谋，便怒不可遏地齐冲上来。但这六人哪是两个飞毛腿的对手，就见大锤左右挥舞，大砍刀上下翻飞，瞬间，六人成了刀锤下的亡魂。这时，海陵王才醒悟过来，喝令卫队"抓刺客！"这一声喊吓得跟唐括柏与白彦宫恋战的六人转身就跑，四人和卫队在后面是紧紧追赶。

　　这六人原是契丹一顶一的武林高手，轻功十分了得，只有迪古乃和石古乃能紧紧追赶，差不了几步远。唐括柏、白彦宫及大队卫士已落在后面很远。

　　前面来到一片开阔地，六个契丹卫士排成阵式，等那两个飞毛腿闯阵。一见敌人摆出阵式，迪古乃向石古乃一摆手，那意思是不要轻敌。迪古乃作为完颜雍的贴身卫士，曾经向完颜雍讨教过阵法。这时，他两眼撒目一下，便明白了几分。原来这阵式叫六郎出山，破这阵最忌从中间冲入，若从中间冲入，六人趁势一围，恰好被困在核心。俗话说："双拳难敌四手"，何况那还是六个人十二只手呢！只见迪古乃一使眼色，石古乃会意，二人从两边分别杀入。六郎出山阵只好分化为三英战吕布，这样两个飞毛腿就都有了回旋的余地。战有五十回合不分上下。

　　这时就听见脚步声，唐括柏与白彦宫，以及卫士已追到面前，只听一片喊杀之声。六个契丹卫士渐渐心怯，两个飞毛腿却是越战越勇。有两个契丹卫士一时疏忽，分别死在刀锤之下，另外四个一见此情景，撒腿就跑。两个飞毛腿是步步紧逼。这样，又把后面的人拉下一段。

　　这时，来到一个山口，只见一个契丹人飞快而去，另外三个契丹人死命阻住了两个飞毛腿的去路。五个人打在一处，都拿出了拼命的招法。只见烟尘滚滚蔽日月，兵器撞击似雷鸣，左腾右跃为闪电，上砍下劈显神通。场上的五员虎将使出了吃奶的力气。两个飞毛腿，是越战越勇；三个契丹将，是拼死杀敌。杀得天昏地暗，忘记了一切。

唐括柏、白彦宫双双赶到，也杀入战阵，三个契丹将渐落下风。几名卫士又加入战阵。这时，契丹将又倒下了两个人，剩下的一个人被围在中间，眼看要被活捉，便挥刀向自己的脖子砍去。迪古乃眼疾手快，飞出一把匕首扎在这个契丹卫士的手上，大刀"当啷"一声落地。人们一拥而上，扭住了这个契丹卫士，把他倒剪双臂，五花大绑。

直到这时，唐括柏、白彦宫才来得及与迪古乃、迪古石二人见礼。这时，海陵王的卫士过来，与迪、石二人见了礼，并说："幸亏两位及时出手，救了圣上一命，请跟我们去面见圣上受赏。"迪古乃说："不必了。"那卫士说："请问二位尊姓大名，在何处供职？"迪古乃说："实不相瞒，我俩是完颜雍的手下。请转告海陵王，我主无心与其争天下，告诉他要力戒骄奢淫逸，少施淫威，不再杀戮，要爱民如子，好好治理国家。"那卫士说："一定转达圣上。"又对唐、白二人说，"那么，请二位跟我面圣复旨，二位是今天的擂主，理应封为元帅去迎击契丹，救回肖奕里。"唐、白二人说："论武功，我俩与迪、石二位英雄差远了，实在无颜去领元帅之职。"迪古乃说："我家王爷有雄才伟略、高风亮节，更喜欢招贤纳士，二位不如投奔我主。"唐、白二人欣然地说："愿往！"那卫士说："如此，告辞了。"便领着卫队，押着那个契丹将向海陵王复命去了。

却说逃回契丹的卫士名叫耶律金，他把事情经过向肖玉这么一说，肖玉当时大怒，说："好啊，你完颜雍不识好歹，被完颜亮害得像只丧家犬，现在却反过来去救这个昏君？"就向窝斡献计，欲起大军攻打辽阳。窝斡心知完颜雍智勇兼备、不负众望，便与肖玉说："目前，完颜亮跟完颜雍二人已停止攻杀，并趋向和解。我们连完颜亮都对付不了，怎么能去惹完颜雍呢？"肖玉说："我主，你的统一大业就此停止了？"窝斡说："用兵之道，一张一弛，日下只好用缓兵之计，等待时机了。我要把海陵王和完颜雍都稳住，让他们不怀疑我们契丹。"肖玉说："某有一计，管叫海陵不疑。"窝斡说："计将安出？"肖玉说："这么，这么办……"窝斡听了是哈哈大笑："真是诸葛和周郎赤壁用兵，不谋而合呀！哈哈哈！"

再说海陵王被救回宫中，一面急命追捕凶手，一面赶紧服下镇静药压惊，然后到龙榻上歇息。不觉时间过去半日，正朦胧间忽听宫外有喧哗之声。刚要动问，当值太监来奏："卫队抓到契丹刺客一名，请圣上谕旨定夺。"海陵王说："传朕口旨，让其押到朝堂，待朕亲问。"这就到了朝堂，那契丹将自称耶律铜，再问什么，只字不提，只求速死。气得海陵王大喝："契丹屡起事端，亡我之心不死。我原打算灭宋后再消灭它，现在看只好先攻取它了。"

次日，海陵王正准备布将排兵打契丹，忽见宣旨官来奏："万岁，契丹派使臣携重礼晋见。"海陵王一听，说："宣他们进来！"心说：我就要向你们进兵了，看你们还要什么花招。这时，就见契丹使臣带着几箱子的珍贵礼品步入宫殿，行三叩九拜大礼，口称："契丹使臣耶律参合叩见万岁万万岁！"并递上窝斡书信一封。海陵王接过一看，大意是："尊敬的海陵王陛下，我契丹小国久慕金国上邦，早有结同好之心。怎奈国中有十二名叛逆武臣，竟借贵邦比武招帅之机，行刺王杀驾之大逆，以挑动两国之不和，竟欲起刀兵殃及百姓而后快。幸万岁有高人保护，并击毙十逆，生擒一逆。今逃回我国之逆耶律金已认罪伏诛，特把人头献上。并派耶律参合为使，以及微薄礼品奉上。望上邦万岁莫以谋逆之事为意，暂息刀兵之念，以图两国世代友好。"耶律参合又呈上耶律金的人头，海陵王让卫队辨认，众口称是。海陵王龙心大悦，赏契丹使，并起草书信给窝斡，表结盟之意。耶律参合欣然返回。

这日，海陵王登朝，众大臣参拜后。海陵王说："众位卿家，朕自幼立下宏愿，要灭宋兴金，统一天下。现今，赵王据守辽阳，无心与朕争帝。契丹臣服大金，欲结百年友好。当此，正是朕兴兵伐宋的良机。众位卿家以为如何？"朝中多是随声附和之臣，便众口一词说："万岁圣明！"海陵王随命完颜允宜为神武军都总管，领兵攻打南宋。大军渡过淮河，在去庐州的途中猎取了一只白鹿，允宜认为是武王获白鱼一类的吉兆。经与宋将王权的几次交战，允宜都是领兵力战，打败宋军，夺下蒋州、信阳、盱眙、巢县、和州等地。大军攻下和州后，海陵王亲往督军。

这日，左司郎中兀不喝来到大军中，参拜海陵王，说："万岁，完颜雍已号为金世宗，在辽阳称帝，改元大定。"海陵王说："完颜雍自言无心争帝，竟自食言。"继而一拍大腿，说，"唉，我本来想灭宋之后改元大定，这难道是天命吗？"说着，取出一纸诏书给兀不喝看，正是改元大定的计划。兀不喝也惊讶不已。

连日征战，完颜允宜鞍马劳顿，士兵多有怨言。这日听说世宗登基，官兵便多有归顺之意。正这时，海陵王命令完颜允宜快快渡过长江攻下扬州。那时正是十月，江水冰冷刺骨，士兵过江后手脚麻木，不能作战，都被宋军抓获。军心不稳，无心再战。战将唐括乌野跟完颜亢宜说："听说，新天子完颜雍在辽阳即位，不如杀了海陵王共图大业，领兵投奔去。"完颜亢宜说："海陵王已不得人心，我们就此行事。"完颜亢宜把他的儿子完颜王祥找来共同密谋。亢宜就欺骗众人说："皇上有令，你们都不要骑马，明天黎明时分渡江。"众人听了恐惧万分，亢宜这时才说要杀海陵王投奔世宗，众人都同意了。

次日清早，亢宜、王祥、徒单守素、唐括乌野等人一起攻进海陵王的御营。海陵王以为宋兵攻来了，慌慌张张披衣起来，见一支箭射入帐中，拣起一看，大惊失色："啊，是自己的兵啊。"一个卫士说："事情来得突然，快逃走吧！"海陵王说："往哪儿逃哇？"刚拿到弓箭要逃，身上中了一箭倒在地上。这时，纳合斡鲁补冲进帐中，向海陵王连砍几刀，见他手脚还动，就用绳子把他勒死。海陵王荒淫无道，天怒人怨，以杀君起，以被杀终，真是天理昭昭，罪有应得。不一会儿，御营的人马全被亢宜杀尽，夺了财产，火化了海陵王的尸首，就领兵回到北方，投奔世宗而去。

却说完颜雍在辽阳秣马厉兵，天下贤能之士，闻风来聚，正是秉天地正气，顺万民之心。这日，迪古乃和石古乃又领唐括柏、白颜宫来投，完颜雍爱惜良将，心下十分高兴。迪古乃便把追逐契丹卫士，救出海陵王之事一一禀报。赵王完颜雍说："窝斡派卫士扰乱比武征帅借机刺杀海陵王，居心狠毒。我听说契丹有并吞他国之念，常怀虎狼之心，宜早防范。"迪古乃等人称是。不久，听说海陵王伐宋，并御驾亲征，完颜雍说："劳师远伐，取败之道啊。天下要乱，百姓遭殃了。"

这日，完颜谋衍领五千大军来到辽阳城外，向完颜雍行大礼，口称万岁，乃进城相见。完颜谋衍进言说："王爷乃太宜的亲孙，又德布天下，威加四海。现今海陵无道，又举兵南征，国政荒废，怨声载道。王爷正应承天运、顺民心、登九五大宝之位。"完颜雍推让再三。完颜谋衍、高忠建、卢万家如、迪古乃等拥军劝进，官属兵丁跪于城下齐呼"万岁"。完颜雍才答应即位，亲自到太祖庙祭祀祷告，回到宣政殿，受百官参拜大礼，即皇帝位，号金世宗，大赦天下，以完颜谋衍为右副元帅，以高忠建为左监军，卢万家如为显德军节度使，对文臣武将各赏赐有差。从此，改亢大定，并下诏历数海陵王数十条罪。一时歌舞升平、民心大快。

不久，完颜亢宜、完颜王祥、徒单守素、唐括乌野领兵投奔金世宗，备言军反杀海陵事。世宗封完颜亢宜为御使大夫，后又封冀国公。

海陵既灭，金世宗定都上京。一日，世宗临朝，百官侍立左右，宣旨官高喊："有事出班早奏，无事卷帘退朝。"只见迪古乃出班奏道："契丹窝斡趁海陵王南征期间，假意臣服，并改亢天心，自行称帝。现领兵五万，声称'为海陵报仇，誓杀世宗'，现已攻下我城邑临潢府，望圣上裁决。"世宗沉吟半晌，说："契丹狼子野心，早欲夺天下为己有，今既有窝斡称帝，岂有不扩疆征土之理。此等叛逆，不可不除！"随令冀国公完颜亢宜征讨窝斡。完颜亢宜派忠勇校尉李荣去招降窝斡。李荣见窝斡说："辽主，目前，金世宗是英主再世，国强民安。他施仁政、用贤良、恩推四海。你莫如痛改前非，归降于他。他定能宽恕为怀，恢复你北路契丹族都元帅的职务……"没等李荣说完，窝斡嘿嘿一阵冷笑说："此等愚儒之徒，给我推出去斩了。"霎时，刀斧手斩讫报来，呈上人头。完颜亢宜见李荣被杀，便领兵来战，却被窝斡打败。世宗一气之下将完颜亢宜，贬为东京留守。再命完颜谋衍率各路大军北征窝斡。谋衍用反间计使窝斡官兵自乱，又用重赏诱使其官兵投诚反心，对顽固反抗军队用精锐军队攻打，步步为营，使窝斡节节败退。最终在燕子山活捉窝斡，平定了契丹。金世宗龙心大悦，在谋衍班师回朝时亲迎至阶下，传旨把窝斡斩首示众，颁诏天下，举宴庆贺，并对征契丹众将各有封赏。

至此，金世宗在北方站稳了脚跟，并与南宋讲和，专心治国，得为君之道。正所谓，群臣守职，上下相安，家给人足，仓库有余，金国从此中兴，其大定之治可与唐太宗贞观之治相媲美。

这正是：太祖创来好基业，海陵无道坏朝纲，幸得世宗承大运，国家富强民安康。